El linaje de las estrellas

DANIEL FOPIANI

EL LINAJE DE LAS ESTRELLAS

ESPASA

Editabundo Agencia Literaria, S. L.
www.editabundo.com

Espasa, sello editorial de Editorial Planeta, S.A.
Avda. Diagonal, 662-664
08034 Barcelona

Imágenes de interior: ídolo tibetano, © Jesús Sanz; retrato de Maria Orsic, © Àlvar Salom / Salomart; cuevas de María Moco, cortesía © Oscar A.C.V.; Biblioteca, cortesía de Ministerio de Defensa. Real Instituto y observatorio de la Armada; Panteón de los Marinos Ilustres, cortesía de Escuela de Suboficiales de la Armada, Armada Española, del Ministerio de Defensa
Iconografía: Grupo Planeta

Primera edición: mayo de 2024
Segunda edición: mayo de 2024

Preimpresión: MT Color & Diseño, S. L.

Depósito legal: B. 7.182.2024
ISBN: 978-84-670-7264-8

Espasa, en su deseo de mejorar sus publicaciones, agradecerá cualquier sugerencia que los lectores hagan al departamento editorial por correo electrónico: sugerencias@espasa.es

www.espasa.com
www.planetadelibros.com

Impresión: Unigraf, S. L.
Impreso en España-*Printed in Spain*

PEFC Certificado
Este libro procede de bosques gestionados de forma sostenible
PEFC
PEFC/14-38-00305
www.pefc.es

A Nico, por iluminar este mundo con su risa.

Las referencias a obras de arte, tumbas, túneles y monumentos arquitectónicos son reales. Las instituciones religiosas y las sociedades ocultistas que se mencionan en este libro también lo son.

Prólogo

El Tíbet, 1938

—*Scheiße!*

El arqueólogo dejó caer su herramienta al fondo de la excavación y se llevó la mano al cuello, justo donde sintió el pinchazo. Los mosquitos que habían provocado diarreas y fiebres mortales a algunos compañeros de la expedición desaparecieron una vez superados los tres mil metros de altitud. Pero las garrapatas no. En el valle de Yarlung, esos monstruos ciegos seguían asediándoles a través de los bajos de los pantalones y las mangas de las guerreras. Hizo pinza con los dedos para aplastar a ese parásito que le taladraba la piel, pero lo único que consiguió fue decapitarlo y llevarse su cuerpo abotargado entre sus uñas manchadas de tierra negra, donde comenzó a contorsionarse y a retorcer las patas.

La cabeza cercenada del insecto quedó enterrada en su cuello.

Buscando con sus fauces el alimento de la sangre.

Wienert se pasó el dorso de la mano por la frente, dejando un rastro fangoso de polvo y pelo empapado en sudor. Exhaló el poco aire que contenía sus pulmones y concedió un minuto de descanso a ese corazón que se aceleraba al menor esfuerzo debido al mal de altura. Mientras retomaba el aliento, sus ojos seguían escarbando de manera obsesiva la tierra ennegrecida, como hecha de las cenizas de los que no tuvieron oportunidad de huir de aquel lugar. Lo que había comenzado siendo una expedición financiada y respaldada por el Estado terminó convertido en un asentamiento olvidado que se mantenía por propia supervivencia. Lograban engañar el hambre gracias a las sopas cocinadas con las hierbas que arrancaban de las propias excavaciones o masticando Chhurpi* durante horas. El proyecto no lograba satisfacer las expectativas que suscitó en un principio, por lo que los responsables de intendencia del Tercer Reich comenzaron a reducir las partidas de alimentos y recursos que enviaban a la expedición.

Estaban solos.

Abandonados en aquellos parajes inhóspitos.

Un águila enmarcada en el cielo, con las alas extendidas y los rayos del sol penetrando entre sus plumas, sobrevoló la tienda de campaña que servía de almacén para el material arqueológico. También era utilizada como base de operaciones, donde Bruno Beger trabajaba sin descanso para seguir recabando craneometrías de los habitantes de esas montañas. Junto a la entrada del refugio, un grupo de monjes budistas esperaba en posición de loto a que le tomasen medidas de sus cabezas y rasgos faciales.

Con las palmas de las manos apoyadas en las rodillas, Wienert escrutó las estribaciones del valle en la lejanía, pero la escasez de vegetación y ese cielo pálido no tenía nada que ver con la belleza de los Alpes bávaros de su infancia. Ese paisaje parecía diseñado con el único propósito de

---

* Queso ahumado, hecho con leche de yak y considerado uno de los quesos más duros del mundo.

eliminar cualquier vestigio de vida humana o animal. Desde la distancia, podían divisarse varias atalayas tibetanas en forma de cono, donde normalmente se encontraban los altares a los antiguos dioses y las ruedas de plegaria, pero en estas construcciones solo habían hallado ornamentos terroríficos, máscaras de seres coléricos y esculturas de demonios con varias cabezas.

Los ojos del arqueólogo huyeron del horror de aquellas torres ancestrales.

Y acabaron de nuevo frente a la negrura de la tierra removida.

Recuperó su rasqueta y siguió excavando en el asentamiento. Con dos pañuelos anudados a las rodillas, intentaba proteger las articulaciones de las abrasiones que le causaban las horas que permanecía al día en esa posición. Según los apuntes que realizó el líder de la expedición con un lápiz graso sobre el plano de las montañas, debían encontrarse entre los yacimientos de la cultura Bön. Una religión prebudista con más de mil años de antigüedad y conocedora de una sabiduría ancestral que podría otorgarles la victoria en la guerra que estaba a punto de estallar. Sin embargo, a medida que avanzaba el tiempo y la comitiva descartaba nuevas zonas al no encontrar nada más que huesos de yak y desperdicios geológicos, se hacía más poderoso el presentimiento de que acabarían todos muertos por el hambre o las fiebres provocadas por algún parásito.

Manos negras repletas de heridas.

Uñas rotas que escarban la tierra.

El graznido del águila, superpuesto a un sol que comenzaba a descender.

Clinc.

Y el sonido del metal contra algo sólido.

La punta de su rasqueta golpeó un cuerpo enterrado, por lo que Wienert agarró la brocha y comenzó a retirar la capa de tierra que cubría la zona donde había impactado la herramienta, como lo hacía cada vez que se topaba con una piedra durante la limpieza del yacimiento.

Sin embargo.

Esta vez su mano se quedó congelada en el aire.

La superficie brillante de un extraño tipo de material, como con millones de partículas de plata que reflejaban los rayos del sol, comenzó a emerger de aquel mar de tierra negra. El corazón volvió a bombearle en busca de oxígeno, pero esta vez para que su cerebro fuese capaz de asimilar lo que tenía delante de sus ojos: un dios tallado que surgía de las profundidades de los siglos, esperando el momento de despertar.

Los sabios de la Ahnenerbe tenían razón.

El arma que les permitiría ganar la guerra y dominar el mundo se encontraba ante él.

Apartó sus manos temblorosas del objeto. Después de haber soñado con ese momento una y otra vez, sopló con suavidad para retirar la tierra que se acumulaba sobre el torso de la estatua.

Una esvástica cincelada se perfiló en el abdomen de aquel dios.

El arqueólogo retrocedió, tropezó y huyó corriendo.

Afanoso por compartir el hallazgo que perturbaría el delicado equilibrio del futuro.

Primera parte

El pueblo alemán solo podrá regresar a ser él mismo mediante algunos líderes espirituales enviados por Dios, en especial, por aquellos que tengan una sensibilidad cosmológica. Una vez que el momento correcto en el tiempo llegue, las estrellas que ahora brillan en lugares ocultos aparecerán como meteoros brillantes de gran belleza.

Elsbeth Ebertin, astróloga

1

Panteón de Marinos Ilustres, San Fernando,
21 de julio de 2023

De la misma manera que lo hacen las bandadas de pájaros, las carcajadas trazaban piruetas por el amplio espacio del mausoleo. Las risas de los turistas revoloteaban primero por las altas bóvedas del panteón, para luego dejarse caer como bocas que vuelan entre los nichos, los bancos de madera y las tallas de los santos.

—Y ahora, si miráis arriba, podréis ver esta impactante lámpara votiva que cuelga de la cúpula del crucero.

Los turistas levantaron los ojos, a la vez que algunos alzaban los brazos con el índice erecto, como si fuese necesario señalar aquella mole gigantesca que se suspendía frente al altar mayor. La claridad diagonal que descendía de las vidrieras coloreaba con suaves reflejos cada uno de los rostros del grupo de visitantes. Esa luz, que convertía en oro el polvo que flotaba en el aire, debía de encontrarse muy cerca de la que uno espera encontrar en el reino de los cielos.

—A ver, acercaos por aquí, que se me escuche bien. Desde esta posición podréis apreciar que la lámpara está decorada con treinta y dos escudos heráldicos, representativos de algunas de las ilustres personalidades enterradas en este mausoleo. Está forjada en latón y plata; pesa más de quinientos kilos y el cable que la sustenta sobre vuestras cabezas tiene menos de un centímetro de diámetro. Yo, siempre que puedo, evito pasar por debajo de ella.

Más risas.

Una joven del grupo miró enamorada al chico que la acompañaba.

Sergio Torrecilla, popularmente relacionado con el mundo del carnaval y las artes escénicas, hizo un remedo de reverencia para que el grupo progresase hacia la siguiente sala. Los visitantes avanzaron, pero lo hicieron con pasos silenciosos, respetando el carácter de recinto sagrado, como para no molestar a los muertos que descansaban bajo sus pies.

Ver el turno de tarde sobre la agenda de trabajo era lo que menos le entusiasmaba a Sergio, pero siempre se esforzaba por intentar disfrutar con cada grupo. Que la oficina de turismo de San Fernando hubiese ampliado los horarios de visita en los meses de verano era señal de la creciente atracción que había suscitado el edificio en los últimos años. Desde que entró allí a trabajar como guía, había logrado crear verdadero interés por la historia del panteón y las aventuras vividas por los marinos ilustres que allí yacían. Eso lo colmaba. Le inflaba el pecho de orgullo bajo las diminutas esferas de cristal que formaban las miradas de los santos. La satisfacción, el regocijo proveniente del trabajo bien realizado, era tan poderoso que lograba transmitir su energía a través de las vibraciones del discurso.

—Y esta enorme estructura dorada que tenéis delante de vuestros ojos conforma el retablo del altar mayor. Si os fijáis bien, veréis que la sacristía que se encuentra a sus pies simula el puente de mando de un buque. —Los visitantes observaron a su alrededor con cara de saber lo que oían, como si les avergonzase confesar que nunca habían pisado el puente de mando de un barco—. La imagen que preside el altar es de la Virgen del Carmen, patrona de los marinos, tallada en madera de cedro por el imaginero sevillano Alarcón en 1952. No me negaréis que es una verdadera obra de arte.

El guía ofreció unos segundos de cortesía para que los ojos de los visitantes descansasen sobre los dos ángeles lampareros que custodiaban a la Virgen, o para que les diese tiempo a leer la inscripción grabada sobre el lapidario de mármol negro que permanecía junto a ella: «A todos los marinos, independientemente de su graduación, que han servido con honestidad y honor a la Armada». Pero Sergio no se demoró en levantar una mano y llamar la atención desde la nave lateral. Las habilidades comunicativas no eran la única cualidad que había desarrollado con el paso de los años; entre otros talentos, se encontraba el de moverse por el edificio cuando la gente miraba para otro lado, como un ilusionista.

—Ahora vamos a conocer uno de los rincones más conmovedores de todo el templo. Nos dirigimos hacia la nava del cenotafio, o salón de símbolos, que suena así como más misterioso. —Labios que se estiran y crean sonrisas—. Venid, venid, pasad por aquí; id avanzando sin miedo. Ya veréis por qué siempre la dejo para el final. Cuidado, que no hay mucho espacio dentro de la sala. En su centro encontraréis un gran estanque circular que contiene agua de los cinco océanos, construido en memoria de los marinos que yacen en sus profundidades.

Sergio se quedó a unos pasos del gran pórtico de madera, como siempre, para entrar en último lugar y permanecer junto a la entrada, desde donde podía aprovechar la acústica que ofrecía la sala gracias a la superposición de la bóveda sobre el depósito de agua. Como en cada una de las últimas visitas, se disponía a añadir que, poco tiempo antes, se habían vertido en el estanque aguas procedentes del fondo de la fosa de las Marianas y de las proximidades de la isla de Guam, pero algo distrajo su atención en la zona de la entrada.

La fila de visitantes dejó de avanzar de golpe.

La joven que encabezaba el grupo permanecía inmóvil tras haberse adentrado un par de pasos en el salón de símbolos. Parecía bloqueada, desorientada, sin ser capaz de digerir la información que le llegaba como a través de un cristal rojo. Un mar de sangre. Cuando comenzaron a perfilarse algunas teselas de realidad, las manos se le fueron solas a la boca, como para taparse el espanto.

En el estanque del cenotafio, flotaba el cuerpo mutilado de un cadáver que la observaba con un solo ojo.

De la garganta de la chica escapó un alarido devastador.

Y las risas, que aún revoloteaban en forma de eco entre las bóvedas del templo, huyeron espantadas con un aleteo apresurado.

2

Universidad de Cádiz, Facultad de Filosofía y Letras

—En algunas ocasiones, la ciencia, la filosofía y la teología deben unirse para intentar responder ciertas preguntas. Cuando se tratan temas especialmente complejos, es necesario estudiar las diferentes formas de entender el mundo y, probablemente, la incógnita que más se ha discutido desde estos tres puntos de vista es el origen del universo.

Ezequiel se giró para señalar con el puntero láser la pantalla gigantesca que quedaba a su espalda, donde se proyectaba la primera diapositiva de PowerPoint de la conferencia. «El origen del espacio-tiempo». En letras mayúsculas y blancas, colocadas sobre un fondo oscuro con algunas motas de colores: una fotografía del espacio profundo realizada por el nuevo telescopio James Webb.

La decana de la Facultad de Filosofía y Letras lo había presentado ante el reducido público hacía apenas unos instantes. De pasada, como con prisas y apoyándose en un iPad donde tenía las notas, comentó que el padre Ezequiel ingresó en la Compañía de Jesús antes de realizar estudios de lenguas clásicas y que, tras ordenarse a los treinta años, obtuvo un máster en astrofísica, física de partículas y cosmología en la Universidad de Barcelona.

Después de eso, creando cierto suspense, conectó la tableta al portátil que permanecía abierto sobre el estrado y, en la gran pantalla, apareció el páter sentado en una silla *gamer* frente a Jordi Wild. Hizo referencia a su entrevista en *The Wild Proyect,* que superaba ya el millón de reproducciones, y los asistentes comenzaron a murmurar mientras el cura agachaba la cabeza ocultando la vergüenza. En ese movimiento, se hizo aún más evidente el hemangioma rosado que le ocupaba la mayor parte de su pómulo derecho. Una mancha que mostraba los vasos sanguíneos muy cerca de la piel y que le había labrado el sobrenombre de Carasucia.

—Durante siglos se ha pensado que el universo ha existido siempre. Y es precisamente la ciencia la que nos lleva a decir que esto no puede ser así. —El sacerdote pulsó uno de los botones del puntero láser. A su espalda, apareció la imagen de una esfera gigantesca envuelta en llamas—. Una de las preguntas que puede hacerle un niño a su padre es: «Papá, ¿por qué brilla el sol?». Y nuestros antepasados podrían contestar: «Pues porque está hecho de una cosa brillante, niño».

Ezequiel, embutido en una americana negra sobre la que destacaba el alzacuellos blanco, entonó esta última frase del mismo tono que si fuese un padre respondiendo a su hijo de mala gana.

Las profesoras de la primera fila estallaron en una risa nerviosa.

—Pero decir que el sol brilla porque está hecho de un material brillante es lo mismo que no decir nada, ¿verdad? El astrofísico británico Arthur Eddington —ahora, en la pantalla del proyector, una fotografía del científico en blanco y negro— dedujo que el sol brilla porque genera energía, y que esa energía se origina gracias a la fusión nuclear que se produce en el interior de la estrella, donde el hidrógeno se convierte en helio. Este proceso, además de liberar fotones, crea una gran cantidad de energía que mantiene vivas a las estrellas. Entre ellas, nuestro sol.

El sacerdote se movía por la tarima con desenvoltura y naturalidad. El cañón de luz del proyector lo deslumbraba cada vez que cometía el error de mirar hacia el fondo de la sala, como si esos astros de los que hablaba hubiesen descendido desde los cielos para atestiguar que todo lo que allí se decía era cierto.

—Pero siendo esto así, es lógico pensar que llegará un momento en que ese combustible se agote y que las estrellas terminen apagándose. Si el universo hubiese existido siempre, las estrellas ya no brillarían, ¿no? La ciencia se ve obligada por su propio raciocinio a decir que el universo no puede ser eterno, que debió tener un inicio.

Las cabezas de algunos estudiantes permanecían agachadas, escrutando los teléfonos móviles que escondían entre sus piernas. El público de la conferencia, organizada por el servicio de extensión universitaria, estaba formado en su mayor parte por alumnos que se habían arrastrado hasta la facultad con el único interés de obtener los pocos créditos que recibirían por asistir al programa de verano. Solo se les requería estar allí de cuerpo presente durante la hora de aquella ponencia; no se les exigía ningún esfuerzo intelectual ni de comprensión, por lo que, si empleaban el tiempo visionando tiktoks, la recompensa sería la misma. Ezequiel atendía a esas charlas en institutos y universidades siempre que sus obligaciones como párroco se lo permitían, pero, en determinadas ocasiones, dudaba de que los asistentes estuviesen motivados para el tipo de teodiceas que solía impartir.

«Total, seguro que me han invitado a esta conferencia gracias a mis apariciones en YouTube».

—Si el universo que conocemos no es eterno, entonces, ¿qué edad tiene y cómo comenzó? ¿Cómo se creó? Se ha llegado a demostrar que el universo está en continua expansión, y, si el universo se expande, quiere decir que, en su inicio, debía de ser mucho más pequeño. Lógico, ¿no? Si damos marcha atrás en el tiempo —el sacerdote acercaba las dos palmas de las manos, encogiendo el espacio que había entre ellas—, tiene que llegar un momento en que todo el universo ocupaba un tamaño menor que una manzana. Y si aún seguimos rebobinando hacia atrás, nos encontramos con un universo que mide menos que la cabeza de un alfiler, incluso que un átomo.

Hizo una pausa estratégica en su soliloquio para que el público tuviese tiempo de interpretar la información y que en el interior de cada uno de esos cráneos naciese un universo primigenio, donde los árboles, el mar, los sueños y los seres queridos de cada uno de los presentes estuviesen comprimidos en un espacio menor que una mota de polvo. Introdujo una mano en el bolsillo de su pantalón negro y comenzó a pasear por el escenario. El corte de pelo militar y la pulcra vestimenta oscura lograba transmitir a la audiencia una potente impresión de higiene física y mental, de limpieza moral.

—¡Ah! ¿Y cómo era entonces ese universo diminuto? —El capellán elevó la voz a conciencia, para despertar a los alumnos de sus cavilaciones y llamar de nuevo su atención—. Los cálculos de la física dicen que debía de ser un universo enormemente caliente y denso.

De nuevo, la gran pantalla de su espalda cambió de imagen para mostrar una fotografía de Georges Lemaître. Una mirada en blanco y negro, de otro tiempo, observaba a las nuevas generaciones de estudiantes a través de unas gafas de cristales redondos y diminutos.

—Esta teoría la propuso primero un sacerdote belga llamado Georges Lemaître, al que terminaron llamando «el padre del *big bang*». Llegó a la conclusión de que el universo tenía que haber comenzado con una enorme explosión que, en un primer momento, sirvió para que el universo se expandiese. Y uno se puede preguntar: pero, antes de esa explosión, ¿qué hubo?

El sacerdote había levantado las manos de la misma manera que lo hacía cuando leía la palabra de Dios en la parroquia, como para otorgar un carácter divino a esta pregunta primordial. Valoró la posibilidad de citar algo sobre las últimas teorías inflacionarias cuando, de pronto, algo comenzó a vibrar en su muñeca derecha.

Deshizo la postura y echó un rápido vistazo a su *smartwatch,* donde la imagen digital de Rick y Morty siendo tragados por un agujero negro desapareció de la pantalla para dar paso a un teléfono verde que se agitaba.

Tenía una llamada entrante.

Dejó que siguiese dando tono y continuó:

—La respuesta, queridos, es que no hubo un antes. Hawking dijo que intentar ver antes del *big bang* es lo mismo que intentar ir más al sur del Polo Sur. Por lo que, una vez que tenemos la parte científica, la que demuestra que hablar de un antes no es correcto porque no existía ni espacio ni tiempo, solo nos queda buscar respuestas en la filosofía. Esta nos dice que todo lo que comience a existir debe recibir la existencia de otro, porque la *no existencia* no puede darse existencia a sí misma.

Durante un par de segundos, el reloj de su muñeca había dejado de vibrar, pero ahora volvía a hacerlo de nuevo, con insistencia.

—Entonces, la filosofía nos está diciendo que es necesario un creador no material, antes de la materia, y que no esté tampoco sujeto a las leyes de la física ni del tiempo. Que, además, pueda hacer que surja algo de donde previamente no había nada, y esto es exactamente…

El sacerdote se quedó en silencio, mirando la pantalla del reloj donde también tenía enlazada su cuenta de WhatsApp. Antes de que desapareciese el último mensaje recibido, pudo leer: «Llámeme de inmediato, es urgente».

Introdujo la mano en el bolsillo del pantalón donde guardaba el teléfono móvil y vio cuatro llamadas perdidas del comandante director de la Escuela de Suboficiales de la Armada. Su trabajo también consistía en ofrecer servicio eclesiástico a los alumnos aspirantes de la escuela, pero siempre trataba con el director en el propio cuartel; nunca antes lo había llamado por teléfono. Aún menos fuera del horario lectivo.

—Lo siento, pero me parece que me vais a tener que disculpar un par de minutos.

Mientras caminaba hacia la salida de emergencia situada en uno de los laterales del escenario, un murmullo generalizado comenzó a expandirse por el auditorio. Las profesoras de la primera fila intercambiaron algunas miradas de confusión.

Una vez fuera, el sacerdote se paró junto a un extintor colgado en la pared y pulsó el botón verde de rellamada. No le dio tiempo ni a colocarse el teléfono en la oreja cuando ya respondieron al otro lado:

—¿Padre Ezequiel?

—Buenas tardes, mi teniente coronel.

El comandante director de la Escuela de Suboficiales ostentaba el empleo de capitán de fragata, equivalente a teniente coronel de otros ejércitos.

—Madre mía, páter, he intentado localizarle por todos los medios.

—Ya, es que me pilla usted en medio de una...

—Da igual, deje lo que esté haciendo y preséntese inmediatamente en el Panteón de Marinos Ilustres.

—¿Cómo dice?

A pesar de llevar más de ocho años desempeñando funciones de capellán castrense, no estaba acostumbrado a recibir órdenes, como tampoco lo estaba a percibir desesperación, incluso terror, en la voz de un oficial superior.

—Necesito que vaya para allá cuanto antes. Ya sé que el responsable de la seguridad del panteón por graduación soy yo, pero es usted el que pasa más tiempo en el mausoleo y mejor lo conoce. Todo esto me ha pillado de vacaciones con la familia en Madrid, ahora mismo tengo a mi mujer llamando a Renfe desde su teléfono, a ver si podemos conseguir un billete de última hora para esta noche. —El teniente coronel hizo una pausa, como para lamentarse—. Necesito que haya alguien de confianza que controle la situación hasta que yo vuelva. Es importante.

—Pero ¿qué pasa? ¿Qué es lo que ocurre?

Al otro lado de la línea se hizo el silencio, como si el mando se perdiese en un océano de pensamientos.

—Algo horrible, páter. Horrible.

3

Parque Capitán Conforto, población militar de San Carlos

¿Tenía los ojos cerrados?

No.

Pero no miraba con ellos a ninguna parte; los mantenía fijos en la profunda oscuridad del cielo nocturno, como si el hueco de su corazón fuese aún mayor que el vacío entre todas esas galaxias. Sus ojos acuosos, hechos de las mismas partículas de carbono que esas estrellas, reflejaban una luna de mirada cansada, desgastada por ver cómo la misma historia se repetía una y otra vez.

Natalia permanecía tirada en medio del parque mientras que sus pulmones luchaban por capturar alguna molécula de oxígeno, pero el llanto descontrolado no se lo ponía fácil. Había salido corriendo de casa nada más recibir la llamada de la comisaría. ¿Doña Natalia Fernández? Sí, soy yo. Le llamamos con relación a su hijo. Cuando se bajó del taxi y se encontró con los vehículos policiales alrededor del edificio del panteón, su cuerpo se le fue al suelo. Nació en ella un deseo irrefrenable de caer, de permanecer abajo, como si desde aquel momento fuese el lugar que le correspondía en el mundo y tuviese que aprender a vivir con vista de gusano. La tierra no solo reclamaba el cuerpo de su hijo, sino que también lo hacía con el suyo tirando de ella hacia abajo.

Su cabeza se movía a uno y otro lado de manera brusca, negando aceptar un futuro sin la existencia de su pequeño. Las aristas afiladas que sobresalían del empedrado, penetraban entre las vértebras de su espalda como uñas de demonios. Su vida había perdido la dimensión de felicidad y sabía que no volvería a levantarse de allí jamás.

Oía murmullos, conversaciones de otras personas que pululaban por allí. Desde el suelo, la vibración de los pasos indecisos que se movían de un lado para el otro le llegaban desde direcciones confusas. Unas botas militares se pararon a escasos centímetros de su cabeza y una mano desconocida vertió un poco de agua sobre su frente. El aullido de dolor que brotó de su garganta hizo que algunos pájaros saliesen huyendo de los árboles que rodeaban el parque. Ficus nocturnos de hojas enormes, como manos secas. El líquido que se derramaba desde las sienes hasta la nuca se le reveló con una gelidez insoportable, las zapatillas de andar por casa salieron disparadas cuando comenzó a patalear sin control, queriendo hacerse estallar los talones contra la piedra. Sus lágrimas fluían desde los bordes enrojecidos de sus párpados y se deslizaban lentamente, dibujando riachuelos de carne erosionada, como si vomitase jugos gástricos desde los lagrimales.

Alguien se acercó corriendo y el suelo comenzó a temblar. Luego oyó una voz anónima, nueva, que preguntaba por lo ocurrido.

—Buenas noches, páter. Si le digo la verdad, aquí nadie sabe muy bien todavía qué es lo que pasa. —El que respondía bajó ligeramente el tono, para que ella no oyese—: Por lo visto, han encontrado el cuerpo de uno de nuestros soldados en el Panteón de Marinos Ilustres. Esta señora ha llegado hace unos minutos, pero ha sido imposible entender nada de lo que dice —Natalia notó cómo la voz apuntaba hacia ella; la estaban mirando desde arriba—, parece ser que es la madre del chico.

Creyéndose capaz de rasgarse los tímpanos con sus propios gritos, rabió entonces con más fuerza para dejar de escuchar las mentiras de la gente sin rostro que la rodeaba. Quería entrar dentro del mausoleo que se encontraba junto al parque, abrazar a su hijo y demostrar a todos esos embusteros de uniforme que seguía vivo; que era imposible que estuviese muerto cuando ayer cenó y durmió en casa.

Que no.

Y que no.

Su risa sonaba aún con terrible nitidez dentro de su cabeza.

Con esos alaridos desgarrados, conseguía aturdir sus sentidos y dejarse arrastrar inexorablemente hacia la locura. Cada poco tiempo le brotaban arcadas desde las profundidades de la garganta, tenía náuseas y necesitaba vomitar, pero no lograba expulsar nada. Si dejaba de gritar o de llorar durante algunos segundos para tomar aire, podía oír todos y cada uno de sus órganos descomponiéndose, pudriéndose a grandes velocidades en su interior.

El recién llegado se le acercó. A diferencia del resto, este no calzaba unas botas militares, sino unos mocasines negros. Hincó una rodilla junto a ella y dejó caer la palma de la mano sobre su frente húmeda y despeinada. Una calidez reconfortante, de terciopelo, recorrió a Natalia de arriba abajo. En las alturas apareció el rostro de un hombre superpuesto a la redondez de la luna, agraciado por una aureola de reflejos plateados y un cráter en uno de sus pómulos. Sus ojos, como dos recortes circulares del cielo, la observaron con ternura.

—Tranquila, todo irá bien. No estás sola, estoy aquí contigo.

Natalia cerró sus labios en un sello de carne temblorosa y los párpados se le rindieron por el cansancio, renunciando a la realidad. Penetró en una niebla oscura, insondable, donde encontró una paz de profundas raíces.

Silencio.

Nihil.

La sonrisa de su hijo, en medio de la nada.

4

Acceso posterior al Panteón de Marinos Ilustres

—¡Oiga, oiga!

El que parecía sufrir sordera de los dos oídos siguió avanzando con decisión, pisoteando con sus mocasines negros la carretera. Miraba hacia delante, ignorando a propósito el cordón policial que comenzaba a desplegarse desde uno de los laterales del edificio. La entrada trasera del panteón, la que daba al parque Capitán Conforto, exhibía una monumental puerta central con forma de arco de medio punto, enmarcada por un par de pilastras adosadas y dos ventanas con óculos. Bajo el reflejo azulado e intermitente de los vehículos policiales, la fachada neoclásica parecía formar parte de una escena onírica.

—¡Caballero!

El agente se cagó en su puta madre haciendo uso de la libertad de pensamiento, arrojó sobre el asfalto el rollo de cinta con el escudo estampado de la Policía Nacional y, de dos saltos ágiles, agarró a aquel tipo del brazo.

—¿Dónde cree que va?

El sacerdote se dio la vuelta y miró al joven a los ojos. Era corpulento y musculado, pero el apurado extremo de su barbilla, con marcas ensangrentadas de cuchilla, le llevó a pensar que no debía de acumular demasiado tiempo de servicio.

—Buenas noches, agente —dijo, haciéndose el despistado, como si realmente no lo hubiera visto hasta ese momento—. ¿Qué ha ocurrido aquí?

El policía nacional lo soltó del brazo.

—Lo siento, caballero, pero está teniendo lugar una investigación policial. Debe usted dar media vuelta y volver por donde ha venido.

Ezequiel intentó echar un vistazo al interior del edificio, pero no vio gran cosa desde allí. Un bípedo, envuelto en un traje blanco de bioprotección con capucha y cubrezapatos de papel, cruzó por delante del gran portalón para volverse a perder de nuevo entre las dependencias del mausoleo. Advirtió que, entre sus manos, recubiertas por sendos guantes de látex, portaba una cámara fotográfica. Las lámparas forjadas del templo permanecían encendidas; algo inusual, dadas las horas de la noche.

—Ya, disculpe, es que no me he presentado. Soy el padre Ezequiel Expósito, párroco titular de este panteón. El edificio está bajo mi dirección. —Catecismo 2482: «La mentira consiste en decir falsedad con intención de engañar» (San Agustín, *De mendacio*, 4, 5). Pero el sacerdote apostó todo al rojo a que el agente no estaba al tanto de las burocracias castrenses. Aprovechó el desconcierto para continuar—: El director de la Escuela de Suboficiales, que es este edificio que ve usted aquí al lado, me ha llamado por teléfono para avisarme de la desgracia que ha tenido lugar en el panteón. Necesito pasar para constatar lo que ha ocurrido y dar novedad a mis superiores. —Dos cejas que se arrugaron, sin decir nada—. Este templo es uno de mis lugares de trabajo, ofrezco servicio de misa en el propio panteón. Conozco bien el lugar; si me deja pasar, quizá pueda ayudar en todo lo que necesiten para el desarrollo de la investigación. Estoy a vuestra entera disposición.

El policía dio un paso atrás para guardar la distancia. Por su expresión, era evidente que se encontraba ante una situación que le incomodaba. Analizó al hombre vestido de negro que tenía delante hasta que sus ojos se frenaron en la mancha roja de su rostro, que recordaba al estallido de un fresón que le hubieran tirado contra el pómulo. Luego reparó en el alzacuellos blanco de la camisa. La línea en zigzag del cráneo que unía sus huesos parietal y frontal chirriaron al intentar encontrar una respuesta adecuada para aquella tesitura. Lo más saludable, en estos casos, es regirse siempre por lo que dicte el manual.

—Mire, lo siento mucho, pero, aunque usted fuese la persona que dice ser, tampoco podría dejarle pasar. Si la unidad investigadora necesita su ayuda se lo hará saber cuando llegue el momento. Le ruego que se dé la vuelta y nos deje trabajar. Cuanto antes terminemos, antes podrá usted entrar en su mausoleo. —Respondió sin demasiada convicción, como rogando con los ojos al sacerdote que, por favor, se marchase y dejase de ponerle en ese compromiso—. No crea que me agrada negarle la entrada —añadió—, pero debe comprender que estoy haciendo mi trabajo.

Ezequiel negó suavemente con la cabeza. Tras reflexionar durante un par de segundos, se despidió del policía y dio media vuelta. Mientras se alejaba, se desabrochó el alzacuellos con una sola mano, sacó un librito de papel del bolsillo interior de su americana y, con la habilidad del que lo ha practicado miles de veces, se lio un cigarrillo sin dejar de caminar.

Sus facciones resaltaron en la noche.

Frente a la lumbre anaranjada del mechero.

5

Escuela de Suboficiales de la Armada

—A la orden, mi comandante, buenas noches.

El mando atravesó la entrada con un paso rotundo, enérgico, propio de los que están habituados a recibir saludos militares sin sentirse obligados a devolverlos. El marinero, que había subido la mano como un resorte hasta que sus dedos quedaron rozando la visera de la gorra azul marino, dio media vuelta en un gesto marcial y volvió a meterse en la garita de guardia. Acostumbrado también a adoptar la posición de firmes sin esperar nada a cambio.

El comandante dejó a su espalda el control de acceso y enfiló la amplia explanada del patio de armas. Al fondo, apenas iluminado por un foco que brotaba del cemento, se recortaba la silueta de una libélula colosal: un helicóptero de salvamento dado de baja por inoperatividad que había sido degradado a cumplir funciones de decoración. El edificio de ventanas cuadradas situado a su derecha permanecía completamente apagado, sin vida. Hacía menos de una semana que se había celebrado en esa misma explanada la entrega de despacho de los suboficiales que terminaban su formación, por lo que, hasta después de verano, no daría comienzo el año lectivo de los nuevos aspirantes a la escala de suboficiales. Allí se someterían a sesiones interminables de instrucción militar, desfiles castrenses, ejercicios de tiro, carreras kilométricas y clases teóricas de cultura naval y liderazgo. Aquel aulario, que servía también de alojamiento a los casi cuatrocientos alumnos, solía contener el movimiento caótico de un hormiguero, ya que los aspirantes tenían prohibido ir andando y pasaban la mayor parte del día corriendo de un lado para el otro.

Pero esa noche, silencio.

Un edificio a oscuras repleto de literas vacías.

Mientras caminaba en dirección a la entrada principal del Panteón de Marinos Ilustres, las condecoraciones militares que colgaban de su pecho tintineaban como si ellas también quisieran cantarles a las estrellas junto a los grillos. Siendo sacerdote diocesano en la parroquia de San Juan de Dios de Ceuta, se enteró de que el Ministerio de Defensa convocaba tres plazas de carácter temporal y dos permanentes para ejercer como capellán castrense. Aquella era la solución a todos sus problemas. Ezequiel, por entonces un presbítero casi recién salido del seminario, nunca recibió la gracia del gran obispo de Cádiz y Ceuta, probablemente por su inoportuna postura sobre el uso de anticonceptivos y los sacramentos a homosexuales y divorciados. La alta curia se puso nerviosa cuando empezó a rumorearse que ese joven cura no tenía reparos a la hora de bautizar a niños cuyos padres no estaban casados.

Se le advirtió en varias ocasiones que, de acuerdo con la Asamblea Especial del Sínodo de los Obispos, hacían falta capellanes en las zonas rurales del Amazonas. Allí, además de proclamar la verdad y la palabra de Dios, tendría tiempo suficiente para dedicarse a la reflexión y la oración. Conseguir esa plaza en el Ministerio de Defensa era la única escapatoria que le permitiría evitar ser destinado en medio de la selva, donde los laboratorios, las universidades y los observatorios astronómicos quedaban tan a desmano.

Estudiar la mecánica de la naturaleza jugaba un papel tan determinante en la existencia del padre Ezequiel como su propia fe. Estaba convencido de que intentar comprender el universo era lo mismo que acercase a la obra del Creador. No puede haber diferencia entre ciencia y religión cuando solo existe una verdad. Y por mucho que se quisiera pensar lo contrario, no era una *rara avis* dentro del clero, ya que hasta el propio Vaticano contaba con un observatorio astronómico gracias a todos los hombres de fe que habían abrazado la ciencia para conocer mejor los misterios de Dios.

También existía en su interior la poderosa convicción de que, a pesar de esos arrebatos de franqueza que no siempre complacían a la alta curia, su disciplina acompañada de esa apariencia pulcra e impecable lo convertían en un sacerdote extraordinariamente eficaz en su trabajo.

De la misma manera que podría ser un militar ejemplar.

Los requisitos del Ministerio de Defensa para oficiar como capellán eran bastantes exigentes, pero, *a priori*, los reunía todos. Había terminado los estudios eclesiásticos y el límite estipulado por la convocatoria eran los cincuenta años. Por entonces, una edad inalcanzable y lejana, prácticamente imposible, ajena como la propia muerte. Si ahora estiraba el brazo, casi podía rozarlos con la punta de los dedos. Cuarenta y seis. También debía hacer entrega de un certificado negativo de antecedentes de delitos de naturaleza sexual, además de pasar una prueba médica. Ezequiel superó un periodo en el que estuvo recibiendo formación teológico-pastoral y castrense durante tres años. Su responsabilidad como capellán de la Armada en la actualidad consistía en instruir y ofrecer apoyo moral y religioso a los soldados, además de celebrar la santa misa en los acuartelamientos de la zona de la bahía de Cádiz. Después de renovar la vacante y conseguir una plaza de carácter permanente mediante concurso oposición, se movía con naturalidad entre las dependencias militares. Estaba tan acostumbrado a tratar con los altos mandos de uniforme como a que lo invitasen varias veces por semana al café del desayuno.

Siempre que podía, evitaba exhibir sus recompensas militares. Prefería formar parte de esos hombres que se ganan a los fieles a pulso, con el don de la palabra y a través de la inspiración del Espíritu Santo. Pero eso no significaba que desconociese el poder y la autoridad que evocaba en la gente esos pedazos de hojalata que colgaban de su pechera y que recordaban sus despliegues en zonas de operaciones. Después de que el policía le hubiese denegado el paso al panteón, había ido en busca de su uniforme a la residencia de oficiales. Se alojaba allí mismo, en el propio cuartel, por lo que pudo colocarse en un momento la sotana castrense reglamentaria y lucir el galón de comandante que le correspondía. La indumentaria militar, acompañada de una actitud fría y distante, fueron las herramientas que le permitieron entrar a medianoche en el acuartelamiento sin responder una sola pregunta.

Necesitaba ver con sus propios ojos lo ocurrido allí dentro. No lo hacía impulsado por la llamada del director de la escuela, sino porque era incapaz de arrancarse de la cabeza el llanto desconsolado de la mujer a la que había atendido a las puertas del panteón. La compasión le exigía ofrecer todo el consuelo que estuviese en su mano.

En el momento en el que se encontró de frente con los dos cañones que flanqueaban la entrada principal del mausoleo, giró a su izquierda y se dirigió hacia el callejón formado por el edificio de dirección de la escuela y el panteón. Tuvo la sensación de que los bordes de la calzada tenían menos iluminación, por lo que avanzó pegado a la fachada mientras los bajos de su sotana creaban oleajes de brea tejida. Los tacones de sus zapatos negros martillaban el silencio de la noche y su corazón... ¡Ay, su corazón! Su corazón le percutía el tórax con tal furia que Ezequiel temió que pudiese quebrar el rosario que llevaba colgado bajo el hábito.

Respiración acelerada.

Y el sabor rancio del tabaco en la boca.

Cuando llegó a una pequeña puerta casi oculta por las sombras de la luna, rebuscó en uno de sus bolsillos y sacó el manojo de llaves que utilizaba para abrir y cerrar las parroquias donde oficiaba. Aquel portón que tenía delante apenas era conocido por el personal de mantenimiento del edificio y el guía del panteón. Vio que un resquicio de luz parpadeante, que provenía de los vehículos policiales estacionados al otro lado de la calle, se reflejaba con timidez en la madera del portalón, por lo que se apresuró en controlar el temblor de sus manos e introducir en la cerradura una de las llaves más voluminosas del llavero.

La puerta se abrió con un amplio quejido.

Y un soplo de aire frío vino a su encuentro desde el interior del templo, como si acabase de apartar una lápida. También llegaron voces de otro mundo, conversaciones de ultratumba reverberadas por la acústica del santuario. El eco de las pisadas apremiantes, similares a las de las suelas de goma en una cancha de baloncesto, se mezclaban con los susurros de los agentes como si fuesen quejidos de murciélagos.

La enorme nave central quedaba a su derecha, por lo que desde su posición pudo ver cómo un policía interrogaba al guía del panteón, que negaba con la cabeza mientras perdía la mirada en el vacío. Los matices de su rostro, aún bajo la luz cálida de los candiles, presentaban la misma palidez que las esculturas de mármol antiguo que se repartían a lo largo del mausoleo.

El panteón era uno de sus lugares de trabajo; lo frecuentaba de manera asidua, pero eso no evitaba que se sintiera incómodo, con la adrenalina del que pisa de manera furtiva un jardín ajeno. Se retiró de la entrada para evitar que también pudieran verle a él y avanzó hacia el interior dominado por la incertidumbre.

Unas voces rebotadas llegaban desde la sala del cenotafio.

No sabía con certeza qué podía encontrarse al otro lado y aquello le tenía verde las paredes del estómago. Caminó bajo los frescos en penumbra y unos pasos más adelante, la cámara circular de la sala de símbolos se abrió ante sus ojos.

Los nervios le estallaron en una supernova de terror.

El estanque del centro de la sala, donde se depositaba el agua de todos los océanos del mundo, se le presentó como una enorme piscina de sangre. En el líquido tintado de rojo, se reflejaba el baile imprevisible de las llamas de los cirios que rodeaban la estancia. Sintió cómo el tiempo se le confundía con los sonidos, que le llegaban filtrados y amortiguados, a la vez que le embargaba una sensación similar a cuando alguien te advierte de que está ocurriendo algo importante, como si estuviese teniendo acceso a una imagen prohibida.

A una escena impía, traída desde el mismísimo infierno.

El cuerpo mutilado de un joven flotaba inestable en la bañera escarlata. El tronco se mantenía en la superficie del agua de manera oblicua, mientras su rostro, de rasgos latinoamericanos, emergía a ratos de ese mismo tinte rojizo que teñía la desnudez de su cuerpo. Una de sus cuencas oculares había sido vaciada, dejando en su lugar un cráter oscuro y pulposo. El ojo que le quedaba observaba el cielo dorado de nubes blancas que decoraba la cúpula del cenotafio, donde un grupo de ángeles sugerían el camino que le tocaba emprender.

Al sacerdote le sobrevino la impresión de haber coincidido con aquel chico en el cuartel, como si su memoria tratase de recomponer el rictus deformado de su rostro cadavérico, que parecía ser fruto de algún oscuro origen muscular. La boca se le abría en una mueca dislocada, de la misma manera que si hubiese perdido la vida mientras le extirpaban el ojo de cuajo y sus facciones hubiesen quedado atrapadas en el tiempo. En el centro de su frente, una marca realizada con un hierro candente, cauterizaba su piel hasta formar el patrón de un círculo coronado por dos protuberancias en forma de astas, semejante al signo zodiacal de Tauro.

En la piel descolorida de su abdomen podían distinguirse unos cortes afilados, labios de carne abierta que dibujaban una esvástica en el vientre del cadáver. De su centro, donde debía situarse el ombligo, brotaba una larga serpiente oscura y pringosa que oscilaba con el suave movimiento del líquido amniótico del embalse. El sacerdote se quedó hipnotizado durante unos instantes por el contoneo de aquel apéndice, que brillaba bajo la luz titilante de las velas y recordaba a un cordón umbilical perdiéndose en las profundidades de un mar rojo. Cuando descubrió que se trataba de los intestinos extraídos del abdomen a través de la herida con forma de esvástica, quiso hacer la señal mecánica de la cruz.

Pero fue incapaz.

La mano se le quedó a medio camino.

El llavero, que no recordaba sostener en la mano, escapó de entre sus dedos y se dejó arrastrar por la curvatura del espacio-tiempo. Aterrizó sobre el frío mármol del suelo, provocando un ruido metálico que sirvió como tónico para que Ezequiel despertase de esa pesadilla. Fue consciente de que el eco de las conversaciones había cesado y que un silencio abrumador inundaba la sala circular. Al levantar la mirada del cuerpo flotante, descubrió que era el centro de atención de la sala. Los agentes que montaban un foco sobre un trípode para iluminar la escena quedaron bloqueados para observarlo con estupor, como si se tratase de una aparición mariana. Al fondo, un tipo con camisa y teléfono móvil adherido a la oreja lo habría fulminado al instante si su mirada hubiese podido destilar veneno. Bajo el escudo de España flanqueado por las figuras en mármol de Neptuno y Minerva, otro de los agentes vestido con el traje blanco de bioprotección se retiró las enormes gafas de plástico para intentar dar crédito a lo que veían sus ojos.

Un sacerdote con sotana y alzacuellos en la mismísima escena del crimen.

El tipo encamisado y de zapatos náuticos se separó el teléfono del oído y ordenó:

—¿Pero cómo cojones habéis asegurado el perímetro del edificio? ¡Sacad a este señor de aquí inmediatamente!

—Ya mismo, señoría.

La respuesta provino de su espalda, desde donde una pinza compacta le apretó por encima del codo. Ezequiel no tuvo ninguna duda de que se trataba de la misma herramienta despiadada que había arrancado el ojo del cadáver que tenía frente a sus pies. Sintió cómo se desvanecían las pocas fuerzas restantes y todo a su alrededor tomó la consistencia ondulatoria de unas cortinas. La orilla de su visión comenzó a difuminarse y le sobrevino la certeza de que podría caer desplomado de un momento a otro. Cuando fue capaz de girar la cabeza, vio que el que le agarraba por el brazo era el mismo policía que le prohibió el paso en la entrada del panteón.

—Sí, ayúdame a salir de aquí —suplicó el capellán, con las rodillas convertidas en harina y la mirada nebulosa—. Debí hacerte caso desde el principio, chico.

6

Renania del Norte-Westfalia, 1941

Un neumático.

Que frena suave sobre la gravilla.

El furioso motor del Mercedes-Benz 770k dejó de rugir, como una bestia negra que de pronto se hubiese quedado dormida. Un hombre uniformado de la Wehrmacht abandonó el asiento del conductor y abrió la puerta trasera del vehículo de manera servicial.

La mujer que descendió del Mercedes hizo gala de una extrema elegancia en sus movimientos. En contra de los estándares del Reich, que recomendaba llevar el cabello corto para facilitar las funciones de ama de casa y madre, su extensa cabellera caía en cascada sobre la espalda, apenas recogida en una cola que no era suficiente para domar esa melena que le llegaba hasta la cintura. Su color dorado contrastaba con el traje negro que cubría su cuerpo alto y estilizado, como si fuese una llama brillante en una noche oscura.

Mientras su acompañante descendía del vehículo, Maria Orsic admiró la imponente fachada del castillo de Wewelsburg. Sus torres cilíndricas se erguían como guardianes de piedra vigilantes, protectores de los secretos que se ocultaban en el interior de aquella fortaleza. Las reducidas y enrejadas ventanas parecían ojos sin vida que impedían que la luz del sol penetrase en sus espacios escrupulosamente reservados. Sobre la gran puerta de madera maciza, una inscripción grabada en la piedra proclamaba el lema de las Waffen-SS: «*Meine Ehre heißt Treue*»*, dejando claro que ese lugar era el refugio de los fieles, de los que habían entregado su vida al Reich.

—*Sieg Heil!*

Maria no respondió al saludo del militar que caminaba enérgicamente a su encuentro. Conocedora del poder que las estrellas concedieron a sus enormes y expresivos ojos, observó con tranquilidad cómo el coronel se cuadraba ante ella y hacía resonar los tacones de sus altas botas.

—Reichsgeschäftsführer Wolfram von Sievers, director de la Sociedad para la Investigación y Enseñanza sobre la Herencia Ancestral Alemana —se presentó el hombre que portaba el abrigo negro de piel, reservado para los oficiales de las SS, mientras señalaba el castillo que tenía a su espalda—. El Führer me ha informado personalmente de la trascendencia de su visita, por lo que intentaré que su estancia en el centro espiritual de Alemania sea de su agrado.

El alto mando ignoró por completo la presencia de Sigrun, que había bajado del vehículo y permanecía con la mirada gacha tras la figura esbelta de Maria Orsic. No todo el mundo estaba preparado para soportar el terror que aquel uniforme con insignias de cráneos y huesos cruzados provocaba en la gente. Su pelo oscuro y cuidadosamente peinado, discurría como un río de alquitrán que desembocaba a la altura de sus rodillas. Colocaba las ma-

* «Mi honor se llama lealtad».

nos delante de ella, sosteniendo el maletín de cuero que portaba a modo de escudo protector.

—Me defrauda usted, Reichsgeschäftsführer —contestó Maria de manera autoritaria—. Si he aceptado atravesar medio imperio en este vehículo ha sido para visitar el centro espiritual del mundo, no solo de Alemania.

Al director de la Ahnenerbe pareció satisfacerle la respuesta, por lo que relajó su postura y, con un gesto de una de sus manos enguantadas, la invitó a que le siguiera hasta el interior del edificio.

—Lleva usted razón, señora Orsic. Este castillo terminará convirtiéndose en el centro del mundo. Con la caída de Francia y los Estados del Báltico, Europa terminará siendo nuestra más pronto de lo que pensamos.

Durante el trayecto hacia la entrada al castillo, la gravilla crujía como si fuesen huesos estallando bajo las altas botas del oficial de las SS. Unos pasos atrás caminaba Maria, pero en su avance solo podía encontrarse el silencio. De la misma manera que si su cuerpo fuese etéreo, los bajos de su traje parecían flotar a ras de suelo, haciendo que sus pies descalzos quedasen ocultos tras esa tela tejida con tinieblas.

—Con cada nueva esvástica, Alemania se expande un poco más. Después de Rusia, iremos a por Occidente. En las próximas décadas podremos ver cómo la verdadera sangre nórdica dominará el mundo y la antigua sabiduría ancestral brillará como en los primeros tiempos.

—Desconocía que también pudiera ver usted el futuro —respondió Maria, provocadora.

Wolfram von Sievers frenó. Luego se giró, para enfrentar sus ojos a los de la médium.

—La mejor manera de conocer el futuro es estudiando el pasado, señora Orsic. Es por esa razón que el Führer ha tenido la amabilidad de invitarla al mayor centro de estudios para la historia antigua del espíritu.

La sala de recepciones del castillo de Wewelsburg se abrió delante de ella con una majestuosidad sombría. Una colosal escultura en piedra de la diosa Skuld se erigía en uno de los laterales de la amplia estancia. Skuld era una de las tres hermanas del panteón de la mitología nórdica. Estas nornas eran las encargadas de confeccionar el tapiz cósmico del destino de los hombres. A Urd le correspondía el tejido del pasado, a Verdandi el del presente.

A Skuld, los hilos del futuro.

Los techos elevados se perdían entre las penumbras de la cámara, cuya pobre iluminación estaba conformada por las antorchas ardientes que se anclaban a las paredes. Una colección de armaduras de acero se repartía a lo largo de la sala, junto a la omnipresencia de cráneos humanos, el símbolo fetiche de las SS. A pesar de que el suelo era de madera, a Maria le atravesó un frío devastador que subió desde las plantas de sus pies desnudos. De súbito, se proyectaron delante de sus ojos miles de bocas abiertas en un gesto de agonía, uniformes sucios con agujeros de bala, dedos retorcidos y hundidos en el barro gris del campo de batalla. En sus oídos, restalló el rugido de los morteros y las piezas de artillería, a la vez que las madres lloraban de manera desconsolada ante las fotografías en blanco y negro de sus hijos caídos en combate.

Maria se adentraba en un lugar de donde manaba una energía sacrílega y ancestral.

Y supo que el largo viaje había valido la pena.

Recorrieron una serie de pasillos sumidos en un silencio abisal. A medida que avanzaban, las invitadas fueron descubriendo que el castillo se dividía en distintos departamentos de investigación, cada uno de ellos dedicado a un campo científico concreto.

—En la Ahnenerbe, tenemos la fortuna de contar con comandos especializados en la recuperación de obras de arte y objetos de poder. En esta sala, por ejemplo —comentó el mando de las SS, asomándose a una de las estancias—, estudian las inscripciones rúnicas que pueden encontrarse en la arquitectura y la escultura a lo largo del mar del Norte y el mar Báltico. Una búsqueda de extrema importancia que no deja de sorprendernos con cada nuevo descubrimiento. Las runas son el alfabeto sagrado de las primeras tribus germánicas, por lo que desentrañar su significado puede ser un logro determinante para el futuro de nuestra raza.

Los ojos de Maria aterrizaron en el brazalete negro que portaba el Reichsgeschäftsführer con las dos runas sigel, que contenían el conocimiento esotérico de los antiguos arios y que se habían convertido en el símbolo por excelencia de las Waffen-SS. En la mirada del militar, también pudo entrever cierto orgullo mientras contemplaba a su equipo con devoción. Allí se reunían los mayores intelectuales del imperio, eruditos disfrazados de simples funcionarios que clasificaban con sumo cuidado documentos, archivos y reliquias de extraordinario valor. Aquel castillo formaba la sede central de la Ahnenerbe, una sociedad integrada dentro de las SS, creada con la finalidad de destruir el cristianismo e instaurar una nueva religión alemana basada en las creencias paganas y los dioses germánicos. Para demostrar científicamente el origen ancestral de la verdadera sangre germana, la Ahnenerbe había realizado innumerables expediciones arqueológicas, etnológicas y antropológicas a lo largo del planeta, desde las islas Canarias, a las que consideraban restos del gran continente sumergido de donde provenía originalmente la raza aria, hasta el Tíbet, donde aseguraban haber encontrado un objeto de poder incalculable.

Después de recibir varias cartas en las que el propio Himmler insistía, una y otra vez, sobre la trascendencia que podría tener aquella reliquia para demostrar la verdadera ascendencia original germánica, la médium había aceptado valorar en primera persona las propiedades de ese trozo de hierro hallado en la meseta tibetana.

Desde muy joven, Maria Orsic mostró simpatía por el movimiento nacionalista alemán que comenzaba a emerger entre la población del Imperio austrohúngaro. Consiguió formar parte de la Sociedad Thule, donde no tardó en convertirse en una de las piezas clave del paganismo, el esoterismo y el ocultismo en los que estaba fundamentada la ideología del nacionalsocialismo. Después de trabajar durante años para Thule y conocer allí a otras mujeres con sus mismas características, entendió el enorme potencial que tenían al estar todas juntas, y decidió crear su propia sociedad.

Las mujeres de Vril.

Todas ellas eran chicas jóvenes que escuchaban a las estrellas y hablaban con los planetas. Astrólogas que desafiaban al sistema haciendo crecer sus largas cabelleras para mejorar su conexión con civilizaciones superiores provenientes del cosmos; organizaban prolongadas sesiones de oración y meditación para establecer contacto y recibir instrucciones sobre el desarrollo de la guerra o la construcción de tecnología hasta entonces desconocida. La información que el ejército recibía por parte de la sociedad Vril era tan valiosa que no tardaron en labrarse una posición privilegiada dentro del Reich. El nombre de Maria Orsic era conocido por todo el imperio, al igual que los rumores sobre que estas mujeres podían comunicarse entre ellas por medio de la telepatía o que tenían el poder de someter cualquier voluntad con la simple mirada.

A pesar de sus esfuerzos por ocultarlo, la médium era capaz de percibir el terror en los ojos del Reichsgeschäftsführer cada vez que se cruzaban con los suyos.

—Por aquí, por favor.

Accedieron a una amplia sala circular que parecía haber sido diseñada para cumplir las funciones de recinto sagrado. El techo abovedado se elevaba a gran altura, adornado con intrincados detalles arquitectónicos y una serie de pequeñas ventanas que permitían que unas briznas de luz se filtrasen desde el exterior. En el centro de la estancia, el gigantesco símbolo germánico del sol acaparaba casi la totalidad del brillante pavimento de mármol, donde el mosaico de sus doce rayos, compuestos por runas sigel, reptaban por el suelo hasta acabar cada uno de ellos en un nicho.

—Le presento al capitán Schäfer —comentó el director, mientras sacaba del bolsillo interior de su chaqueta una pipa de madera—. Fue quien dirigió la expedición al Tíbet, una de las campañas más exitosas de la Ahnenerbe, ya que nos ofreció datos de extraordinario valor para entender el alcance territorial y el espíritu de los antiguos linajes arios, que adoraban a los dioses paganos y vivían en armonía con la naturaleza.

De entre las gruesas columnas que rodeaban el perímetro de la estancia, apareció un hombre de tupida barba con el mismo uniforme reservado exclusivamente para los altos oficiales de las SS. Uno de los débiles rectángulos de luz que llovía desde la cúpula, impactó contra el *Totenkopfring** que portaba en su mano.

---

* Anillo de honor de las SS o anillo de la calavera. Distinción privada concedida por Heinrich Himmler a los miembros más destacados de las SS.

Levantó su brazo derecho cuarenta grados sobre la horizontal y lo ladeó ligeramente.

Hizo resonar el tacón de sus botas.

—*Heil Hitler!*

El director de la Ahnenerbe, sabedor de que las mujeres de la sociedad Vril no responderían al saludo del oficial, apagó la cerilla con la que se había encendido la pipa con un rápido movimiento de mano y devolvió el saludo a su camarada adoptando la misma postura. Luego, se giró hacia las invitadas.

—En este mismo castillo se conservan los ciento ocho volúmenes del *Kanjur* y del *Mándala*, gracias a que este hombre pudo rescatarlos de las montañas del Himalaya, donde el papel terminaría pudriéndose sin que los tibetanos fuesen capaces de entender su verdadero poder.

El arqueólogo reparó en la presencia de la joven Sigrun, que seguía unos pasos por detrás de la figura de Maria Orsic. Relajó la postura del saludo y le lanzó una sonrisa amable que nunca llegó a su destinataria, ya que terminó difuminándose en la oscuridad de la estancia, como las volutas de humo que brotaban de la pipa del director. Sigrun seguía sin levantar la mirada del maletín que sujetaba con ambas manos, custodiando los planos y los documentos que guardaba en su interior, redactados en escritura automática por Maria en uno de sus trances mediúmnicos.

—No se dejen engañar por las generosas palabras del Reichsgeschäftsführer. Mi nombre es Ernst, y para mí es todo un honor poder servirles. Hace tiempo que el Reichsführer Himmler prohibió toda visita a este castillo, por lo que es una gran noticia poder compartir nuestros hallazgos con otras sociedades de tanta reputación como la vuestra.

El tipo señaló hacia uno de los laterales de la estancia, donde una gran mesa redonda se encontraba rodeada de sillas igualmente imponentes, destinadas a acomodar una multitud de personas importantes.

En su centro descansaba una escultura de hierro que atrajo toda la atención de Maria. Sus ojos se vieron deslumbrados por el brillo atípico que envolvía la talla, como si estuviese construida con miles de millones de diminutas estrellas. El alto mando siguió hablando sobre la importancia de esa sala llamada *Obergruppenführersaal*, reservada exclusivamente para generales del ejército alemán, pero los pies descalzos de la médium ya habían comenzado a recortar distancias con la efigie y dejó que las palabras de los hombres uniformados quedasen a su espalda.

Maria contempló la maestría con la que estaba esculpido aquel guerrero tibetano en posición sedente. La estatuilla mostraba un aura alrededor de su cabeza, cubierta a su vez por un gorro tibetano. Llevaba barba, algo que no correspondía del todo con las costumbres del país de las nieves, y una argolla en la oreja derecha. En su mano izquierda, sostenía una piedra de la que parecían brotar algunas llamas, mientras que la que le quedaba libre adoptaba la postura del varadamudra.

—Fue hallada en un asentamiento de la antigua cultura Bön, por lo que esta talla podría tener más de mil años —comentó el arqueólogo, haciendo que el eco de su voz se confundiese con los miles de pensamientos que rebotaban en la cabeza de Maria—. Creemos que representa al dios budista Vaisravana, pero lo más extraño de todo es que está tallado en un material ferroso que los científicos no son capaces de identificar. La hemos llamado *El hombre de hierro*, pero en realidad no sabemos de qué material está hecho; lo que es seguro es que no se trata de un metal que pueda encontrarse en este planeta.

Las pituitarias de la médium captaron el olor a tabaco que el director de la Ahnenerbe seguía fumando en el centro de la sala, como si fuese una especie de incienso corrompido que envolviese aquella estatua ancestral.

—Acérquese, acérquese y admire la fabulosa esvástica de su vientre —añadió la voz grave del Reichsgeschäftsführer—. Esta reliquia es una prueba irrefutable de que el espíritu de la raza aria proviene de tiempos inmemoriales.

En el vientre del dios tibetano, allí donde se sitúa el ara, el alma del pensamiento oriental, se encontraba tallada una enorme esvástica.

El símbolo espiritual del nacionalsocialismo.

Las manos de la médium comenzaron a temblar de manera involuntaria y las innumerables pulseras que rodeaban sus antebrazos, cada una de diferente tamaño y forma, comenzaron a chocar entre ellas. Maria centró la atención en la enigmática sonrisa del dios tibetano, que parecía desafiar la comprensión humana y alimentaba su aura de misterio y poder, como una leyenda perdida en el tiempo que guardase los secretos de antiguos dioses. La vibración de sus manos se intensificó, provocando un extraño ruido metálico que se multiplicaba y se distorsionada por la acústica de la bóveda. Los militares que conversaban a su espalda guardaron silencio y observaron con asombro el comportamiento inesperado de aquella mujer.

El Reichsgeschäftsführer retiró la solapa de su gruesa chaqueta de cuero y apoyó la mano en la pistolera que llevaba en la cintura.

Una sonrisa cómplice que nadie vio nació en el rostro de Sigrun, que observaba la escena desde el fondo de la sala.

El cuerpo de Maria Orsic había comenzado a convulsionar como sacudido por un rayo invisible. Las telas negras de su traje crearon una danza macabra alrededor de ella y, entre espasmos, sus manos se acercaron temblorosas a la estatuilla. Cuando los electrones que delimitaban la punta de sus dedos hicieron contacto con el misterioso material de la esvástica...

Silencio.

Y una oscuridad ingobernable.

La mente de Maria fue transportada a lo más profundo del cosmos, donde se vio flotar en medio de la nada, rodeada de cúmulos de estrellas y galaxias que permanecían clavadas en el espacio. Pudo sentir la energía Vril fluyendo a través de ella, como una corriente eléctrica que la hacía vibrar en armonía con el universo. Dentro de su cabeza, se oían millones de voces que se apilaban unas encima de las otras, siendo imposible entender lo que decían. Hablaban en un idioma desconocido, como si tuviesen distinta frecuencia o proviniesen de otros planetas; solo cuando un diminuto punto azul apareció delante de su vista, fue capaz de oír una palabra que se repetía una y otra vez: «Aldebarán. Aldebarán».

Aldebarán.

Lo que parecía ser un astro celeste a millones de años luz, fue creciendo en tamaño hasta convertirse en una gigantesca esfera azul moteada de una especie de humo blanco. ¿Serían las nubes de la Tierra? ¿O sería una alucinación provocada por el olor a tabaco que invadía sus fosas nasales?

Maria se sintió acelerar, como si fuese atraída por aquel planeta y cayese desde el cielo. Pudo sentir el calor y la presión del aire en su piel, junto con la impresión de ir ganando masa a medida que aumentaba la velocidad. Sin previo aviso, un fuego la envolvió por completo. Las manchas pardas sobre el azul del mar comenzaron a definirse en continentes, ríos y montañas, por lo que supo que su cuerpo no tardaría en colisionar.

Lejos de sentir miedo, experimentó paz y serenidad.

Hasta que llegó el impacto con un estruendo ensordecedor.

Muerte y destrucción, que se expandió a lo largo de toda la superficie del planeta como una enorme ola de fuego.

Y un grito desgarrador, que estalló dentro de la sala de los generales.

Maria Orsic se giró muy lentamente, con las palmas de las manos hacia arriba. Guardó unos segundos de silencio mientras observaba con una sonrisa temblorosa a los agentes de las SS, como si hubiese encontrado las respuestas a una pregunta largamente incubada. Dos riachuelos negros corrían ahora por su rostro, pero no cabía duda de que aquellas lágrimas eran producto de una felicidad que rozaba el éxtasis.

—No lo entendéis. Nunca lo entenderéis. —Su voz oscilaba, había perdido la firmeza, como la de una mujer después de un llanto prolongado—. Nunca lograréis identificar el material del que está hecho este objeto porque no es de este mundo. —Maria hizo una pausa para dirigir la mirada a su compañera sin abandonar esa enorme sonrisa provocada por la dicha—. Esta reliquia es un mensaje venido desde el cielo, desde Aldebarán.

Y por primera vez desde que hubieron pisado el castillo, los oficiales de las SS tuvieron el gozo de escuchar la voz aterciopelada de Sigrun, como lo hicieron los argonautas bajo el canto de las sirenas.

—Las mujeres de Vril seremos las encargadas de custodiar esta reliquia astral venida desde el espacio. Ha formado usted una sociedad admirable, señor Sievers, pero ninguno de sus hombres alcanzará jamás el conocimiento para dominar su verdadero poder. Déjelo en nuestras manos, y la sombra del Reich perdurará a lo largo de los siglos y las generaciones.

El ruido de una pipa de madera.

Que cae rendida desde la boca del Reichsgeschäftsführer y rebota varias veces contra el suelo.

7

Cádiz, 22 de julio de 2023

—Entonces, hoy tampoco comes en casa.

—No lo sé, cariño; de momento tengo lío —contestó Lorenzo, mientras le rehuía con la mirada y se colocaba el último botón de la camisa.

Ella se acercó de mala manera hasta la mesa de la cocina, dejó el café junto al portátil y se dio la vuelta evitando también mirarle a los ojos. El golpe que dio con la base de la taza llevaba implícito el mensaje de que estaba harta, cansada. Su marido tampoco había dormido en casa la noche anterior y, en un rato, volvería a desaparecer.

—¿Las niñas qué? ¿Siguen acostadas? —preguntó, al ver que sus hijas no habían salido a saludarle a su llegada. La noche anterior se pusieron a llorar cuando se enteraron de que las vacaciones a Mallorca iban a tener que posponerse porque papá tenía trabajo.

—No lo sé, no quieren salir de su cuarto.

Lorenzo hizo un ruido indeterminado con la boca, como de eme encarcelada, como de estar asintiendo a algo a lo que no le ha prestado demasiada atención. Terminó de abrocharse el reloj de pulsera y, madre mía, las once y media de la mañana ya. Solo había pasado por allí para darse una ducha rápida, ya que las aureolas húmedas de sudor bajo sus axilas habían alcanzado un diámetro considerable a lo largo de la noche. De paso, apuraría el café que su mujer le había preparado antes de volver al juzgado.

Le haría falta.

—Pues menos mal que solicitamos el voto por correo con lo del viaje que teníamos planeado, porque con el caso este que acaba de estallarme a última hora no voy a tener tiempo de pasar por el colegio electoral ni de coña —explicó, por hablar de algo, por evitar que el silencio entre los dos se convirtiese en un abismo insalvable.

Pero Carmen ya estaba de espaldas, con el grifo abierto y dispuesta a fregar los platos del día anterior.

El ventilador del portátil aumentó las revoluciones como si fuese a despegar de un momento a otro. Mientras terminaba de encenderse, cosa que cada vez le llevaba más tiempo al maldito aparato, Lorenzo cogió su teléfono móvil y visitó rápidamente las páginas webs de *Diario de Cádiz*, *La Voz de Cádiz* y *San Fernando Información*. Deslizó el dedo por los artículos en portada y solo encontró alusiones a las elecciones generales que se celebraban al día siguiente. El presidente del Gobierno decidió anticipar las votaciones tras los resultados nada esperanzadores que obtuvo en las últimas municipales y esta medida había provocado una gran polémica, ya que el mes de julio era cuando todo el mundo aprovechaba para disfrutar de los pocos días de vacaciones. Lorenzo sabía que aquel ruido político podría llegar a favorecer a la investigación, ya que les permitiría trabajar con cierta tranquilidad, sabiendo que el caso no ocuparía los titulares de la prensa en aquellos días de trasiego electoral.

La ventana cuatricolor de Windows apareció sobre la pantalla.

Dejó el teléfono móvil sobre la mesa e intentó darle un trago al café, pero me cago en la puta. Esto está ardiendo. Con los empastes de las muelas al borde de derretírsele, Lorenzo tuvo la certidumbre de que su mujer intentaba, a la desesperada, retenerlo en casa el máximo tiempo posible a través de la temperatura de ese café.

Su móvil vibró sobre la mesa y una notificación iluminó la pantalla.

Era un mensaje de la letrada de administración de justicia.

Apagó de manera apresurada el teléfono y observó la espalda de su esposa.

Ruido de platos y vasos colisionando.

Volvió a prometerse poner orden en su matrimonio. Pero, por el momento, prefirió entrar en su correo electrónico, donde encontró el *mail* que llevaba esperando toda la mañana. Asunto: «Instituto de Medicina Legal de Cádiz. Informe preliminar 337».

A Lorenzo, que no le interesaba demasiado el cuerpo del mensaje, saturado de fórmulas de cortesía, buenos días, su señoría, con el fin de cumplimentar su solicitud, fue directamente al archivo adjunto del correo. Un PDF firmado electrónicamente por la médico forense. Con la rueda del ratón, pasó páginas del documento hasta encontrar la información que necesitaba:

3) EXAMEN EXTERNO DEL CADÁVER: el cuerpo, que no presenta ningún tipo de vestimenta, se encuentra decúbito supino sobre la mesa de autopsias.

— SEXO: varón.

— NOMBRE: David Lucero Fernández.

— NACIONALIDAD: española.

— LUGAR DE NACIMIENTO: Venezuela.

— FECHA DE NACIMIENTO: 17-01-2004.

— TALLA: 167 cm

— PESO: 70,45 kg

— BIOTIPO MORFOLÓGICO: pícnico.

3.1) SIGNOS CADAVÉRICOS: el cuerpo presenta una temperatura rectal de 19,5° centígrados, rigidez en región cefálica y livideces cadavéricas modificables a la digitopresión en el plano posterior. No se aprecian otros signos tardíos.

3.2) LESIONES AL EXTERIOR: se establece etiología de la muerte de tipo violenta homicida, como consecuencia de incisiones y evisceraciones traumáticas que sobrellevaron a *shock* hipovolémico.

a) *Ante mortem*: quemadura de tercer grado en la región frontal del cráneo, presumiblemente realizada con objeto metálico candente. La lesión tiene una forma claramente definida, formando la figura de un círculo con dos apéndices curvos en la parte superior, con una profundidad que alcanza hasta las capas dérmicas de la piel, sin penetrar en el cráneo. Muestra signos de cauterización y presencia de tejido carbonizado en los bordes de la herida.

Extirpación del ojo derecho mediante extracción con herramienta cóncava no punzante.

El abdomen presenta varias heridas del tipo incisas de bordes irregulares a diferentes niveles realizadas con herramienta cortante, que interesa piel, tejido celular subcutáneo y músculos, preservando estructuras óseas. Estas incisiones de una profundidad de 4 cm forman, en su conjunto, lo que parece ser una esvástica.

Al examinar la cavidad abdominal, a la que accedo a través de los propios cortes realizados en forma de esvástica, observo un corte en el intestino delgado realizado a la altura del yeyuno, de manera que el extremo pudiera ser extraído y mostrado tal y como se presentaba en la escena. Esta incisión fue realizada de manera meticulosa y precisa, evitando dañar otros órganos vitales en el proceso, por lo que se intuye que fueron realizados por alguien con ciertos conocimientos anatómicos (véase siguiente gráfico y anexo fotográfico I).

b) *Post mortem*: el cuerpo presenta hematomas en órganos internos tanto en tórax como en abdomen y equimosis en región clavicular izquierda, deltoides derecha y esternal. Exanguinación completa, observándose signos de hemorragia y pérdida total del volumen sanguíneo.

CUERPO COMPLETO MASCULINO - VISTA ANTERIOR Y POSTERIOR (VENTRAL Y DORSAL)

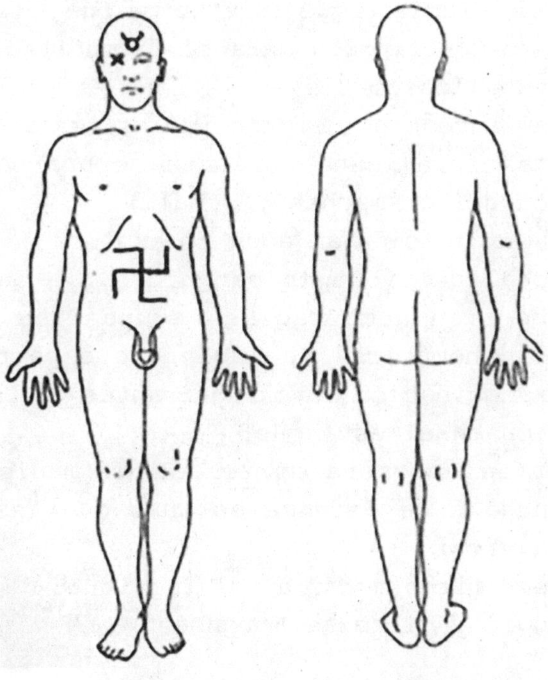

4) CONCLUSIONES MEDICOLEGALES

- Con base en la observación de fenómenos cadavéricos, se establece la hora del deceso entre las 07:00 h y las 10:00 h del 21 de julio de 2023.
- La causa de la muerte fue del tipo violenta, encontrándose coágulos a diferentes niveles, lo que indica que fue muerte agónica. La evisceración junto a la extracción ocular *premortem* sobrellevó a *shock* hipovolémico, ocasionando la muerte a la víctima.
- Se han hallado marcas caracterizadas por una ligera decoloración en tobillos y muñecas, indicando la aplicación de presión o compresión en esa área durante un periodo prolongado. Sugiere que la víctima fue inmovilizada o restringida durante la mutilación.
- Tanto los cortes en la zona abdominal como del intestino delgado fueron realizados con una herramienta cortante de una sola hoja (cuchillo, machete, puñal…).
- La exposición al agua no explica la pérdida total del volumen sanguíneo, ya que no se observan hemorragias secundarias o dilución hemática. Se sugiere que parte de la exanguinación tuvo lugar antes de la inmersión en el estanque.
- No se encontraron restos de maniobras de lucha o de defensa en uñas o antebrazo de la víctima.
- Se remiten muestras al Instituto de Toxicología y Ciencias Forenses.

El juez de instrucción se removió inquieto en la silla de la cocina, pinchó en la pequeña equis roja para cerrar el archivo PDF y comprobó que no tuviese nada más en el buzón de entrada. Lorenzo era el responsable de dirigir y supervisar la fase de instrucción del proceso penal, que comprendía la recopilación de pruebas, la investigación de los hechos y, cuando encontrasen al autor de aquella atrocidad, la determinación de la responsabilidad penal del acusado. Aún estaba esperando el atestado policial y la inspección ocular de la Policía científica, aunque era consciente de que todo eso podría retrasarse un par de días. Apenas habían pasado unas horas desde que apareció el cuerpo, al que se pudo identificar prácticamente de inmediato gracias a uno de los compañeros que estaban de guardia en el acuartelamiento ese mismo día.

Se llevó las manos a la cabeza y se masajeó las sienes.

Ya había redactado el mandamiento judicial para que el Centro de Control Cometa* informase sobre la localización del padre de la víctima en las horas previas al homicidio, ya que contaba con un sistema de seguimiento por pena de alejamiento en el ámbito de violencia de género. De la misma manera, debía solicitar los resultados de los repetidores telefónicos e instar a la Policía Judicial a revisar las grabaciones de las cámaras de la población militar de San Fernando. La ropa, el teléfono móvil y el ojo extirpado de la víctima seguían sin aparecer, pero no consideraba que eso fuese impedimento para agilizar la entrega del cuerpo a los familiares.

---

* Centro encargado de los dispositivos del sistema de seguimiento por medios telemáticos de las medidas y penas de alejamiento en el ámbito de la violencia de género.

Le esperaba una mañana intensa de trabajo.

Volvió a mirar el reloj de su muñeca y apuró lo que le quedaba de café.

En el sorbo, al inclinar la cabeza hacia arriba, imaginó el rostro de la madre al identificar el cuerpo mutilado de su hijo en el Instituto de Medicina Forense.

Un vaso resbaló de la mano de su mujer.

Y estalló contra el suelo de la cocina en mil cuchillas de cristal.

8

Recinto ferial de la Magdalena, San Fernando

A escasos centímetros de su hocico.

Un mendrugo de pan.

Antes de morderlo, relamió con lengua agradecida los dedos que le ofrecían el alimento. La mano, sutilmente estilizada, de pianista pero con uñas descuidadas, de sepulturero, aterrizó sobre el cogote del perro y lo acarició mientras masticaba. Ezequiel permanecía sentado en el suelo sobre varias planchas de cartón y, al ver que el chucho se le acercaba aprovechando el hueco que dejaban sus piernas, comenzó a hacerle cosquillas por todo el cuerpo, sin importarle que pudiera ensuciarse con esos mechones duros que sobresalían como alambres de su polvoriento pelaje.

Respiración acelerada de animal.

Junto a estos dos viejos amigos, un hombre tumbado en el suelo vestía una chamarra militar que cumplía perfectamente con su función; el camuflaje boscoso parecía hacerlo completamente invisible a los ojos de los que paseaban por la calle. Los bajos de sus pantalones estaban pringosos, y las zapatillas, con las suelas despegadas, abrían sus fauces para compartir el hambre de su dueño. Tirado sobre una cama de cartones y en posición fetal, dormía o hacía como si durmiese. Siempre que el sacerdote iba a visitarlo, lo encontraba inmóvil, de espaldas, con la cara vuelta hacia uno de los postes de luz del recinto ferial.

Ezequiel le había dejado una bolsa de Cáritas Castrense con un bocadillo de chorizo, una manzana y una lata de refresco, anudada al carro robado de Carrefour en el que acumulaba chatarra. El patrimonio del indigente se reducía a varios puñados de cables pelados, que se mostraban como garabatos de cobre en tres dimensiones, un par de mantas enrolladas, varias planchas de cartón, una lámpara de araña antigua con motas de óxido y algunos libros desgastados con las esquinas abiertas como flores de papel.

Nos ha tocado vivir en un mundo donde los libros se tiran a la basura.

Siempre que podía, se acercaba por allí una o dos veces por semana. Le llevaba un poco de comer y le regalaba algo de conversación. O, al menos, esas eran sus intenciones, porque nunca había logrado que aquel hombre le dirigiese una sola palabra.

Apareció una tarde en la parroquia. Y de eso hacía ya casi dos años, pero no se le olvidaría en la vida. Se encontraba en la liturgia de la palabra, durante la segunda lectura, tomada de las epístolas de los apóstoles del Nuevo Testamento, cuando de pronto su voz cesó y se hizo el silencio en el templo. No dejó de leer de forma premeditada. No. Hubo algo ajeno a su voluntad que le hizo detenerse; no habría sabido decir qué, aunque probablemente fuese el pequeño revuelo que empezaba a formarse entre los bancos donde los feligreses permanecían sentados. Cuando levantó la mirada de la Sagrada Escritura, vio cómo algunos parroquianos que tenían la cabeza vuelta al fondo de la sala las devolvían hacia el frente, contrariadas y con las narices arrugadas. Junto a la entrada de la basílica había aparecido un hombre que vestía como un indigente.

Bienaventurados los hambrientos, porque de ellos será el reino de Dios.

El sujeto siguió acudiendo a misa todas las tardes, sin faltar a una. Repetía siempre la misma conducta: entraba unos minutos después del acto penitencial, como si quisiese evitar que el sacerdote le diese la absolución por accidente. O para no coincidir con los feligreses que se amontonaban en la entrada de la iglesia antes de comenzar los ritos iniciales. En todo caso, se quedaba siempre al final de la nave central, con las manos tras la espalda y con la mirada baja, para no molestar. Nunca hablaba con nadie. En un par de ocasiones, Ezequiel intentó acercarse a él, pero el otro, con los reflejos rápidos de quien vive en la calle, se retiraba antes de que tuviese oportunidad de aproximarse más de lo prudente.

Ese tipo de reacciones era algo a lo que el capellán estaba relativamente acostumbrado. No siempre era fácil acercarse a un prójimo con la superioridad que otorga la casulla, el alba y la estola.

En la misma iglesia de San Francisco, una mujer entrada en años le comentó con voz queda, como haciéndole cómplice sin que se enterase el Supremo, que había que hacer algo con ese hombre que se colaba en la parroquia todas las tardes. Lo dijo así, «que se colaba», dando por sentado que la casa de Dios debería estarle vedada. También señaló que cuando iba a comprar ropa al mercadillo lo veía en la explanada del recinto ferial, donde vivían todos los sintecho, y que era un borracho de cuidado. Que les podría hacer cualquier cosa. Cualquier día.

El sacerdote asintió con la cabeza y le dio la razón.

Le dijo que era cierto.

Que no podía quedarse de brazos cruzados.

Esa misma noche, después de usar su patinete eléctrico para llevar a la Cruz Roja algunas bolsas de alimento recaudadas en el Tercio de Armada, pasó por el recinto ferial y, efectivamente, allí estaba, tumbado sobre una cama de cartones junto a un poste de luz. En la misma posición que Ezequiel lo encontraría a partir de entonces. Los primeros días lo zarandeó un poco, a ver si reaccionaba o a ver si ese hombre iba a estar difunto. Pero qué va. Sí que vivía. Lo que ocurría era que habría preferido estar muerto. La piel cetrina de su rostro estaba llena de cráteres, como si hubiese recibido más impactos que la luna que los vigilaba desde arriba. Algunas veces, cuando estiraba el brazo sobre la plancha de cartones, dejaba la palma de la mano a la vista y se le veía negra, llena de roña, la línea que llaman del destino.

En una de las primeras visitas, nada más saludarle, el vagabundo se orinó encima sin siquiera hacer un leve cambio en su posición fetal. Para que se fuera de allí y lo dejase en paz.

No quería hablar con nadie, y punto.

Pero, a pesar del rechazo, Ezequiel siguió visitándolo con insistencia. Cada vez que pasaba por el edificio de Cruz Roja para colaborar en el banco de alimentos, cruzaba justo por la carretera donde pernoctaba aquel hombre olvidado, por lo que no le suponía esfuerzo alguno. Y tampoco nos llevemos a engaño: el sacerdote era consciente de que, en el último poso de su compasión, existía una débil mancha producida por la curiosidad, por conocer qué era lo que escondía ese hombre con tanta obstinación. Ya que estaba, llevaba una bolsa de comida para cada uno. Le había cogido cierto gusto a eso de cenar en medio de la noche, en silencio, alejado del ritmo desenfrenado del día a día que le tenía el teléfono a rebosar de llamadas perdidas y mensajes sin leer. En aquel extremo de la ciudad, la noche se desplegaba agradable, como el terciopelo al que recurre un joyero para mostrar sus piedras preciosas. Las estrellas. Con el tiempo terminó por acostumbrarse al hedor de la cerveza derramada y los meados; a fin de cuentas, era una manera más de gozar de la humildad de ser acompañado; de tocar la tierra con los pies, que uno se acostumbra rápido a las comodidades de las finas ropas y a estar rodeado constantemente de ornamentos dorados.

—Hoy ha sido un día de locos, estoy hecho un asco. Me llamaron por teléfono de la funeraria, para confirmar los dos entierros que me toca oficiar mañana. Ya sabes, lo de que cada párroco entierre a sus muertos lo lleva a rajatabla esta gente. Por lo visto, uno es de un señor mayor que falleció anoche en su cama, solo. Que Dios lo tenga en su gloria. Cuando pienso en las personas que mueren en soledad, abandonadas, me embarga una tristeza horrible.

Ezequiel dejó de masticar. Miró el bulto que formaba el vagabundo sobre los cartones y se arrepintió de inmediato de sus últimas palabras. Cogió la lata de refresco de su bolsa de plástico y pssst. Le dio un trago. No sabría decir a ciencia cierta si hablaba para ser oído por el hombre, por el perro o por el cielo estrellado en su amplitud. Una práctica que no se alejaba tanto de la oración, donde uno mostraba sus preocupaciones más íntimas y, a pesar de no obtener respuesta alguna, no perdía la fe en que hubiese alguien escuchando.

Para vencer a la soledad, el sacerdote se esforzaba por cargar su rutina diaria de compromisos y actividades. Al terminar en el cuartel, ocupaba su tiempo libre en el estudio, asumía las obligaciones de la parroquia, organizaba eventos de caridad, tomaba café con algunas beatas e impartía alguna que otra teodicea cuando se lo proponían. Pero, aunque llevase una vida social bastante activa y tuviese cierta repercusión en las redes, el sacerdote pasaba la mayor parte del tiempo atendiendo a los problemas de los demás. No recordaba cuándo fue la última vez que alguien se interesó por los suyos, y no encontraba modo más seguro de verbalizar sus preocupaciones que con el mendigo. Su silencio, su obstinación por no ser ayudado, su falta de propósito alguno lo convertían en el confidente perfecto.

—Por lo visto, el otro funeral es del chico que apareció ayer mutilado en el panteón, no sé si te habrás enterado de algo. —De vez en cuando, Ezequiel soltaba preguntas de este tipo, a ver si alguna vez pillaba en un despiste al que se hacía el mudo—. Así que me acerqué en un momento al tanatorio para coordinar las horas de llegada de los féretros a la iglesia, que no es la primera vez que me la lían y me dejan la entrada a la parroquia como si fuese un aparcamiento de coches fúnebres. ¡Quita, Peter, que ya has comido, no seas pesado!

Con el codo, el sacerdote intentó proteger los dos bocados de pan con chorizo que le quedaban entre las manos. El chucho lloriqueó, acercó su hocico al bocadillo y protestó. No conocía su nombre, si es que tenía alguno. Él lo había bautizado, hacía tiempo ya, como San Peter, protector de ese reino de cartones. De un pellizco, dividió el alimento en dos y, como lo hacía en la eucaristía, sirvió el trozo más grande al animal.

Una cola que da brochazos de felicidad en medio de la noche.

—Total, que iba en dirección a la oficina del gerente cuando reconocí a la madre del chico en una de las salas del velatorio. Nos habíamos visto ayer mismo, en la puerta del panteón. No sabía si ella me recordaría a mí, pero, aun así, sentí la necesidad de entrar en la sala y ofrecerle mis condolencias.

Ezequiel tragó el último trozo de pan. Como guarnición, le acompañaron las imágenes del féretro cerrado tras una enorme mampara de cristal, la corona de flores, la banda obsequiada por los compañeros del cuartel en la que podía leerse «Tus compañeros no te olvidan».

—Ya te digo que de eso hace apenas un par de horas, y estaba vestido igual que voy ahora —dijo Ezequiel, abriendo los brazos, enseñándole a la luna la camiseta de *Regreso al futuro* que llevaba puesta—. A muchos les cuesta reconocer a los curas cuando vamos sin el cuello clerical, aunque supongo que conmigo lo tienen un poco más fácil.

El sacerdote se señaló con el dedo el hemangioma que salpicaba su pómulo, esperando que alguien riera el chiste. Un grillo, que no debía esconderse muy lejos de allí, alzó sus alas al cielo y comenzó a frotarlas con fuerza. Ezequiel se dio por vencido y estiró una pierna en el suelo, arrastrando por la tierra del solar un panfleto polvoriento de propaganda electoral. Con ello logró restar tensión a uno de los bolsillos, del que sacó un paquete de tabaco de liar con el precinto despegado. Rescató una boquilla blanca de su interior y se la colocó entre los labios mientras armaba un cigarrillo.

El perro, sentado frente a él, lo observaba con dos ojos negros, inescrutables. Como si esas esferas tenebrosas estuviesen conectadas con un lugar muy remoto. Una ráfaga de aire caliente salió disparada de sus orificios nasales, a modo de protesta, alentando a que siguiese hablando.

—Al parecer, me reconoció, porque, aunque le repetí varias veces que no era necesario, se incorporó del sofá nada más verme entrar en la sala. Tenía los ojos enrojecidos y la cara hinchada de tanto llorar. No me quiero ni imaginar lo que debe de ser perder a un hijo en esas condiciones.

Una chispa que prende la llama del mechero.

Y una calada, profunda, que difumina sus volutas de humo entre los segundos de silencio.

—Me impactó que, nada más acercarme para saludarla, me agarrase de las manos. Muy fuerte. Y no me soltaba. Me dio las gracias por haber estado con ella la noche anterior. Luego me pidió que, por favor, fuese yo el cura que oficiase la misa del entierro de su hijo. ¿Te puedes creer algo igual?

A escasos metros de donde se encontraban, desfilaba una penitencia de farolas estáticas al borde de la carretera, de cuellos tristes y alargados, apagadas todas ellas, menos una que parpadeaba de vez en cuando, como una débil muestra de coraje ante el asedio sin piedad de la oscuridad; como alguien que cae y se levanta, corre para caerse y levantarse de nuevo.

—Le dije que sí, que estuviese tranquila, que lo haría encantado. Pero que no hacía falta que me lo pidiese de esa manera. Que, quisiese o no, era yo el responsable de las misas de difuntos en la iglesia castrense de San Francisco, por lo que estaba obligado a hacerlo de todas formas. Y ella se me quedó así, mirándome y apretándome las manos. Luego me pareció ver que dejó escapar media sonrisa antes de agachar la cabeza, como si tuviese vergüenza de sonreír frente al féretro de su hijo.

El sacerdote terminó lo que le quedaba de cigarrillo mientras intentaba explicarle que, precisamente, es en esos momentos cuando uno se siente más cerca de Dios.

El indigente se removió incómodo entre los cartones sin decir nada. Aquel tipo permanecía encerrado en esa cárcel de huesos que era su propio cuerpo. Esa prisión lóbrega, de párpados cerrados, delimitada por los barrotes de las costillas y las amarraduras viscosas de las venas, las arterias y los tendones. Una mazmorra oscura y húmeda donde, muy de tarde en tarde, Ezequiel intuía volar un pajarillo enjaulado al que alguien, por aventurar, podría haber llamado alma.

Una espalda por toda respuesta.

Un filtro de punta anaranjada, incandescente, marcó una parábola en la materia silenciosa de la que estaba hecha la noche y estalló contra la tierra del solar.

Dos palmas que se sacuden el polvo en los muslos del pantalón.

Y una silueta que se aleja de allí, con la cabeza agachada, como la de aquellos que se sienten verdaderamente en soledad.

9

Barrio de San Telmo, Jerez de la Frontera

—Te voy a reventar, hija de las mil perras.

Roberto sintió hervir la sangre y empujó con todas sus fuerzas. Pam, PAM, ¡PAM! Los impactos de la carne contra la carne sonaban sin piedad. Los vecinos permanecían detrás de esos tabiques de papel, prometiéndose una y otra vez que cualquier día llamarían a la policía. Esto es insoportable. Pero mientras tanto, él seguía arremetiendo libremente contra ella, cada vez con más salvajismo. Esta se va a enterar. Por mi madre que se va a acordar del día de hoy. El corazón le bombeaba fuera de revoluciones mientras ella gritaba en la cama, bocabajo, como si no quisiese ver lo que se le venía encima. Con la mano derecha, agarraba las sábanas y las apretaba en un puño.

Tres golpes secos en la puerta.

Roberto se frena.

Luego, el ruido del timbre.

—¡Sigue, sigue! Ni se te ocurra parar ahora o te corto los huevos —le amenazó ella.

La advertencia lo hizo dudar, pero el timbre, como de chicharra, volvió a taladrar todo el piso.

—Me voy a cagar en mi putísima madre.

El tío negó con la cabeza y pegó un puñetazo en la pared, justo encima del cabecero de la cama. Al otro lado, una galleta Campurriana resbaló de entre unos dedos arrugados y cayó en la taza, hundiéndose en un pozo de leche caliente. ¡Animales! ¡Si es que los jóvenes de hoy en día son unos animales! Roberto se separó del cuerpo de Ingrid y quedaron desconectados. Pringosa y a media asta, como la pistola de un surtidor de gasolina. Mientras Roberto se colocaba los calzoncillos de *slip* de manera apresurada, Ingrid giró su cuerpo esbelto sobre la cama y la melena se le derramó como tinta sobre el lienzo blanco de las sábanas. Estiró un brazo de músculos delicadamente definidos y agarró un cigarrillo de la mesita de noche.

—¿Quién es ahora?

—Y yo qué sé, quilla, y yo qué sé quién carajo es.

Roberto esquivó el traje de ejecutiva y la lencería fina que permanecía tirada junto a la cama y desapareció de la habitación. El piso reunía menos de cuarenta metros cuadrados en los que se apretaban el salón, la cocina, un baño y el dormitorio, por lo que a Roberto no le hicieron falta más de tres saltos para llegar al portón y mirar por la mirilla.

Dos agentes de policía.

De forma automática, le sobrevino a la mente la imagen de las cuatro rayas de cocaína que tenía preparadas sobre su mesilla de noche. Luego pudo ver nítidamente las otras cuatro que también había preparadas sobre la mesita de noche de Ingrid. Escuchó cómo alguien aspiraba fuerte desde la habitación y su hipocampo restó una de la ecuación.

El timbre volvió a tronar justo al lado de su oreja.

Roberto se pasó una mano por su cabeza afeitada.

Y abrió la puerta de forma violenta.

—¡Quienquiera que sea que se vaya a tomar por el culo! —gritó Ingrid, desde el dormitorio.

Los dos agentes miraron con cara de pocas bromas al tipo que les había abierto la puerta en calzoncillos. Los *slips* permanecían en forzada tensión, dejando entrever un bosque oscuro que se extendía desde las ingles hasta los tobillos, cubriendo la totalidad de sus piernas tatuadas. Sus pupilas eran como dos compuertas abiertas a otro mundo.

—¿Va todo bien ahí dentro?

—Estamos follando, ¿qué queréis?

Al agente que tenía un apagavelas donde debería ir una nariz, le bastó un simple vistazo al interior de la vivienda para ver que el salón y la cocina compartían un mismo espacio. Ropa sucia amontonada en el sofá, ceniceros hasta arriba de colillas, un desfile desorganizado de botellines vacíos de cerveza.

—Es usted don Roberto Lucero de la Torre.

—Sí, soy yo. —Tenía que hacer esfuerzos por no mover la lengua en una mandíbula que se le movía sola. Concentrado en una cosa, no pudo evitar que se le hinchase el pecho inconscientemente tras oír lo de don.

—Llevamos toda la mañana intentando localizarlo por teléfono para que recogiese una notificación en comisaría, ¿es que lo ha perdido?

—Sí.

Lo más probable es que tuviese el móvil por ahí arrumbado, entre los cojines del sofá o en el bolsillo de algún pantalón. Desde que entró en la cárcel, nadie lo llamaba o se interesaba en saber cómo estaba. Nadie, excepto Ingrid. Y si ella estaba en el piso, no necesitaba nada más. Ya lo buscaría cuando se le acabase la coca y tuviese que pegarle el toque al camello.

—¿Sabe que está obligado a notificar si pierde o cambia de teléfono?

—¡Que sí, cojones! ¡Qué pasa! ¿Que no os vale con tenerme aquí marcado como a un puto becerro? —protestó Roberto, mientras se señalaba el dispositivo del sistema de seguimiento fijado en el tobillo.

El agente guardó silencio. Acababa de entrar en el turno de la patrulla de noche y no tenía nada que ganar contra aquel desgraciado. Le extendió un papel apoyado sobre una tablilla de madera. Un documento con el escudo de la Policía Nacional en la parte superior derecha.

—Rellene sus datos, firme aquí y luego firmo yo aquí arriba. Usted se queda con una copia y yo con otra. Nos vamos y le dejamos que siga con lo suyo.

Roberto leía lento, ayudándose con un dedo que le servía de guía. Los elásticos de los *slips* comenzaron a destensarse a medida que sus ojos interpretaban lo que tenía delante:

> CITACIÓN: por el presente, se le requiere a Vd. para que comparezca en el lugar, fecha y hora, al objeto que seguidamente se señala, haciéndole saber que deberá aportar el DNI u otro documento que acredite su identidad.

CITADO	NOMBRE Y APELLIDOS: Roberto Lucero de la Torre. FECHA DE NACIMIENTO: 02-11-1978. DOMICILIO: San Telmo, 8, 2.º B - Jerez de la Frontera.
FECHA Y HORA COMPARECENCIA	DIA: 25-07-2023. HORA: 11:00.
LUGAR DE COMPARECENCIA	LUGAR: dependencias de la Policía Nacional de Cádiz.
OBJETO DE COMPARECENCIA	PRESTAR DECLARACIÓN/INVESTIGADO: en relación a don David Lucero Fernández. Se le informa que puede venir asistido por letrado de su elección a dicha comparecencia. En caso contrario, se le designará uno de oficio.
EN CALIDAD DE	INVESTIGADO. DILIGENCIAS POLICIALES 313/2023.

Su mirada se quedó incrustada en el recuadro donde aparecía el nombre de su hijo.

—¿Qué quiere decir esto que pone aquí? ¿Qué ha hecho el niño? ¿Le ha pasado algo?

Lo dijo en voz alta, asegurándose de que se enterasen los agentes y los vecinos, de paso. Después de haber estado dieciocho meses en el centro penitenciario Puerto II por violencia de género y tráfico de drogas, lo citaban ahora en calidad de investigado, es decir, de sospechoso. Hacía años que su hijo había roto el contacto con él y Roberto no paraba de repetirse una y otra vez que la culpable de todo aquello era la madre del crío. Apretó la mandíbula, a punto de que le salieran los dientes disparados.

—¡Cómo le haya pasado algo al niño me la cargo!

Arrancó el bolígrafo que estaba sujeto por la pinza del capuchón en el borde de la tablilla y, mientras firmaba la citación, se prometió:

Por mis muertos.

Por mis muertos que, como siga haciéndome la vida imposible, mato a esa hija de la gran puta.

10

Parroquia castrense de San Francisco, 23 de julio de 2023

Boca abierta.

Con todos sus dientes ordenados y sus encías lubricadas. Un hilillo de saliva, como tejido por una araña, conectaba la masa carnosa de la campanilla con la parte más atrasada de la lengua, donde se abría una cueva profunda y oscura con dos cuerdas vocales que vibraban violentamente. La onda del sonido salía disparada hacia el exterior, propagándose a través del amplio espacio de la parroquia.

Olor a incienso.

La última vocal del canto, que resultó ser una o, quedó suspendida en las tres naves con crucero de la iglesia vaticana y castrense de San Francisco. Su frecuencia, muy cercana a la del «Om», hizo que las moléculas del agua bendita de la pila formasen un patrón mágico e invisible para el entendimiento humano, como cualquier acontecimiento relacionado con lo extraordinario y lo divino. Esos jóvenes que conformaban el coro, vestidos de blanco, parecían venidos del mismísimo edén.

Bocas cerradas.

Vellos erizados.

Y la vibración del silencio.

El padre Ezequiel, sin levantar la cabeza del misal, acercó sus labios al micrófono colocado en el altar:

—El señor esté con vosotros.

—Y con tu espíritu.

Los feligreses respondieron en un susurro cohibido, como si temiesen levantar la voz ante el féretro de pino barnizado que se elevaba sobre un carrito de metal con ruedas. Aquella mañana, la parroquia se encontraba prácticamente abarrotada de compañeros del TEAR*. La mayoría de ellos compartía la misma juventud que el cuerpo que descansaba en el ataúd.

La primera fila de bancos, normalmente reservados para la familia, vacíos.

Solo una mujer vestida de luto dejaba resbalar su dolor tras los cristales oscuros de sus gafas, como en un llanto negro. Miraba al suelo, incapaz de enfrentarse a la caja de madera que se llevaría a su hijo para la eternidad. Sus manos se entrelazaban a la altura de la cadera formando una piña de huesos, carne y tormento.

—Lectura del Libro de la Sabiduría, capítulo cuarto, versículos del siete al quince.

—Gloria a ti, señor.

El sacerdote, que vestía el color morado como símbolo de penitencia y duelo, se llevó un puño a los labios para aclarar la voz. Intentó no mirar a la madre del chico sentada a escasos metros de donde se encontraba. Ya lo hizo antes, nada más subir al altar, y había experimentado un nervio extraño que le atacó el estómago.

Desde que presenció la escena del crimen rumiaba un pensamiento persistente, como la lengua que va una y otra

* Brigada de Infantería de Marina Tercio de Armada.

vez al hueco del diente perdido. A comienzos de año, Ezequiel había colgado varios carteles en la cantina del cuartel, donde ofrecía el servicio de preparación al bautismo para aquellos que estuviesen interesados. Solo hubo un soldado que llamó a su puerta para informarse, y el cerebro del sacerdote se empeñaba en recomponer el rostro deformado del cadáver con los rasgos de aquel chico. Recordaba haber estado unos minutos conversando con él y sentirse impresionado con su historia. Sin entrar en demasiados detalles, le insinuó que se había criado en una familia con muchos problemas y que en ningún momento se plantearon la posibilidad de bautizarle. Quedaron en retomar el asunto a su vuelta de zona de operaciones, ya que estaba pendiente de desplegar en las próximas semanas al contingente de Mali.

Pero nunca más volvió a saber de aquel soldado.

Hasta que lo recordó de nuevo cuando vio el cadáver en el panteón.

Sus votos sagrados y su naturaleza humana lo empujaban a conocer qué había pasado con aquel chico.

—El justo, aunque muera prematuramente, hallará descanso; porque la edad venerable no consiste en tener larga vida ni se mide por el número de años. Las verdaderas canas del hombre son la prudencia, y la edad avanzada se mide por una vida intachable. —Ezequiel hizo una pausa casi imperceptible para los presentes, pero enorme para su conciencia. Rogó al Padre que esas palabras sirvieran de consuelo a aquella mujer—. David cumplió la voluntad de Dios, y Dios lo amó. Vivía entre pecadores, y Dios se lo llevó; se lo llevó para que la malicia no pervirtiera su conciencia, para que no se dejara seducir por el engaño, pues la fascinación del mal oscurece el bien y el vértigo de las pasiones pervierte a las almas inocentes. Llegó a la perfección en poco tiempo y con eso alcanzó la plenitud de una larga vida. Su vida le fue agradable a Dios, por lo cual el Señor se apresuró a sacarlo de entre la maldad. La gente ve, pero no comprende ni se da cuenta de que Dios ama a los justos y se compadece de sus elegidos.

Levantó la mirada y sus ojos fueron directos a la estatua sombría en la que se había convertido la madre del chico. Sentada con las manos en su vientre, sin cambio alguno. Se apiadó de ella, y continuó:

—Palabra de Dios.

—Gloria a ti, señor.

El sacerdote comenzó a pasar algunas páginas del misal mientras algunas toses tímidas se sucedían en la iglesia. Podría recitar las lecturas de memoria; a lo largo de su sacerdocio había oficiado tantas liturgias fúnebres que era imposible intentar enumerarlas. Tenía los pasajes señalados con diminutos marcadores de colores que sobresalían unos milímetros de las finas hojas del tomo. Cuando llegó a la Epístola a los romanos 14:7-15, levantó los brazos con las palmas hacia arriba, haciendo que las amplias mangas de la sotana se abriesen en túneles insondables hacia la verdad.

—Hermanos y hermanas, ninguno de vosotros vive para sí mismo, ni muere para sí mismo. Si vivimos, es para el Señor; y si morimos, morimos para el Señor. Estemos vivos o estemos muertos, somos del Señor, pues para esto murió y resucitó Cristo: para ser Señor de muertos y vivos.

Un pitido como de despertador comenzó a tronar de manera estrepitosa en medio de la parroquia. Ezequiel vio, por el rabillo del ojo, que ese ruido tan desagradable parecía provenir de un aparato electrónico, similar a un pequeño teléfono móvil, que portaba la madre colgado del cuello y que había pasado desapercibido hasta ese momento. Unos dedos temblorosos pulsaron el botón del pánico en el dispositivo, y el silencio absoluto volvió a caer sobre la nave central. Natalia miró a su espalda, intranquila, mientras el cura retomaba la palabra de Dios, que había sido interrumpida.

—Todos compareceremos ante el tribunal de nuestro Padre. Pues está escrito: «¡Por mi vida! —dice el Señor—, ante mí se doblará toda rodilla y toda lengua alabará a Dios». Así pues, cada uno de nosotros tendrá que dar cuenta de sí mismo ante Dios.

El capellán, experto en disimular las aceleraciones de su pecho tras la generosa tela de la casulla, miró a todos los asistentes. Los rostros de algunos de los compañeros de la víctima parecían descompuestos, pálidas las miradas; para la mayoría de ellos, aquel era el primer contacto con la muerte de alguien cercano.

—Palabra de Dios —sentenció con dureza.

Un portazo estruendoso hizo sacudir los cimientos desde el pórtico principal del templo. Todas las miradas se giraron hacia atrás al unísono para ver al hombre que acababa de llegar al funeral. Musculado, con la cabeza rapada al cero, tirantes negros y una enorme cadena de plata al cuello. Avanzó parsimoniosamente por el pasillo central formado por las bancadas, en dirección a las filas más cercanas al altar. Pero antes de que llegase a su destino.

Otro golpe.

Pero este como de cráneo fracturado.

Ezequiel recogió el sedal de la mirada y vio cómo, a escasos metros de donde se encontraba, la madre del chico se había desmayado desde su bancada. Estaba tirada en el suelo, aparentemente inconsciente. Un tímido charco de sangre comenzaba a expandirse bajo sus sienes; la cabeza había colisionado contra las gruesas losas de mármol. La brusca vibración, como un trueno de huesos, envolvió por completo la talla de la Virgen del Carmen que observaba la escena desde las alturas.

Una de las perlas que simulaba una lágrima en su rostro, saltó y cayó al vacío.

Silencio.

11

Avenida de la Marina, San Fernando

—¡Hijo de putaaaaaa!

La estridencia del claxon hizo que su sonrisa bobalicona se transformase en un espasmo de terror. Cuando levantó la cabeza de su teléfono móvil, vio al conductor que casi lo atropella sacar una mano por la ventanilla con un dedo levantado. Lorenzo se sorprendió al verse en medio de la carretera después de caminar como un autómata mientras leía los wasaps de la letrada de administración de justicia.

Volvió a agachar la cabeza, pero esta vez no lo hizo para mirar la pantalla de su teléfono, sino para esconder la vergüenza. Esquivó los vehículos que se le cruzaron hasta alcanzar la acera de enfrente y se reprochó mentalmente aquel despiste. Las diligencias se le amontonaban sobre su escritorio como torres de una ciudad caótica que requerían su atención y tenía asumido que volvería a pasar la noche encerrado en el despacho. Después de llevar más de diez horas rodeado de informes policiales y documentos periciales, había sentido la necesidad de estirar las piernas y que le diera un poco el aire en la cara.

Aunque solo fuese unos minutos, en el trayecto hasta la Baguetería la Isla.

Con la bolsa de plástico y dos *baguettes* Marranitos en papel de plata, rodeó a la marabunta que gritaba consignas contra los resultados que comenzaban a filtrarse de la jornada electoral. Al parecer, ningún partido había logrado la mayoría absoluta para poder gobernar. Cuando Lorenzo alcanzó la entrada del Juzgado de Primera Instancia e Instrucción, la celadora se levantó de la mesa donde montaba guardia y le abrió las gigantescas puertas de cristal.

—Parece que está la cosa calentita aquí fuera, Sonsoles.

—Nah, llevan todo el día así, señoría. Ya se han ido casi todos a casa, solo quedan los *hartibles* de siempre, los que están mejor en la calle que con su familia. —La celadora se llevó la mano al cinturón, rescató de allí un manojo de llaves y volvió a cerrar la puerta principal—. Aunque también es normal que la gente esté hasta los cojones —añadió, de espaldas—. Al final, está demostrado que el voto no sirve para nada si los políticos terminan negociando entre ellos y bajándose los pantalones con tal de gobernar.

Lorenzo se ahorró los comentarios y metió la mano en la bolsa de plástico. Cuando la celadora volvió a girarse, encontró un bocadillo y una lata de refresco sobre la mesa de su garita.

—Su señoría, de verdad... ¡Ya le dije que no hacía falta!

—¡Anda ya! ¿Y qué más da? Si no te apetece comértelo ahora, seguro que a las tres de la mañana te sienta de maravilla.

—¿También se queda hoy toda la noche?

Lorenzo se giró y enfiló el pasillo de mármol deslucido.

—Me temo que yo soy otro de esos *hartibles* de los que hablas, Sonsoles.

Tras el eco de sus pisadas, el silencio que otorga.

Sus pies se arrastraron por los pasillos con la misma lentitud con la que se abrieron las puertas del ascensor.

Botón redondo. Segunda planta. Aprovechó el breve momento de soledad para mirarse en el espejo y enfrentarse a esa expresión maquillada con las huellas del cansancio. Su espalda se reflejaba encorvada y con los hombros caídos, soportando el peso de toda la jornada de trabajo mientras que la bolsa del bocadillo, como el escroto de un anciano que cuelga desde su mano, rozaba prácticamente el suelo del ascensor.

Su figura como juez instructor desempeñaba un papel crucial en el caso del chico que había aparecido muerto en el panteón. La mayoría de las diligencias las delegaba en la Policía judicial, que era la unidad investigadora, pero en última instancia, Lorenzo era el responsable de dirigir y supervisar que se realizasen todas las acciones necesarias para esclarecer los hechos. Cualquier fallo, cualquier descuido en el proceso, podría conllevar el fracaso absoluto de la investigación y que el autor de aquel crimen quedase impune.

Las transcripciones de las declaraciones de algunos mandos y compañeros del cuartel esperaban pacientemente sobre su escritorio, pero antes de dedicar gran parte de la noche a su lectura, debía terminar de redactar el auto judicial para que la compañía de teléfono facilitase los registros de las llamadas, de los mensajes de texto y la ubicación del teléfono desaparecido.

También le habían llegado los resultados del Centro de Control Cometa, que situaban al padre de la víctima en su domicilio durante las horas en la que se produjo el homicidio, por lo que, *a priori*, quedaba descartado como sospechoso de asesinato. ¿Qué razones podría tener un padre para eviscerar de esa manera a su hijo? Roberto Lucero, con un historial delictivo caracterizado por las palizas y el tráfico de drogas, no encajaba con el perfil de un homicida que premedita y lleva a cabo un asesinato con ese tipo de marcas enigmáticas.

Desde el primer día, la Armada se había mostrado totalmente colaborativa pero el ejército no reunía las competencias para investigar un homicidio de esas características. Aunque las jurisdicciones específicas de la Guardia Civil podían abarcar un asesinato acaecido en las cercanías de un recinto militar, el proceso de investigación recaía sobre la Policía Nacional, ya que fueron los primeros en recibir el aviso e intervenir en la escena del crimen. Una vez que un cuerpo de seguridad ha abierto las diligencias iniciales, suele mantener las competencias para evitar solapamientos entre diferentes unidades, asegurando así una mayor eficiencia y coherencia en la investigación.

En la escena, también se había hallado un rastro de sangre que provenía de la entrada posterior del panteón, como si el autor del crimen hubiese tenido que arrastrar el cuerpo por el suelo hasta el estanque, que se situaba apenas a unos metros de ese acceso. Aunque todo apuntaba a que el cadáver fue introducido en el panteón por el pórtico trasero, en las cámaras de seguridad no pudieron ver nada en absoluto. La Unidad de Seguridad Naval había facilitado las grabaciones del perímetro del acuartelamiento, pero las cámaras no tenían visibilidad en esa zona, ya que los árboles del parque Capitán Conforto obstaculizaban la visión de la fachada del edificio. Según aclaraban en el informe, los elementos de seguridad de la guardia cumplían la función de preservar la seguridad del Tercio de Armada, no del edificio del Panteón de Marinos Ilustres, situado al otro lado de la arboleda.

No tenían nada.

El ascensor se detuvo con una ligera sacudida y las puertas se abrieron para revelar el pasillo de plantas marchitas que conducía a su despacho. Antes de abandonar la cabina, Lorenzo se despidió del hombre del espejo. Aquel tipo de mirada agotada pero firme que seguía comprometido con la búsqueda incansable de la justicia, a pesar del desgaste de los años de servicio.

El golpeteo de unos zapatos, perforando el silencio de los pasillos.

Lorenzo accedió a su oficina y, sin encender la luz, dejó la bolsa con el Marranito sobre el escritorio. En el mueble aparador pegado a la pared, despuntaba entre las sombras el trofeo de pádel que ganó junto a su compañero de promoción: la figura de un hombre fundido en bronce sobre un pedestal de piedra en la posición del revés. Se sentó en la silla forrada en piel, reparó en el bulto de su barriga y luego miró la bolsa que contenía la *baguette*: secreto ibérico, chorizo, queso cheddar y patatas fritas. Se sintió deprimido por los años que llevaba sin practicar deporte y se engañó prometiéndose que lo retomaría cuando quedase liberado de aquel caso. Movió el ratón del ordenador y la pantalla que se había apagado por inactividad iluminó el escritorio. Sus ojos aterrizaron en una nueva carpeta junto a la pila de documentos pendientes.

Se la habría dejado la letrada de la administración de justicia antes de marcharse.

Retiró la solapa de cartón de la carpeta. Se trataba de un oficio que le remitía la Policía judicial. Pasó rápido las primeras hojas del documento hasta que llegó a un grupo de fotografías anexadas en las últimas páginas.

Las instantáneas estaban todas tomadas desde una perspectiva aérea y se sucedieron ante el juez como un enigma visual. Patrones geométricos perfectos trazados en campos de cultivo, como mensajes cifrados que la naturaleza misma hubiese bordado sobre la tierra. Fotografías provenientes de Argentina, Dinamarca, Suecia, Italia, Reino Unido, Canadá, Australia... el mismo patrón repetido una y otra vez en diferentes campos de cultivo a lo largo de todo el mundo. Ante la oscuridad del despacho, el destello azul de la pantalla del ordenador resaltaba los detalles de cada espiral, de cada línea que se entrecruzaba como en un baile cósmico formando lo que parecía ser, y según leyó en el informe, un círculo zodiacal, dividido en doce secciones iguales y donde cada constelación quedaba representada por una circunferencia perfecta.

Todas menos una.

Tauro.

Donde se había tallado una cruz gamada en el campo de trigo.

Dedicó unos minutos a leer el oficio, donde se exponía que aquellos eran los mismos símbolos reproducidos en el cadáver y que dichas formaciones habían aparecido el mismo día en diferentes puntos del planeta.

El 21 de julio del 2022.

Es decir, el mismo día, justo un año antes, de la muerte de aquel chico.

Según el informe, el suceso tuvo cierta repercusión en la prensa extranjera y en los medios especializados en enigmas y misterios, pero, como suele ocurrir con este tipo de noticias sensacionalistas, a las pocas semanas perdió el efecto cuando descubrieron que estos patrones, a pesar de estar realizados con una precisión abrumadora, mostraban señales de manipulación humana. El juez comenzó a pasar rápidamente las páginas del documento, provocando el ruido del aleteo de un ave herida y dejando un rastro de preguntas sin respuesta.

Hasta que se cansó.

Aquello parecía sacado de una película de conspiraciones del pentágono de bajo presupuesto. A la mañana siguiente hablaría con el inspector jefe de la Policía judicial que estaba al mando de la investigación. No tenía tiempo que perder en documentos irrelevantes.

Y tampoco podía permitir que se desviasen de la vía de investigación principal.

Cerró la carpeta y la arrojó con desprecio sobre el escritorio.

Aterrizó con la contraportada a la vista y Lorenzo descubrió que, en una de las esquinas de la solapa de cartón, había un pósit sujeto con un clip.

La letrada de la administración de justicia le había dejado la siguiente nota: «Que pase buena noche, señoría».

Las letras se dibujaban irregulares, con restos como de cera aplastada.

Escritas con el carmín de una barra de labios.

12

Mar del Norte, marzo de 1945

Una ola rompió contra el casco del buque y las cuadernas de la bodega crujieron como si estuvieran a punto de estallar. Wulff, que descansaba con la cabeza apoyada en uno de los barriles de combustible, despertó sobresaltado ante aquel estruendo en medio de la oscuridad.

Se encontró de nuevo con el aire viciado por el olor del carburante y tardó varios segundos en retomar consciencia de donde se encontraba. Las sombras de las cajas de carga y los barriles apilados a su alrededor creaban un laberinto claustrofóbico. El suelo metálico sobre el que se sentaba vibraba con los rugidos de las turbinas que impulsaban aquel mercante a través del mar.

Palpó con la mano la cubierta de la bodega, enlodada de una pátina sucia de aceite para motores. Recuperó sus gafas de cristales redondos.

—Parece que vamos a atravesar una tormenta.

La voz de Maria Orsic llegó susurrante desde las tinieblas, reverberaba por los mamparos que filtraban el salitre del mar.

—Una tormenta… —respondió Wulff, mirando a la oscuridad mientras se colocaba las gafas sobre el puente de la nariz—. Ojalá fuese ese el mayor de nuestros problemas.

Luego agarró la carpeta con el blasón del Tercer Reich que había apoyado sobre una estacha enrollada y volvió a sumirse en sus documentos. Aquel astrólogo pasaba la mayor parte del tiempo inmerso en sus apuntes, amparado por la iluminación sangrienta del foco de emergencia situado junto a la exclusa. Cuando notaba la vista cansada, Wulff cerraba los ojos y se abandonaba en ese sopor donde las pesadillas se mecían con el movimiento del mercante.

Pero Maria no.

Maria no había logrado pegar ojo desde que dos agentes de las SS aporrearon su puerta en medio de la noche. Sin darle más tiempo que a coger una bolsa con un par de mudas, la acompañaron hasta la caja de un camión militar con soldados de la Wehrmacht cubiertos de polvo, fango y heridas. Atravesaron Berlín y recorrieron las calles de Hamburgo mientras los soldados dormitaban apoyando las cabezas en la lona que cubría el camión. Era imposible saber a dónde los llevaban.

En un determinado momento, el camión frenó.

Uno de los agentes de las SS se bajó de la cabina y fue hasta la parte trasera del vehículo. Bajo la lluvia, un guante negro la invitó a bajar del camión.

Dos pies descalzos que aterrizan en el asfalto.

—Este barco está destinado a transportar carga a España. Nuestros contactos nos aseguran un lugar en la bodega.

—¿España? —respondió Maria, intentando mantener la decencia bajo la lluvia que empapaba su larga melena y adhería su fino traje negro al cuerpo—. No puedo irme sola. No puedo huir y abandonar a mis hermanas.

—La mayoría ya han embarcado en otros buques y van rumbo a otros destinos. También nos hemos ocupado de que la reliquia esté a salvo —respondió el agente de las Waffen-SS, señalando una enorme caja de madera que cargaba una grúa en el buque—. Vamos, no hay tiempo que perder.

Maria cruzó la pasarela de abordaje en la penumbra de la noche sin mirar atrás, huyendo de un imperio que empezaba a desmoronarse bajo el fuego de los bombardeos. En las últimas semanas se había formado el comité Odessa, encargado de organizar vías de escape para que jerarcas y altos funcionarios del Reich pudieran huir de las fuerzas enemigas que les cerraba el cerco. El fin de la guerra se aproximaba y estaban teniendo lugar revueltas y suicidios sabiendo que iban a ser juzgados. Su captura significaría interrogatorios, juicios por crímenes de guerra, y lo peor de todo: el riesgo de que sus investigaciones y su conocimiento cayeran en las manos del enemigo.

Cuando llegó a aquella bodega fría y húmeda, solo encontró a aquel fugitivo obsesionado con los documentos de efemérides y cuadraturas de movimientos de planetas que desplegaba entre sus piernas.

Wilhelm Wulff provenía de una larga estirpe de astrólogos alemanes y estaba convencido de que las estrellas tenían influencia en los acontecimientos terrestres y de las propias personas. Había dedicado toda su vida al estudio obsesivo de los horóscopos y las constelaciones, llegando a utilizar la posición de los astros para adelantarse a los movimientos de los aliados, establecer la fecha propicia para realizar una operación de inteligencia o aventurar el desenlace de diversas contiendas de la guerra. Al igual que Orsic, no tardó en formar parte de ese ejército de ocultistas al servicio del Reichsfürer-SS Heinrich Himmler, al que terminaron apodando el Mago Negro de la guerra.

El golpe atronador de una nueva ola golpeó con fuerza el casco del mercante, recordándoles la fragilidad de su posición en una huida desesperada. Maria se apoyó con las manos en la cubierta, como si aquello pudiera salvarla del vacío que se abría debajo de ella y de esa sensación de caída. El cosquilleo en el estómago hizo que Wulff levantase la mirada de sus apuntes.

Y la quilla que cae y rompe violentamente contra el mar.

Una de las cajas se vino abajo desde lo alto de la pila y estalló en mil astillas. Cientos de cargadores del fusil Mauser se esparcieron por la cubierta.

—El imperio de los mil años se desmorona, querida.

—Pero no lo hará nuestro espíritu de lucha.

Aquella respuesta complació a Wulff. El cristal de sus gafas pareció lanzar un destelló carmesí bajo la luz roja de la bodega.

—Eso mismo opinan las estrellas. La conjunción maléfica de Marte y Saturno marca el final del Führer, pero también vaticina la llegada de un nuevo líder.

El astrólogo recogió uno de los documentos que tenía entre las piernas, se levantó de donde se encontraba y caminó entre las sombras hasta acercarse a la madre de la Sociedad Vril.

—Mira —dijo, mientras se sentaba a su lado—, esta es la carta natalicia de Adolf Hitler, que llegó a este mundo con el sol en Tauro, un veinte de abril.

Maria Orsic sostuvo la carta astral entre sus manos, donde se representaba gráficamente la disposición de los planetas en el momento exacto del nacimiento del Führer.

—Esta conjunción favorece el gobierno y la gran capacidad de liderazgo para atraer seguidores, y mira, mira —añadió el astrólogo con pasión, mientras señalaba uno de los planetas—, Marte también era ascendente, relacionado con el ejército y la valentía, de la misma manera que Venus, que se encontraba en el mismo grado de influencia, lo que genera algunas características de extremo coraje.

Maria levantó la mirada de la carta astral y observó a Wulff a través de los cristales de sus gafas. La luz tenue de la bodega los envolvía en una pátina rojiza, como en un baño de fuego líquido. Los labios de la médium se movieron:

—Podríamos decir, entonces, que es el momento del año propicio para dar a luz a ese líder del que hablas, el que sustituirá al Führer y dará comienzo al Cuarto Reich.

—Exacto, querida. Heil Hitler nació en la cúspide de Tauro, y es en esta transición donde se hace más poderosa la influencia de la constelación. No lo digo yo, lo dicen las estrellas.

Wulff señalaba con un dedo arrugado por la humedad la carta astral, y Maria Orsic agachó la cabeza para observar el documento que sostenía entre las manos, como si fuese el mapa del tesoro más valioso del universo.

—¿Puedo quedármela?

Wulff se separó de ella, como repelido por un empellón.

—¿Para qué la quieres?

Maria desenvainó la mejor de sus sonrisas, convirtiendo su aspecto empapado y despeinado en una danza de encanto. A pesar de estar atrapados en una tormenta entre contenedores y ratas, sus labios se abrieron paso como un rayo de sol entre nubarrones, haciendo que su belleza resplandeciera incluso en medio de la adversidad.

—Juro hacer un buen uso de este conocimiento. —Wulff guardó silencio, encandilado. Maria añadió—: Veo un futuro donde los socialistas, comunistas, judíos, homosexuales y negros tendrán el poder del mundo. Es ahí donde surgirá la tercera guerra, con armas de destrucción masiva que convertirán la tierra en un páramo sin vida. —La médium hizo una pausa, mientras doblaba la carta astral en cuatro pliegues—. Los que sobrevivamos a la desaparición del Tercer Reich no debemos sentirnos como seres afortunados, sino como soldados que heredan la responsabilidad de preservar la raza aria y vencer en esa tercera guerra. —Maria pensó en sus hermanas y en la situación de la Sociedad Vril, que se desplegaba en esos momentos como un ejército a lo largo de todo el mundo—. Mientras la sangre siga corriendo por las venas de las damas de Vril, habrá esperanza para que el linaje nunca desaparezca.

Maria guardó el documento en el escote de su traje negro. Luego estiró un brazo y apoyó la palma de la mano sobre la caja de madera de la que no se había separado desde que embarcó en aquel buque.

—Con el poder de esta reliquia venida desde el cielo, solo es cuestión de tiempo que alcancemos la victoria, camarada.

13

Cerro del Moro, Cádiz, 24 de julio 2023

Natalia abrió los ojos.

Y una punzada de dolor le estalló en las sienes, como si se le rompiese la piel al volver a este mundo. Despertar era lo mismo que le golpeasen con la vida. Sintió mal sabor de boca, un gusto agrio. El cuello entumecido le impidió levantar la cabeza del suelo. Desde donde tenía apoyada su mejilla, un charco de bilis amarillento se extendía siguiendo los surcos de las losas del salón de su casa.

Un blíster de pastillas vacío, con las cápsulas de plástico arrugadas como verrugas estrujadas, se encontraba tirado a escasos centímetros de su mano.

Se ayudó con un brazo y logró incorporar el tronco. El piso giraba a su alrededor en una espiral con una curvatura cada vez más cerrada, como si el peso que la aplastaba hiciese que todo el universo rotase en torno a la gravedad de ese dolor. Una vez hubo logrado sentarse en el suelo, se llevó una mano bañada en vómito a la sien que la mortificaba de dolor.

Allí encontró una herida abierta.

Los recuerdos, igual que en la superficie inmaculada del papel fotográfico sumergido en la cubeta, fueron apareciendo con contornos fantasmagóricos. La llamada por teléfono de la Policía Nacional que le anunciaba el fallecimiento de su hijo. No, qué dice usted, eso es imposible. Un compañero de su unidad ha podido identificarlo, pero necesitamos también su confirmación. Nunca. Nunca confirmaría aquello porque no podía ser verdad, y punto. El viaje interminable en taxi. La carrera asfixiante hasta la puerta del cuartel, donde tantas veces había ido a visitar a su hijo, casi a hurtadillas, a llevarle las arepas en una fiambrera para la cena cuando estaba de guardia. Con carne mechada, como a él le gustaba. La cara del capitán, vomitando palabras que sonaban como el color negro. Su hijo no se ha presentado esta mañana en su puesto de trabajo, señora. Lo hemos llamado varias veces al número de teléfono que dio en su oficina, pero no lo ha cogido en todo el día. Ella cayendo al suelo del parque, donde empieza a ver el mundo desde abajo. Las botas militares corriendo de un lado para el otro. Las llamadas de teléfono. Agua fría y desagradable que le echan por la frente. Un hombre de rostro difuso que le agarra la mano para tranquilizarla. Le dice algo, pero no entiende nada. No sabe qué ocurre.

Es incapaz de respirar, su cuerpo solo sabe llorar.

Las puertas de la ambulancia se cierran a su espalda. Unos papeles de la funeraria que le ponen delante para que firme aquí, aquí y aquí. Por trescientos euros más puede usted poner una placa con la frase que quiera, y un catálogo de rótulos fúnebres. El rostro con barba de varios días de su exmarido aparecer en el funeral; el desvanecimiento en la misa, frente al féretro de su hijo. Una joven médico con cara de niña que le notifica que han sido ocho puntos, pero que está todo bien. ¿Todo bien? Mi hijo, ¿no lo entiende? Mi niñito. Un monstruo me ha robado a mi hijo y me lo ha descuartizado. La doctora extendiéndole la receta de los ansiolíticos con la mirada esquiva, como si quisiese saldar rápido sus necesidades para dejar de escuchar aquella historia terrorífica.

Soledad.

Silencio.

Y las manecillas del reloj que seguían marcando el paso del tiempo. Un tiempo que fluía de forma indeterminada a través de las persianas cerradas de ese salón desordenado. Podría ser cualquier hora del día. Era incapaz de hacer cálculos para ver cuánto hacía de la muerte de su hijo. Del asesinato de su hijo. Prefería vivir embotada en ese sopor a medio camino entre la inconsciencia y la existencia que le ofrecían las pastillas; se había convertido en un gas inerte, un fantasma que ha perdido la condición de persona. Necesitaba huir, pero no existía escapatoria. El camino más fiable era el que se abría hacia dentro si cerraba los ojos.

Para siempre.

Allí mismo, sentada en el suelo, comenzó a hurgar en la brecha de su frente con los dedos llenos de vómito, para separar los labios de carne y que la herida quedase lo más abierta posible. Había sido el propio sacerdote el que la mantuvo en pie, agarrándola por el brazo, mientras metían a su hijo en la oscuridad del nicho de piedra. Luego la acompañó a urgencias, donde le cosieron esa herida, pero nada más llegar a casa se había arrancado los puntos de sutura. No le importó notar el hierro de la tijera arañar la parte frontal de su cráneo.

No dejaría que aquella herida desapareciese jamás.

A la vez que escarbaba con los dedos en la brecha, un llanto abundante de sangre se le derramó desde la sien hasta la barbilla, cruzándose y mezclándose con los surcos salinos de sus lágrimas secas. Se levantó con dificultad y comenzó a caminar apoyada en la pared, sin importarle que unas huellas alargadas, como los dedos de un espectro, dejasen sus marcas ensangrentadas a lo largo del pasillo. Ignoró el charco de jugos gástricos del suelo y dejó el salón a su espalda. Sus articulaciones chirriaban con cada movimiento y el dolor de su cabeza era tan estridente que, de alguna manera, se superponía al calvario que le otorgaba el pensamiento.

Fue en dirección al dormitorio de su hijo.

La orla del instituto la recibió en el tabique de enfrente, por lo que tuvo que esforzarse para no afinar la mirada en la parte inferior del cuadro. La niñez de su hijo en bachillerato era un desgarro para el corazón, y lo peor de todo es que no hacía ni dos años de aquella fotografía. A los pies de la cama, se ubicaba un escritorio con dos monitores y una silla como de fórmula uno. Es una silla de *gamer*, mamá. Un póster de *Call of Duty*, con colores verdes y negros, se clavaba en la misma pared donde sobresalía una repisa con una fila de libros, apoyados en un trofeo de metacrilato. Natalia escuchó el silbar del tiempo en sus oídos y le vinieron las imágenes de cuando fueron en tren hasta Sevilla, para que pudiera jugar junto a su equipo en un torneo de yo qué sé qué videojuego. Los primeros años de escuela representaron un auténtico calvario para David, debido al rechazo constante que recibió a manos de los niños de su misma edad, quienes lo discriminaron por el simple hecho de tener una madre venezolana y un tono de piel ligeramente más oscuro que el resto de los alumnos. La intolerancia que algunos padres infunden en sus hijos hacia los que no comparten su misma nacionalidad o cultura la llevó a sentirse culpable por la lucha constante que libraba su hijo en el colegio. Saber que, gracias a los videojuegos, David había encontrado un grupo de amigos con los que hablaba, reía y gritaba de emoción durante horas, la hizo enormemente feliz. Habría ido hasta los confines del universo si hubiese sido necesario para que pudiera jugar ese torneo junto a sus amigos.

Habría dado la vida por volver a ver su rostro empapado en felicidad tras quedar terceros en la competición.

Junto al trofeo descansaba una fotografía enmarcada. David tendría unos once años. El pelo negro y lacio, como el de su padre antes de que se lo afeitara, le caía por la frente hasta casi tapar sus ojillos verdes. Se encontraban en el parque de atracciones de Isla Mágica pero ninguno de los tres parecía feliz. Roberto, con camiseta de tirantes y una gorra Thor Steinar, aparecía cruzado de brazos, dejando a la vista los primeros tatuajes de generales del ejército alemán que comenzaban a ennegrecer sus antebrazos.

Aunque hubiesen pasado más de ocho años de esa foto, era incapaz de entender cómo Roberto pudo cambiar tanto en un periodo tan corto de tiempo. Cuando Natalia llegó a España, con los pocos dólares que le quedaron tras la herencia de sus padres, lo único que pudo costearse fue un piso en uno de los barrios más humildes de Jerez de la Frontera, donde tuvo que aprender a convivir con traficantes, drogadictos y prostitutas sin sentirse diferente, debido a su estatus de inmigrante. A las pocas semanas de vivir allí, terminó cruzándose con Roberto en el rellano forrado de grafitis; era uno de los pocos vecinos del bloque de pisos a los que no se le transparentaban los huesos a través de la piel. Aunque las disimulase con bromas y chanzas, él nunca se molestó en ocultar las muestras de deseo hacia Natalia, que no había abandonado su país para pudrirse en soledad en ese apartamento de mala muerte. Si decidió gastarse lo poco que tenía en cambiar de continente era para ir a la caza de nuevas experiencias y oportunidades. A Natalia, aquello le pareció un juego, más que el inicio de un futuro arruinado de antemano, por lo que comenzaron a hacerse visitas mutuas, según las ganas que tuviera ella de subir dos pisos o él de bajarlos.

Al tercer mes de esos encuentros furtivos, se quedó embarazada del hombre del que comenzaba a enamorarse.

Roberto nunca le dijo a qué se dedicaba exactamente, pero Natalia sabía que la mayoría de sus ingresos provenían de los trapicheos con droga. Se encargó de todos los costes y le prometió que a su hijo nunca le faltaría de nada. Se casaron en una notaría sin hacer demasiado ruido, donde el mismo notario facilitó y agilizó el proceso para adquirir la nacionalidad española, lo que le permitió, una vez nacido David, encontrar trabajo de limpiadora en el mismo gimnasio que frecuentaba su marido.

A medida que fue creciendo el niño, también lo hizo el extraño comportamiento de Roberto, que comenzó a manifestar comentarios racistas y muestras de rechazo hacia ella y su hijo. Poco a poco, fue encontrando excusas para no salir nunca de casa acompañado de su familia, como si se avergonzase de ellos ante el resto de sus amistades. Lo que parecía ser amor, terminó convirtiéndose en desprecio, y el desprecio, en violencia. Llegó el momento en el que ni siquiera se molestaba en ocultar de la vista de su hijo los fardos de hachís con los que traficaba; en el piso donde vivían, entraban y salían continuamente seres desconocidos en busca de su dosis. Natalia se vio obligada a pasar la mayor parte del día metida en el dormitorio, junto a David, que tuvo que aprender a hacer los deberes de la escuela sobre la misma cama donde su madre recibía aquellos golpes interminables cada noche.

Pasados los años, mientras Roberto se encontraba descargando mercancía en una de las playas de Barbate, Natalia consiguió reunir la valentía necesaria para agarrar a David de la mano y huir hasta la comisaría más cercana para denunciarlo. Luego se sucedieron varios años en los que tuvo que soportar la llegada continua de mensajes amenazadores en el buzón del piso que le habían facilitado los servicios sociales, pero las reiteradas denuncias junto al expediente delictivo fueron suficientes para que Roberto acabase interno en el centro penitenciario Puerto II durante un tiempo.

En la fotografía del parque de atracciones, su hijo se abrazaba a ella e intentaba sonreír en un amago incapaz. La tortura que vivían en casa cuando empezaban los golpes se extendía a todos los rincones de la vida.

Sabía que lo habían puesto en libertad hacía solo unos meses.

Y ahora el pequeño estaba muerto.

Natalia clavó sus uñas en las palmas de las manos y deseó con todas sus fuerzas haber hecho lo correcto por proteger a su hijo. No podía dejar de pensar en la posibilidad de que toda esa situación estuviese provocada por sus decisiones. Quizá, si se hubiera quedado en ese piso, si hubiese sido capaz de soportar aquellos abusos, David seguiría con vida.

El estómago emitió un quejido, como si se le diese la vuelta en las entrañas y empujase al resto de las vísceras. Su único alimento estaba compuesto por sollozos y pastillas. A pesar de que algunos vecinos le hubiesen dejado algunos tápers de comida en la puerta de su casa, no había probado bocado desde la muerte de David.

Se sentó con cuidado en la cama del dormitorio. Primero apoyando la mano en la colcha, luego el peso del cuerpo, como si no quisiera despertar a un hijo que aún descansaba en el colchón. A veces pensaba que, si giraba un poco la vista, podría verle por el rabillo del ojo.

Pero qué va.

El vacío de su escritorio la trajo de vuelta a la realidad. La Policía judicial estuvo allí hacía, cuánto... uno o dos días, y un cerco del polvo gris marcaba el hueco que había dejado la torre de su ordenador sobre el escritorio. Ahora toda su vida parecía estar formada de ese mismo vacío. Se llevaron el ordenador y algunos papeles que guardaba en el cajón del escritorio y ella no sabía para qué querían todo eso, pero tampoco le quedaban fuerzas para protestar lo más mínimo. Le dijeron que aquello podría ayudar en la investigación y era de justicia decir que, hasta el momento, los agentes que estaban llevando el caso la habían tratado con bastante tacto. Uno de los jefes, que se presentó como subinspector, le dio su número de teléfono y le dijo que podía llamarlo cuando lo necesitase. Pero lo único que ella quería era que le contasen la verdad; que no le ocultasen nada. El tipo le insinuó que aún no tenían gran cosa; que seguían sin encontrar el teléfono móvil, la ropa y las partes desaparecidas del cuerpo, y que tampoco habían hallado ninguna evidencia en la escena del crimen que les guiase hacia algún sospechoso. ¿Y el padre? ¿Habéis hablado con el padre? Sí, lo hemos citado para tomarle declaración en los próximos días pero, en principio, el dispositivo de localización que tiene instalado en el tobillo no lo sitúa en la escena del crimen. Y ya estoy yo hablando demasiado, señora. Que la seguridad de la información en estos casos puede ser determinante para la resolución del caso. Tenga paciencia y confíe en nuestro trabajo, haremos todo lo posible por encontrar al culpable de la muerte de su hijo.

También le dieron el teléfono del Servicio de Asistencia a Víctimas de la Junta de Andalucía.

Pero hizo una bola con el papel y lo tiró por ahí.

Lo único que le preocupaba era encontrar al asesino de David.

Una gota de sangre, que provenía de la herida abierta de su frente, se descolgó de su barbilla y estalló contra la tela oscura de su chándal. Lo supo por el sonido que hizo. Resonó en la pequeña habitación igual que si hubiese golpeado contra algo sólido.

Había caído justo en el bolsillo del pantalón, donde guardaba el teléfono móvil. Una idea germinó en su mente como una flor creciendo en medio del asfalto.

Introdujo la mano y lo sacó de allí. Vio que tenía decenas de mensajes y llamadas perdidas que no tenía intención de responder. La mayoría de ellas provenían de las compañeras del gimnasio donde trabajaba y del grupo de la comunidad de vecinos. Desde que fallecieron sus padres, no le quedaba nadie en la familia.

A ratos le sobrevenía sin avisar una soledad abrumadora.

Una delgada línea roja, del grosor de un hilillo de azafrán, amenazaba con apagar el teléfono móvil de un momento a otro. Tres por ciento de batería.

Limpió su dedo manchado de sangre y algunos tropezones de vómito seco en la misma tela del pantalón, luego pulsó el logotipo de Instagram. Como la que se apaga un cigarro incandescente en su propia piel, comenzó a pasar las fotografías del muro de su hijo. Se quedó un rato mirando la última publicación, que databa de la semana anterior, donde se veía el atardecer desde la ventana de ese mismo dormitorio, como preludiando un fin cercano. Sus ojos volvieron a convertirse en agua mientras se paraba en cada una de las publicaciones. Volvió a verlo haciendo el pino en la playa, rodeado de amigos en la discoteca, en el espejo del ascensor con la lengua fuera. Deslizó las publicaciones un poco más rápido, hasta que tuvo que asimilar que no tenía ninguna fotografía publicada con ella.

Y lo que más le dolía.

La certeza de no conocer a su hijo tanto como creía.

Una lágrima aterrizó en la pantalla y los colores se distorsionaron en píxeles verdosos y morados. Al querer limpiar el cristal con la yema de su dedo, se abrió una foto casi por voluntad propia. Allí apareció un rostro que le sonaba, que creía haber visto en otras publicaciones anteriores.

Comenzó a pasar la galería en orden inverso, para arriba, luego hacia abajo, rebobinando en el tiempo una y otra vez la vida en imágenes que su hijo había compartido públicamente. Alguien se repetía con frecuencia en todas esas fotografías.

Tras unos minutos de rastreo, observó que en la mayoría de las publicaciones tenía un comentario de esta cuenta. Los fue leyendo todos, uno a uno.

La sangre se le rizó y se le quebraron las venas.

La pantalla refulgente del teléfono, reflejada en la profundidad de sus ojos vidriosos.

14

Real Instituto y Observatorio de la Armada

Después de oír unos pasos a su espalda, tuvo el presentimiento de estar siendo observado por alguna extraña presencia. Dejó de teclear en la base de datos y desvió la mirada del monitor. Enmarcada en la puerta, había aparecido una silueta negra, alargada e inmóvil, derramando sobre el suelo del despacho el trazo oscuro de su sombra.

—No lo esperaba por aquí.

—Ya, ni yo tampoco.

Manuel Rivas se levantó de su silla y rodeó un escritorio oculto bajo varias columnas de libros apilados. Estrechó la mano del que entraba en su oficina con la mayor sonrisa que un rostro humano puede ofrecer, en total contradicción con las enormes ojeras que ensombrecían los ojos del visitante. Tuvo la inercia de darle un abrazo, pero le contuvo la respetabilidad que siempre le evocaba el alzacuellos y la chaqueta negra.

—Qué alegría verlo por aquí, páter. Debería haberme avisado de que iba a venir y le habría recogido en el control de seguridad. Aunque doy por hecho que no ha tenido ningún problema para entrar —comentó Manuel, mientras echaba una rápida ojeada a la tarjeta de visitante que colgaba del cuello del sacerdote.

—Al menos que el trato de comandante sirva para algo, ¿no?

Ambos hombres rieron, conectados aún por el amistoso apretón de manos.

Ezequiel solo había tenido que mostrar la TIM* en el puesto de seguridad para poder acceder a la enorme escalinata de piedra que ascendía hasta el cerro de Torre Alta. El último de esos escalones desembocaba frente a las cuatro columnas dóricas que conformaban el suntuoso frontal del Real Observatorio de la Armada.

En aquel lugar se situaba la Sección de Hora, desde donde se suministraba la hora oficial a toda España. El patrón nacional de tiempo se mantenía gracias a una batería de patrones atómicos de frecuencia, constituida por dos máseres de hidrógeno activo y cinco patrones de haz de cesio. Allí se calibraban los equipos para el resto de los observatorios y centros de investigación de todo el país, además de las cámaras de límite de velocidad de las carreteras y los dispositivos GPS.

En ese justo momento, un ingeniero con zancada apresurada cruzó por el pasillo en dirección a la interminable escalera que ascendía hasta la cúpula del observatorio, donde se encontraba la Sección de Láser, encargada de la localización exacta de los miles de satélites que orbitan nuestro planeta y que, en la mayoría de los casos, terminaban convirtiéndose en basura espacial. A pesar de que ese observatorio era considerado el centro científico moderno más antiguo de España, y uno de los más importantes del mundo, la mayoría de los ciudadanos desconocían la valiosa labor que se llevaba a cabo en su interior. Algunos jó-

* Tarjeta de Identificación Militar.

venes, incluso, confundían el láser verde que se internaba por las noches en los confines del universo con los focos de alguna discoteca.

—Bueno, y qué tal, ¿cómo se encuentra? Por aquí se comenta que es usted todo un *influencer* de esos, ¿no?

—Yo estoy bien, Manuel —contestó Ezequiel, mientras arrastraba la silla frente al escritorio y se sentaba. Eludió por completo cualquier conversación relacionada sobre sus apariciones en YouTube—. Un poco liado con un par de asuntos, pero bien.

—Bueno, ¿y cuándo no está usted metido en algo? —Manuel tomó asiento al otro lado del escritorio y retiró una montaña de revistas de astronomía para colocarlas en otra mesa auxiliar; de otra forma, habría sido imposible que se viesen mientras conversaban—. Lo que está claro es que debe de ser algo importante, porque tiene peor cara que cuando colaboraba aquí en el turno de noche.

Hacía apenas un par de años que había formado parte del proyecto EMPIR*, en el que aún se continuaba trabajando en el diseño y construcción de un reloj de red óptica de estroncio. Las tecnologías vinculadas a la metrología cuántica de tiempo y frecuencia era un campo aún por explorar en el que se podrían conseguir unos resultados sin precedentes en la historia, probablemente, cien veces más exactos que los primarios de microondas que se usaban en la actualidad para calcular el tiempo. A los ingenieros que allí trabajaban les llegó el rumor de que al sacerdote lo apodaban Carasucia, pero ellos, hombres de ciencia poco temerosos a la ira de Dios, preferían llamarlo el Cura Vampir, por su similitud con el nombre del proyecto y al hecho

* European Metrology Programme for Innovation and Research.

de que siempre fuese a trabajar al observatorio con la camisa negra y en horario nocturno.

—Ojalá, Manuel, ojalá todas mis preocupaciones se redujesen a un puñado de ecuaciones de tiza sobre la pizarra. Esta vez se trata de algo… diferente.

Después del funeral, durante la espera en urgencias, Natalia le había contado que el tipo que apareció en la misa era el padre de David. Al parecer, tenía una orden de alejamiento por violencia de género y acababa de salir de la cárcel hacía solo unos meses. Aquello solo sirvió para conmover aún más al sacerdote y confirmar sus sospechas: esa historia podría cuadrar con la infancia complicada a la que aludió el soldado con el que estuvo hablando para preparar el bautismo. Desde entonces, Ezequiel se había visto impelido a buscar la verdad detrás de la muerte de aquel chico y hacer todo lo posible por aliviar la carga de una madre que lo ha perdido todo.

Nadie debería soportar aquel dolor en soledad.

—Pues usted dirá. Supongo que, si ha venido hasta aquí, es porque podremos ayudarlo de alguna manera —añadió Manuel, echándose hacia atrás en su asiento, pronosticando una mala noticia.

—Vamos fuera, te invito a un cigarro y te cuento tranquilamente —sugirió el sacerdote, visiblemente molesto por el ruido continuo que provocaban los ventiladores de las computadoras montadas en el equipo *rack* en una de las esquinas del despacho.

Manuel se removió detrás del escritorio, como tomando impulso para rehusar una oferta irrechazable.

—Ya no fumo, páter. Lo dejé hace unos meses, y la verdad es que me arrepiento de no haberlo hecho mucho antes. Ahora soy capaz de subir hasta la cúpula sin asfixiarme, que no es poco. Y creo que usted debería hacer lo mismo algún día de estos.

—Ya.

Ezequiel impostó un rostro de alegría al saber que su viejo amigo había superado el vicio e intentó que no se le viesen las costuras de la contrariedad. Se habría sentido mucho más cómodo si hubiese conseguido levantarlo de aquel trono, sacarlo del despacho que se había convertido en su reino desde que se jubiló el anterior bibliotecario. Manuel escondía su juventud tras una gran educación, un exquisito saber estar y un dominio magistral sobre la historia y la conservación del patrimonio que allí se custodiaba. Siempre con camisa y finas maneras. Siempre barba bien perfilada y recortada. Como director de la biblioteca y del museo del Real Instituto y Observatorio de la Armada, profesaba un gran amor por su trabajo, casi obsesivo, y aquello no jugaba a favor del sacerdote, que iba allí a pedir la luna.

—Necesito que me hagas un favor, Manuel. —Ezequiel desvió la mirada hacia la piel de sus nudillos, a riesgo de perderse entre sus arrugas y dibujos—. Tengo que hacer una consulta en vuestra biblioteca.

El bibliotecario dejó escapar el aire de sus pulmones, aliviado, con la sensación de haber esquivado una bala. Por norma general, no solía poner impedimento a los que necesitaban consultar cualquier documento de la biblioteca. No era extraño recibir solicitudes de estudiantes o investigadores que precisaban revisar alguno de los textos, ya que la mayoría de ellos no podían encontrarse en ningún otro lugar. Se debía rellenar un impreso y que este pasase a la autorización del propio director del observatorio, un proceso que podría conllevar un par de días de espera, pero, tratándose del padre Ezequiel, podía hacer la vista gorda. Faltaría más. Se echó hacia delante en su asiento y colocó las manos sobre del teclado de su ordenador.

—Claro que sí, sabe que aquí no tiene problema alguno, páter. Dígame qué títulos necesita consultar y los buscamos en un momento.

La biblioteca del Real Instituto y Observatorio de la Armada conservaba más de treinta mil volúmenes custodiados a lo largo de nueve salas. Primeras ediciones y textos incunables, así como la importante colección de publicaciones periódicas que intercambiaban por cortesía con diferentes observatorios y centros de estudios de todo el mundo, formando así una de las bibliotecas científicas más importantes de todo el país.

Ezequiel se llevó un puño a la boca y se aclaró la voz:

—Necesito consultar el *Atlas Coelestis*.

Manuel giró muy lentamente la cabeza, hasta enfrentar sus ojos con la mirada gélida, casi celeste, del religioso. El rostro amable y dispuesto del bibliotecario mudó en una palidez descompuesta, como si le hubiesen acabado de anunciar que padecía una enfermedad terminal.

—¿Qué *Atlas Coelestis?* ¿El de John Flamsteed?

—Sí, ese —contestó Ezequiel, manteniendo su propia corona de espinas y haciendo esfuerzos por sostenerle la mirada al custodio de la biblioteca.

—Con el debido respeto, páter. Sabe perfectamente que eso es imposible.

—Claro que lo sé. Por eso te he dicho que venía a pedirte un favor.

15

Sala de Ptolomeo, biblioteca del Real Instituto y Observatorio de la Armada

Llevaba un tiempo difícil de determinar en esa posición, inmóvil, con los ojos clavados en el péndulo del reloj. La oscilación del peso, redondo, ganaba velocidad para impulsarse hasta el extremo opuesto, donde se frenaba y volvía a volcar toda su energía en el siguiente vaivén. Un movimiento armonioso que encandila e hipnotiza, que engatusa y nos incita a creer que controlamos esa ola sobre la que navegamos todos, esa eterna corriente que arrastra siempre consigo todas las edades.

Probablemente, ese péndulo situado en la biblioteca del Real Observatorio de la Armada fuese uno de los mejores calibrados del mundo. Se mecía con exactitud, empeñado en dividir el tiempo en partes iguales de manera rígida e inflexible. Sin embargo, ese apéndice metálico quedaba muy lejos de medir ese otro tiempo corporal que se retuerce y contonea, el que da saltos y empujones, regido por los latidos del corazón y el reloj de la sangre.

Ezequiel llevaba casi una hora allí sentado, por lo que sus pituitarias ya se habían acostumbrado a ese picor profundo en la nariz que rozaba la garganta, provocado por la oxidación del papel de los volúmenes que allí se conservaban. La humedad, el calor y el paso del tiempo, rigurosamente marcado por la oscilación de ese péndulo, deterioraba los ejemplares centenarios que se almacenaban tras las cristaleras que protegían las enormes hileras de estanterías. La sala apenas permanecía iluminada por unos diminutos focos de luces tétricas donde las cortinas, cerradas, evitaban el paso de los rayos ultravioletas, que aún acelerarían más la descomposición de esos tesoros encuadernados.

Después de una apretada negociación, Manuel Rivas había sucumbido a los años de amistad y accedió a dejarle un rato a solas en la Sala de Ptolomeo, pero no de exponer el manuscrito original, que se conservaba tras una vitrina dedicada exclusivamente al primer atlas estelar de la historia basado en observaciones telescópicas; un texto prácticamente único en el mundo. Cualquier descuido, cualquier uso inadecuado del papel, podría provocar un daño irreparable en el original. En su lugar, el bibliotecario le había facilitado una enorme pantalla táctil con el *Atlas Coelestis* que la Biblioteca Nacional tenía digitalizado en sus registros*.

La sala recibía aquel nombre debido a que era el lugar donde se conservaba, tras otras de las vitrinas con paredes aterciopeladas, una edición del siglo XVI del *Almagestum* de Ptolomeo, el catálogo de estrellas y planetas más importante de la Antigüedad. A su alrededor, los libros clasificados como incunables sobre la evolución de la ciencia y la astrología, los almanaques náuticos, los astrolabios y los instrumentos utilizados para la observación astronómica forraban el resto de la estancia.

*

Sobre las estanterías se alineaba una serie de retratos con marcos cubiertos de pan de oro. La astronomía, la cartografía y las expediciones científicas siempre han estado ligadas a la Armada a lo largo de toda la historia, por lo que las miradas recias de todos los comandantes directores que habían pasado por la dirección de ese observatorio, desde el primero hasta el último, seguían sus movimientos desde las alturas con ojos de óleo, como si a través de los siglos hubiesen asumido el papel de ser los protectores silenciosos de las reliquias impresas que allí se custodiaban.

Ezequiel volvió a bajar la mirada para encontrarse con la pantalla táctil que apoyaba sobre la mesa. El *Atlas Coelestis* de John Flamsteed se abría ante él con una gran resolución y detalle; el pliego que permanecía abierto llevaba por título la constelación que aparecía representada: TAURUS.

La figura de un guerrero cazador aparecía en la parte inferior del planisferio, envolviendo los astros que conformaban la constelación de Orión. Un poco más arriba, ocupando el centro y la mayor parte del atlas, se mostraba la cabeza de un toro colosal, superponiéndose a las estrellas que formaban parte de la constelación de Tauro. Aquella ventana de papel no era suficiente para capturar la magnitud de la bestia, por lo que su cuerpo se perdía por uno de los bordes del plano, difuminado entre lo que parecía ser un cúmulo de nubes cósmicas.

Por un momento, Ezequiel pensó que le habría venido bien tener delante una copia del atestado policial, con la que habría podido cotejar las fotografías de la escena del crimen con el mapa del cielo que tenía delante. Sin embargo, estaba prácticamente convencido de que las imágenes del cuerpo mutilado que le perseguían cuando intentaba cerrar los ojos eran fieles a la realidad, como si hubiesen sido capturadas por el obturador de sus retinas y clavadas con una chincheta en su hipotálamo.

La marca realizada con un hierro al rojo sobre la frente del cadáver le evocó el signo de Tauro, lo que le había llevado a abrir el atlas por esa página en concreto. Recordaba haber estudiado ese volumen único en la historia, y el corazón comenzó a sonarle como una campana cuando comprobó que, efectivamente, de los casi doscientos astros que podían contarse en ese trozo de universo, solo había una única estrella que tenía anotada el nombre.

Se la representaba con un mayor tamaño que todas las demás, por lo que parecía ser la más brillante de todo el firmamento.

Aldebarán.

Situada exactamente en el ojo derecho del toro.

El mismo que le habían extirpado al cadáver.

Ezequiel permaneció durante algunos minutos intranquilo en la silla de cuero tachonada, deseoso de compartir su entusiasmo, su descubrimiento, con alguien más en la sala. Aquella estrella, según había revisado en la Wikipedia a través de su teléfono móvil, también era conocida como Oculus Tauri*, era la más brillante de la constelación de Tauro y su nombre de origen árabe, Aldebarán, significaba «la que sigue». Al parecer, a lo largo de la historia había sido utilizada para designar al hombre o la mujer perseverante, el que no acepta la derrota.

El signo astrológico de Tauro grabado a fuego en la frente de la víctima y la ausencia del ojo derecho parecía hacer evidente que el autor del crimen pretendía señalar hacia ese astro en concreto. Intentó encontrar alguna expli-

* Ojo de toro.

cación lógica, alguna hipótesis coherente que relacionase la muerte del chico con aquella estrella situada a más de sesenta y cinco años luz.

Pero fue incapaz.

Ezequiel volvió a su teléfono móvil y escribió en el navegador web «Estrella Aldebarán y esvástica». En las primeras páginas de búsqueda, encontró algunas entradas que hablaban sobre el ocultismo que siempre había rodeado al Tercer Reich. En algunas de estas webs, se hablaba sobre una sociedad secreta de mujeres médiums que aseguraban tener contacto con seres de planetas habitables en la estrella Aldebarán, de donde provenía la verdadera raza aria primordial.

El éxtasis, la agitación provocada por la sensación de estar descubriendo algo importante, fue mitigándose a medida que el sacerdote se hundía en un pozo de webs dedicadas al misterio, las conspiraciones y el ocultismo que no contenían ningún tipo de información contrastada o cercana a la objetividad. Fue entonces cuando llegó la sensación, reforzada por el sonido implacable del péndulo, de estar perdiendo el tiempo en aquella biblioteca y las manos se le fueron solas hacia el rostro, como si así pudiera conseguir tapar su propia pesadumbre.

Por más vueltas que le diese al asunto, no lograba encontrar una respuesta que vertiese una mínima luz sobre el caso. Lo único que estaba consiguiendo era poner en un compromiso al bibliotecario del observatorio por un disparate que se le había metido en la cabeza. Esa labor de investigación le correspondía a la policía, no a él, que la única información de la que disponía sobre el caso era lo que habían visto sus propios ojos.

Sabía que lo más inteligente sería olvidarse del tema.

Pero no podía borrar de su cabeza el rostro del soldado sentado en la mesa de su despacho.

Los ojos de la madre, vomitando lágrimas negras.

Comenzó a hacer pequeños círculos con sus dedos para masajearse el dolor de las sienes, probablemente provocado por la falta de sueño y la angustia acumulada en los últimos días. Se cubrió de nuevo el rostro con las palmas de las manos y sus ojos se cerraron.

Las manecillas del reloj, marcando el paso de los segundos.

¿A qué velocidad se reproduce el presente?

El olor a humedad y a libro antiguo lo expulsó del afán horizontal del tiempo y lo transportó inmediatamente al edificio donde pasó toda su niñez. Se vio en el orfanato que conformaba el esqueleto de su memoria, construido como con ladrillos de tuétano.

Sus manos han encogido drásticamente y la piel de sus bracitos se ha vuelto tersa, limpia. Inocente. Sensible a los cardenales que tatúan su cuerpo como manchas de sufrimiento. Se encuentra en posición fetal, escondido igualmente entre las palmas de sus manos y apoyado en los fríos azulejos del cuarto de baño. Llora, y su pecho apenas puede extraer oxígeno de ese aire viciado por los orines y los efluvios de la lejía.

A diario le llovían los puñetazos de algún interno dos o tres años mayor que él. Allí, los de doce años eran como gigantes sin predisposición genética al diálogo. ¿Cómo puede un niño saber siquiera qué es el afecto hacia otra persona sin haber conocido el cariño de unos progenitores?

Expósito. Ese era el apellido que le ponían a todos los niños sin historial familiar. Los motivos más comunes para que dejasen a los recién nacidos abandonados en las puertas de una iglesia eran la falta de recursos para hacer frente a una crianza digna o la voluntad de ocultar un parto fruto de una relación ilegítima. Un pecado imperdonable, una infamia en los setenta. Para la sociedad, una atrocidad mayor incluso que la de dejar a un crío a su suerte en los fríos escalones de un edificio.

Niños en pasillos oscuros, mirando castigados hacia la pared durante horas. Otros con los brazos en cruz y de rodillas sobre dos piedrecitas, delante de la figura de un hombre crucificado con la mirada vuelta hacia otro lado.

Pantalones cortos. Piojos.

Y un patio de recreo con suelo de cemento y las líneas del campo de fútbol borradas. Una canasta de baloncesto doblada, sin red.

Cielo gris.

Ezequiel Expósito nunca encontró un solo documento que lo relacionase con sus padres en los archivos históricos de los hospicios de San Telmo. La casa cuna de Sevilla se encargó de su inscripción de nacimiento en el Registro Civil y de la partida de bautismo eclesiástico. Con los años, alentado por las observaciones de los adultos que regentaban el orfanato, comprendió que aquello no era más que una muestra de Dios para que se olvidase de sus padres terrenales, que solo le ofrecían dolor y calvario, en contraposición a la paz y el bienestar que le provocaba el estudio de la naturaleza y los atributos del padre celestial.

Cuando despertó, el péndulo todavía estaba allí.

La realidad se fue tejiendo con cuerdas y bucles, a partir de los cuales se fue formando de nuevo el espacio y el tiempo. La luz comenzó a iluminar su presente a la velocidad de un fotón por instante y las enormes estanterías de libros volvieron a estar con exactitud en el mismo lugar que los recordaba antes de su viaje a la niñez. En la sala de la biblioteca volvió a encontrarse con los mordiscos con los que el tiempo iba devorándolo todo, cara a cara con el silencio absoluto, rasgado únicamente por los engranajes de la maquinaria. Una quietud pesada, infinita, que hacía que al sacerdote le costase cada vez más respirar.

De un movimiento rápido, se retiró el alzacuellos blanco y se desabrochó el primer botón de la camisa.

No sabría decir si fue más doloroso vivir aquellos años o revivirlos de manera constante. Su vida parecía construida con cimientos débiles, en los recuerdos de su infancia y la adolescencia había escenas que apenas podía localizar y que no lograba comprender aún. Lo único que le ayudaba a superar ese vacío insalvable era la presencia de Dios; la fe en la compañía y protección de ese gran arquitecto del universo. Juntó las palmas de las manos y los dedos se le entrelazaron con memoria muscular. Con la misma necesidad que lo hacía entonces arrodillado en la litera del orfanato, suplicó al mundo alguna señal que guiase su camino, cualquier cosa, algo que le ayudase a vencer esa aplastante sensación de soledad.

El *smartwatch* de su muñeca comenzó a vibrar.

Al encenderlo con un movimiento de la mano, pudo leer:

> Soy Natalia. Me han dado su teléfono en la parroquia. He ido a buscarle, pero no estaba. Necesito hablar con usted lo antes posible.

Luego apareció otro mensaje, que empujó el anterior hacia arriba y lo expulsó de la diminuta pantalla cuadrada:

> Es urgente.

16

Paseo Fernando Quiñones, Cádiz

Ezequiel dio un golpe de muñeca y desenfundó el *smartwatch* bajo la manga de su chaqueta negra. En la pantalla digital, Morty caía en el vacío infinito de un agujero negro a la vez que señalaba la hora.

Llegaba tarde.

Giró levemente el puño del patinete eléctrico y aumentó la velocidad.

Dejó a su espalda el castillo de San Sebastián, construido en un pequeño islote que se internaba más de seiscientos metros en el Atlántico. Desde la lejanía, podían distinguirse las diminutas siluetas de los que caminaban por el largo malecón de piedra que servía de nexo entre el casco urbano de la ciudad y la enorme fortaleza cimentada sobre las olas del mar. Los paseantes se perdían, hasta desparecer en ese atardecer que lo coloreaba todo de un tono anaranjado.

Como un gigante de roca tumbado entre las escolleras, el castillo de Santa Catalina se erigía en la otra punta de la playa de la Caleta, que permanecía custodiada en cada uno de sus extremos por ambas fortalezas. Aquella cala con forma de herradura había sido uno de los puertos naturales más utilizados para el comercio, donde en el pasado habían fondeado barcos fenicios, cartagineses y romanos. Hoy servía de cuna para las barquitas de madera de los pescadores, que se mecían suaves con el oleaje, junto a los farallones que despuntaban en la marea baja.

Rocas que salivan espuma blanca.

Y el ruido del mar, como de una respiración sosegada.

La ordenanza de movilidad urbana prohibía la circulación de patinetes eléctricos por la acera, pero una multa era la última preocupación del sacerdote en esos momentos, que esquivaba a los cientos de turistas que caminaban por el paseo marítimo a la vez que estiraba el cuello, para buscar con la mirada el lugar donde se había citado. En la distancia, vio una mujer sentada en la terraza del bar La Quilla; su larga melena negra y despeinada le tapaba media cara, pero pudo reconocerla por el aura oscura, cenicienta, que parecía envolver su silueta.

Ezequiel frenó la velocidad y se acercó hasta la mesa de la terraza.

Bajó del patinete eléctrico, pero Natalia no levantó la vista hasta que el sacerdote estuvo junto a ella.

—Muy buenas.

Con la misma energía de una cerilla que se ha apagado por completo, Natalia observó al hombre que acababa de llegar. A pesar de esconder sus ojos tras unas gafas de sol opacas, el sacerdote creyó recibir dos rayos negros de reproche.

—Lo siento, no he podido correr más. Vengo desde San Fernando y he estado más de cuarenta minutos esperando a que pasase el siguiente tren. No entiendo cómo puede haber tan mala conexión entre dos ciudades separadas por menos de diez kilómetros.

Mientras hablaba, arrastró una silla de aluminio, se sentó a la mesa de la terraza y cayó en la cuenta de que su queja sobre el transporte público debía de importarle lo mismo que lo que se encuentra pinchado en un palillo de dientes. Después de meditarlo durante todo el trayecto, había decidido no llenarle la cabeza con más preocupaciones contándole dónde había estado esa mañana. Sus divagaciones sobre la constelación de Tauro y Aldebarán no eran más que el resultado de la paranoia de un astrofísico obsesionado con las estrellas.

—Bueno, ¿cómo te encuentras? —preguntó el sacerdote, como contraataque al silencio absoluto que seguía recibiendo.

En una leve vibración de los labios de la mujer, le pareció ver la intención de una respuesta, pero justo en ese momento apareció un hombre con mandil junto a ellos. Llevaba una libreta y un bolígrafo entre sus manos. Natalia pareció sentirse aliviada al verse excusada de tener que dar explicaciones funestas.

—Muy buenas tardes, qué van a tomar los… ¡Pero señora, *pordió!* ¿Qué le ha pasado en la cabeza? Usted tiene que ir ar médico a que le vean esa herida, ¿eh?

Natalia no levantó la mirada de la mesa. Se echó la oscura melena hacia delante, tapándose aún más el lado de la brecha.

Al ver que la cliente guardaba silencio, el camarero miró extrañado al señor con camisa negra y alzacuellos que la acompañaba. Le interrogó con ojos abiertos y a este no le quedó otra que desear estar a bordo de uno de esos barquitos de madera, remar en dirección al sol y perderse más allá del horizonte. La herida de Natalia le había pasado desapercibida durante los pocos segundos que llevaba allí sentado. Su rostro cabizbajo y su peinado desmarañado disimularon el corte sobre la negra montura de sus gafas de sol.

—Miren, señores, yo no quiero ser un *malaje*, a ver si me entienden —continuó el camarero, al ver que ninguno de los dos era capaz de abrir de la boca—, pero yo no puedo dejarles consumir en esta terraza con la frente así, echando sangre. Va contra las normas de higiene y salud, y lo que me faltaba a mí era que ahora mi jefe me echara la bronca, con lo que me ha *costao* conseguir este trabajo.

La pareja que tomaba vino blanco en la mesa de al lado giró la cabeza al unísono cuando oyeron eso de normas de higiene y salud. Desde la pandemia, la sociedad se había vuelto hipersensible a las indicaciones sanitarias, y Ezequiel era testigo de aquello constantemente. Sus feligreses, la mayoría de ellos de edad avanzada, llevaban siempre la mascarilla puesta, aunque hubiese dejado de ser obligatorio en las liturgias. Ya no se daban la paz con un abrazo o dos besos, como en los últimos dos mil años, sino con la vista y una leve inclinación de cabeza. Así que metió una mano en el bolsillo interior de su americana y sacó un pañuelo de batista blanco con sus iniciales bordadas.

En azul.

E. E.

Se lo acercó a Natalia.

—Tranquilo, hijo, está conmigo —dijo Ezequiel—. Es un corte de nada, solo tomaremos algo rápido y nos iremos. Yo quiero una cerveza, por ejemplo.

Los ojos del camarero hicieron miles de micromovimientos rápidos e imperceptibles, como el que calcula varias aperturas de ajedrez al momento. Para cuando fue a tomar una decisión, la mujer ya se había colocado el pañuelo sobre la herida y una tímida mancha escarlata comenzaba a filtrarse sobre el fino tejido.

—A mí póngame una tila, por favor.

Al sacerdote le sorprendió que el camarero hubiese podido entender las palabras de Natalia, apenas perceptibles por la poca fuerza con la que asomaron de su boca.

—Está bien —cedió el camarero—, pero que sepan que el verano *pasao* hice un curso intensivo de veterinario y creo que esa herida lleva unos cuantos puntos. Como no vayas pronto a que te miren, te va a quedar una cicatriz horrorosa, guapa.

—Iremos ahora mismo, en cuanto acabemos la conversación que tenemos pendiente —atajó el capellán.

El camarero, tras analizar la situación de aquella mujer que ocultaba sus golpes tras las gafas de sol y que llevaba colgado del cuello un dispositivo de localización de víctimas por violencia de género, cayó en la cuenta de que, quizá, se estaba metiendo en un terreno pantanoso, por lo que prefirió dar el tema por zanjado.

Atizó la libreta con la punta del bolígrafo.

Dio media vuelta y desapareció en el interior del bar.

Ezequiel apartó el pelo que cubría el rostro de Natalia con el dorso de sus dedos, agarró su pañuelo y lo retiró de la herida con delicadeza. La sangre acumulada bajo la carne inflamada teñía de colores verdosos y amarillentos el bulto de su frente. En su cumbre, una costra comenzaba a solidificarse en las orillas de un corte de tres o cuatro centímetros de longitud.

—¿Qué ha pasado con los puntos que te pusieron el otro día?

—No lo sé —respondió Natalia, mientras le arrebataba el pañuelo al sacerdote y volvía a colocárselo sobre la brecha, como si ya fuese de su propiedad—. Se me habrá caído el esparadrapo en la ducha.

—¿Y los puntos qué? ¿También se te han caído?

—Yo qué sé, últimamente no sé dónde tengo la cabeza. Esto es una pesadilla insoportable.

Ezequiel, capaz de ver a través de las excusas, tenía que hacer grandes esfuerzos por descifrar las palabras que brotaban de su boca. Se expresaba muy lentamente, sin vocalizar, desvaída de la realidad. Apenas podía detectarse alguna leve reminiscencia de su acento venezolano y, a pesar de tener los labios descoloridos y agrietados, como si hubiese llorado hasta alcanzar la deshidratación, se sorprendió al observar su boca más tiempo del necesario.

La serpiente.

Siempre agazapada en el fondo de la consciencia.

—Pues ese chaval tiene razón, tienen que verte de nuevo esa herida. Cuando acabemos de tomar lo que sea, te acompaño de nuevo a urgencias en un momento.

—Gracias, pero no hace falta. Puedo ir sola.

El sacerdote enseñó las palmas de las manos, como para mostrarse desarmado. Aprovechó que el camarero se acercó a la mesa para batirse en retirada y no llevar la contraria a la mujer que escondía un amplio dolor tras esa actitud de falsa fortaleza.

Cuando el joven colocó el botellín de cerveza sobre la mesa, Natalia se giró en la silla y agarró el bolso que tenía colgado sobre el respaldo. Se puso a rebuscar en su interior, como el avestruz que esconde la cabeza, temiendo que el camarero volviese a llamarle la atención por la sangre de su frente. Ezequiel aprovechó que se había roto el contacto visual entre los dos para tomar aire y buscar inspiración en ese sol que se aferraba al borde resbaladizo del mundo. Algunas vecinas del barrio de la Viña, aprovechando la fresca, bajaban por las escaleras que daban acceso a la playa cargadas con mesas y sillas plegables con la intención de echar unas partidas al bingo. La cabeza de un nadador, convertida en un punto negro desde la distancia, avanzaba con lentitud entre las olas silenciosas mientras que la fina capa de mar que barnizaba la orilla reflejaba los tonos violetas del ocaso en todas direcciones.

Con una larga inspiración, Ezequiel dejó que el verano se le colase por ósmosis en los alvéolos.

Aquella conversación no iba a ser fácil.

Cuando el camarero se retiró, volvió a encontrarse cara a cara con la muerte, que utilizaba su propio pañuelo para secarse las lágrimas por debajo de las gafas de sol. Sobre la mesa, además de la cerveza y la tila, habían aparecido un montón de folios impresos, ligeramente ondulados al haber sido transportados en un bolso que no estaba diseñado para ello.

—¿Es por esto por lo que necesitabas verme? —preguntó Ezequiel, después de darle un trago a la cerveza y apuntando con el culo del botellín a los documentos.

—En estos días he estado hablando por teléfono con los que están llevando la investigación del homicidio de David —contestó ella, a la vez que se llevaba una mano la frente, como si mil dardos se le clavasen en toda la extensión del cráneo al hablar sobre la muerte de su hijo.

—¿Y qué tal?, ¿te están atendiendo bien?

—Sí, bueno, ya sabe. Me han cogido el teléfono siempre que les he llamado, pero no me dicen nada. —Natalia volvió a pasarse el pañuelo por los bajos de la nariz, casi en carne viva, con un cerco rosado y de piel seca—. Por lo visto, el juez ha decretado el secreto de sumario del caso o algo así, y no pueden revelar ningún tipo de información sobre la investigación.

Todo el mundo espera de un sacerdote palabras reconfortantes, un lenguaje inteligente, premisas iluminadoras venidas como del mismísimo Espíritu Santo. Sin embargo, Ezequiel se sentía descolocado. Por más que lo intentase, no encontraba un modo adecuado de consolar a aquella madre que acababa de enterrar a su hijo. De súbito, se sintió como un imbécil al haber pedido esa cerveza. Tuvo la sensación de que tomar alcohol no era lo más adecuado para estar conversando sobre el reciente fallecimiento de David. La había pedido sin pensar, por aligerar la tensa situación que se estaba creando entre el camarero y Natalia. Con la punta de los dedos separó el botellín unos centímetros de su lado de la mesa.

—Cada día que pasa, aumenta la posibilidad de que el monstruo que le haya hecho eso a mi hijo se vaya de rositas.

—Eso no va a ocurrir, Natalia, estate tranquila —dijo Ezequiel, a la vez que envolvía las manos de la mujer entre las suyas. Por alguna extraña razón, se las imaginó encendiendo cirios en la parroquia—. Piensa que Dios es infinitamente justo y no pervertirá el juicio que le corresponde al autor de esta desgracia.

Natalia retiró sus manos de un latigazo, rehuyendo de aquellas palabras. Dejó el pañuelo ensangrentado y humedecido por las lágrimas sobre la mesa y se retiró las gafas de sol. Dos iris verdes lo miraron con tal desprecio que el sacerdote pudo escuchar los pedazos de un hombre roto caer al suelo. Ella habló siendo presa de un odio largamente incubado; lo hizo con furia, con arrojo, como si al retirarse esas gafas que le servían de coraza, la luz tibia del sol les hubiese insuflado fuego a sus pupilas.

—A mi hijo, aún con vida, le sacaron el ojo sin anestesia y, estando consciente, le marcaron la frente con un hierro candente. —Esto lo dijo mientras se señalaba su propio estómago y hacía esfuerzos para que el nudo instalado en la garganta le permitiese seguir hablando—. Más tarde, le abrieron las tripas hasta sacárselas fuera y comenzaron a manipular sus vísceras mientras se desangraba. —Una especie de líquido había comenzado a balancearse en el filo de sus párpados—. No vuelva a traer a esta mesa a ese Dios del que habla, porque, para mí, la única excusa que le queda es que no exista.

El capellán supo de inmediato que en esos momentos de nada servía aludir a las posibles razones por las que Dios permite el mal en el mundo. No quiso valerse de conceptos filosóficos como el libre albedrío o la naturaleza del ser humano para actuar con total libertad, incluso de manera errónea y maligna, con el fin de que, en contraposición, pudiesen existir virtudes superiores como la caridad, la paciencia, el amor, o la mayor de todas ellas.

El perdón.

Prefirió volver a mostrar las palmas de las manos en señal de rendición.

—Está bien, no volveré a nombrar a Dios. Pero déjame al menos darle las gracias por haberme acercado hasta ti y darme la oportunidad de hacer todo lo que esté en mi mano para ayudarte.

Una lágrima rebasó la copa de sus párpados enrojecidos, y Natalia se pasó el pulpejo de la mano por la nariz. Sorbió los mocos, se recompuso en la silla de aluminio y miró los documentos que había colocado frente a ella.

—He estado revisando todas las redes sociales de mi hijo.

Ezequiel aceptó el cambio de tercio y se sintió satisfecho. Preguntó con curiosidad:

—¿Tienes acceso a sus cuentas de redes sociales?

—No, solo he podido ver las publicaciones que puede ver todo el mundo. Supongo que la policía sí podrá acceder a los mensajes privados, no lo sé. Hace un par de días estuvieron en casa y se llevaron su ordenador y algunas cosas más.

—¿Y su teléfono móvil? ¿Ha aparecido ya?

—No tiene pinta. No me han dicho nada, desde luego.

El sacerdote afirmó levemente con la cabeza, invitándola a seguir hablando.

Natalia se limpió la última lágrima con el pañuelo, giró el puñado de folios y se los puso delante.

—Aquí están las últimas publicaciones de mi hijo en Instagram. También tenía una cuenta de Facebook y de Twitter, pero ahí apenas publicaba nada.

A Ezequiel le pareció acertado cuando Benedicto XVI abrió su cuenta de Twitter como una nueva forma de acercarse a los fieles. Aunque la mayoría de las veces se veía obligado a delegar en un joven catequista, solía ser el responsable de organizar las publicaciones del Facebook de la parroquia. Sus recientes apariciones en ciertos *podcast* de YouTube le habían permitido llegar a miles de jóvenes y, aunque otras redes más modernas como Instagram o TikTok le pillasen a contrapié, no dudaba de que eran una herramienta fantástica para mantener una comunicación continuada con los fieles. También ayudaba a darle visibilidad a las obras de caridad que se llevaban a cabo y a, ¿por qué no?, conseguir que algunos nuevos feligreses se animasen a pasar por la iglesia.

Miró los papeles fotocopiados que tenía frente a él y fue pasando las hojas una a una. En cada una de las páginas, aparecía una fotografía en blanco y negro sobre la columna de comentarios que le habían dejado los contactos de David en los últimos meses.

—¿Y los has impreso todos? Sabes que podrías haberme enseñado esto mismo desde tu propio teléfono móvil, ¿no?

—Ya, pero me quedo más tranquila si los tengo en papel. Así estoy segura de que no se pierden.

Ezequiel levantó la mirada de los documentos y observó a Natalia durante unos segundos. Descubrió que no solo le martirizaba el suplicio de haber perdido a su hijo, sino que también le envolvía la angustia de que el culpable de su asesinato, aún libre, pudiera borrar algunas pistas que pudiesen llegar hasta él. Por primera vez en la tarde, el capellán olió el perfume de la locura.

A la vista quedó una fotografía en la que David aparecía con casco y fusil de asalto entre escombros y edificios derruidos. El chaleco antibalas, dos o tres tallas más grandes que la que le correspondía, acentuaba la juventud y la baja estatura del chico, que parecía haber superado la talla mínima para el acceso al ejército a duras penas. El sacerdote reconoció aquel lugar, visto anteriormente en cientos de fotografías entre los compañeros que habían desplegado en Mali. Volvía a confirmar las sospechas: ese chico era el soldado con el que estuvo hablando en su despacho antes de irse de misión. Quiso poner fin a la incertidumbre de una vez por todas.

—¿David te comentó alguna vez que tuviese interés en bautizarse?

Natalia sostuvo la mirada al sacerdote y su mente comenzó a tejer conexiones neuronales, entrelazó recuerdos y pensamientos que habían permanecido dispersos en un rincón de su memoria. Sus pupilas se dilataron, reflejando el desconcierto y la chispa de estar descubriendo algo nuevo.

—¿Lo conocía?

Ezequiel agachó la mirada, antes de responder:

—Me habría encantado conocerlo mejor. Solo vino una mañana a mi despacho, a pedirme al curso de preparación de bautismo cuando volviese de zona de operaciones. —Ezequiel se miraba a las manos, ocultando la culpa de no habérselo comentado antes—. Y si te digo la verdad, tampoco estaba seguro de que el soldado con el que estuve hablando hace unos meses fuese tu hijo, hasta que tu expresión me ha confirmado que David tenía intenciones de recibir el sacramento del bautismo.

Atardecía en el horizonte, pero también lo hacía en el interior de Natalia. De su rostro se desprendió una esquirla de entereza y el pañuelo con manchas escarlatas volvió a pasarse por las abultadas bolsas de sus ojos, que parecían embalses de fina piel a punto de resquebrajarse.

—Por eso necesito que me ayude y que hable con ella.

Al sacerdote se le quedó la boca a medio camino y enarcó las cejas, antes de responder.

—¿Cómo dices? ¿Que hable con quién?

—Con ella.

Una uña descascarillada y con lascas de esmalte, vestigio de la mujer que un día fue, golpeó algunos de los papeles que se repartían por toda la mesa.

—Con un subrayador he marcado en naranja los comentarios de esta chica, mire. —Natalia pasó algunas páginas y señaló siempre la misma cuenta que se repetía una y otra vez en cada una de las publicaciones de su hijo—. La mayoría de los comentarios son de este tipo:

> «Lo mejor de la misión fue haberte conocido!!!».
>
> «Gracias por hacerme reír cuando más lo necesito».

Dos corazones rojos, como doble punto final, enfatizaban el carácter efusivo de alguno de estos comentarios.

—Ella estuvo de misión con mi hijo y es cabo, mire —añadió Natalia, mientras le mostraba otra de las publicaciones donde aparecían juntos en las calles de Kulikoró, en Mali—. Usted trabaja en el cuartel, ¿no? Seguro que no le cuesta nada encontrarla y hacerle algunas preguntas. Si en los últimos meses mantuvo una relación con mi hijo, quizá sepa algo que nosotros no sepamos.

Ezequiel se echó hacia atrás en su asiento, como el que esquiva por acto reflejo un golpe que le viene de frente. Aunque no fuese extraño verle pasear por las diferentes unidades del cuartel, asaltar a esa cabo e interrogarle sobre la posible relación con un compañero recientemente fallecido superaba completamente sus funciones como capellán de la Armada.

Pero también era cierto que se había saltado algunos protocolos sin que nadie se lo pidiera.

Ezequiel miró a los ojos de Natalia y tuvo la certeza de que se encontraba frente a una de esas mujeres que podrían ser cualquier cosa que se propusieran en la vida. Introdujo una mano en el bolsillo interior de su chaqueta americana y sacó de allí un cigarrillo ya liado. Se lo colocó entre los labios y prendió la llama del mechero.

—A ver, no puedo asegurarte nada.

El sacerdote intentó mostrarse prudente, pero no fue capaz de engañar a Natalia que, en esta ocasión, fue la que agarró las manos del páter.

—No la conozco. No sé quién es. Si esa chica conocía a mi hijo puede que tenga algunas de las respuestas que necesito encontrar. Y si por casualidad tenían una relación, también tengo derecho a saberlo.

Una lágrima de sangre se deslizó desde la herida de su frente.

Luego añadió.

—No me queda nadie. Usted es el único que puede ayudarme.

Por primera vez en la tarde, el brillo de la esperanza brotó de los ojos de aquella mujer.

Como una luz que nace.

En un planeta que seguía girando de manera irremediable hacia la oscuridad.

17

Ahí mismo.

En la oscuridad.

Era donde tenía lugar una danza cósmica tan antigua como el mismo universo. Con el frenesí de dos amantes secretos que se encuentran en la noche, los átomos de hidrógeno y carbono colisionaban en el vacío provocando cantidades ingentes de energía en forma de luz.

La pira funeraria vomitaba llamas anaranjadas, logrando que los doce cráneos que se desplegaban a su alrededor se carcajeasen entre las sombras parpadeantes. Ese círculo perfecto de risas macabras formaba el patrón más primigenio de la espiritualidad: los crómlech celtas. Círculos de piedra, como el de Stonehenge, que veneraban la energía vital nacida de la unión entre la tierra y el cielo.

En el centro de aquella circunferencia, simulando el sol, se encontraba el brasero que debía purificar el mundo, de donde brotaban líneas de ceniza que se arrastraban por el suelo y dividían la circunferencia en doce secciones perfectas. En aquella rueda del zodiaco, cada cráneo tenía cincelado de manera rudimentaria el signo zodiacal que le correspondía según su posición en el círculo.

Una sombra más oscura y corpórea que las demás introdujo su mano en un recipiente, colmado de la sangre coagulada de su primera víctima. Luego movió el brazo con una destreza casi hipnótica, haciendo que un remolino de sangre espesa y grumosa se generase en el centro del caldero. Actuaba con calma, disfrutando de cada paso del ritual, sabiendo que no corría ningún peligro. Por mucho que la justicia intentase esclarecer el caso de su primer sacrificio, nunca lograría encontrar aquel santuario. Cuando sacó la mano del recipiente, enfundada como en un guante de cera roja, comenzó a salpicar el fuego y las calaveras de su alrededor.

Las llamas crujieron, como relamiéndose después de saciar su sed.

La luz se intensificó y fue suficiente para iluminar durante unos instantes la figura de *El hombre de hierro*, colocado en el suelo, tras el cráneo que representaba la constelación de Tauro. Aquella era una reliquia sagrada venida desde el mismísimo cielo que había heredado de su madre, cuya calavera también se encontraba presente junto a la de todas las madres fundadoras de la Sociedad Vril. A través de ese crómlech, seguían rindiendo culto aún después de muertas al misticismo germánico del sol, la auténtica religión que proporcionaría sabiduría y fuerza a la sangre que estaba por venir y que terminaría desbancando el totalitarismo impuesto por la fe cristiana.

La sangre pura y ancestral que corría por sus venas debía seguir manteniéndose con su linaje, y estaba todo preparado para que sus plegarias fuesen escuchadas.

Aquel santuario se hizo aún más oscuro cuando la sombra encapuchada colocó sobre el fuego el caldero con la sangre. La atmósfera se vició de una energía opresiva, como si el aire mismo se cargase de una fuerza maligna e incomprensible a la vez que un silencio ominoso se extendía por la sala, apenas interrumpido por el suave crepitar de las llamas.

Cuando la sangre comenzó a burbujear y a rebosar por los bordes de la marmita, rescató de uno de sus bolsillos una pequeña bolsa de plástico, de donde extrajo una bola gelatinosa. La observó durante unos segundos, dejando que los músculos oculares acariciasen las líneas de la palma de su mano. La luz del fuego iluminó su rostro pálido, mientras bisbiseaba unas palabras en una lengua antigua y olvidada.

Hacía justo un año que había recibido la señal de sus hermanas repartidas por todo el mundo. Las estrellas habían hablado y era el momento de pasar a la acción. Con aquel sacrificio realizado con el Sol transitando entre Cáncer y Leo, había abierto una puerta a la vida en Tauro, por lo que todo se desarrollaba según lo previsto. Solo necesitaba la bendición de los dioses para preservar y nutrir la tierra con la sangre original. *El hombre de hierro*, salpicado de sangre y sentado en la posición de Varadamudra, gesto asociado a la concesión de un deseo a cambio de una ofrenda, parecía devolverle una sonrisa de aprobación entre las tinieblas.

Arrojó el ojo al caldero.

Un chapoteo.

Rojo y viscoso.

Plop.

18

Brigada de Infantería de Marina Tercio de Armada, 25 de julio de 2023

Los rayos de luz se derramaban entre los pliegues de las nubes en forma de cataratas, como si ese cielo fuese parte de un sueño o de algo que ocurrió alguna vez. Una hilera de ojos negros, alineada sobre los cables eléctricos de la vía del tren, observaba la escena de júbilo, vítores y aplausos que tenía lugar bajo sus patas de pájaros.

Los dos compañeros que intentaban recuperar el aliento con las manos apoyadas en las rodillas se miraron y sonrieron. Se fundieron en un abrazo mientras se intercambiaban palmadas en las espaldas. No importaba que estuviesen empapados en sudor. Uno de ellos había conseguido mejor tiempo en la carrera y el otro la oportunidad de poder invitar al desayuno del día siguiente.

Un sargento, colocado en el centro de la pista militar, tocó el silbato en una pitada larga y otra pareja de soldados salió disparada de la línea de salida. Músculos que se contraen. Botas militares pisando tierra. Respiraciones aceleradas.

Polvo árido en suspensión.

El páter, con un gesto ya incrustado en el sistema nervioso, miró la hora en su reloj digital. En diecisiete minutos debía estar en el despacho del GETEAR*, donde se reuniría con el general y varios comandantes de la plana mayor para organizar el acto de leyes penales de la próxima semana, donde también se oficiaría, durante la ceremonia de los caídos, un homenaje al soldado recientemente fallecido. Acumulaba dos llamadas perdidas y treinta y seis mensajes de WhatsApp sin leer. Pero pospuso todo para otro momento. Siguió caminando a buen ritmo, dejando a su izquierda una arquitectura que se elevaba hasta los cielos como la Torre de Babel.

Una serie de contenedores apilados sostenían la cabina simulada de un helicóptero a doce metros de altura. Desde allí abajo, Ezequiel fue capaz de distinguir una silueta femenina pertrechada con casco, chaleco, mochila de combate y fusil. Con las manos enfundadas en los guantes con revestimiento especial para hacer *fast-rope***, la militar agarraba con firmeza la cuerda que colgaba desde el helicóptero hasta la pista militar. Con las suelas de sus botas, hizo pinza en la estacha y saltó.

El ruido rugoso de los guantes al deslizarse por la cuerda.

En menos de un segundo, dos botas que aterrizan levantando una polvareda.

La soldado se recolocó el casco, que se le había torcido con el impacto contra el suelo, miró hacia arriba y gritó:

—¡Estacha libre!

El dedo pulgar del jefe se asomó desde arriba y la soldado se retiró de la zona de salto. El páter aprovechó para afinar la mirada en el parche que llevaba colocado sobre el chaleco antibalas.

---

* General de brigada, comandante del Tercio de Armada.

** Técnica de descenso rápido que permite a las tropas desplegarse en lugares donde el helicóptero no puede aterrizar.

No era ella.

Rodeó el edificio del Primer Batallón de Desembarco, un bloque rectangular con ventanas colocadas como con escuadra y cartabón que servían para airear los vestuarios de los casi quinientos efectivos destinados en esa unidad. En la parte trasera, se abría una amplia explanada que se utilizaba de aparcamiento para los vehículos militares que estaban preparados para la próxima maniobra. Varios Vamtac*, Hummers *porta-shelter* blindados, y algún que otro camión cargado con concertinas, sacos terreros y cajas de munición. Varios soldados sentados en el suelo limpiaban su armamento con las espaldas apoyadas en el edificio del batallón. Serían unos treinta, por lo que Ezequiel supo que debía de tratarse de una sección de fusiles. Delante de sus piernas, estiraban todos la misma toalla de manos, verde, con el escudo de Infantería de Marina bordado en su centro. El capellán tenía unas cuantas de esas, de las que repartían a todo el mundo en la escuela. Sobre ellas, los fusiles se desmontaban en docenas de piezas bien ordenadas, pero con diferente forma, tamaño y apariencia, como un puzle imposible que los fusileros eran capaces de hacer y deshacer con los ojos vendados en menos de un minuto.

Mientras avanzaba, distinguió a una cabo que, a pesar de estar sentada en la misma acera que sus compañeros, lo hacía con algunos metros de separación del resto, como si buscase cierta intimidad a la hora de desnudar su fusil. Al sacerdote le tembló el corazón cuando fue capaz de identificar algunos de los rasgos que había visto en las fotografías impresas en blanco y negro la tarde anterior. Imaginó que no debía de ser fácil colocarse el casco con esa larga

---

* Vehículos de alta movilidad táctica.

melena rubia, recogida en una trenza que descansaba sobre uno de los hombros de su uniforme mimetizado. Además de tener un empleo superior, también parecía contar con algunos años más que David.

—Buenos días.

La cabo, concentrada en la pieza del cierre que limpiaba con un trapo empapado en aceite, se sobresaltó. Miró hacia arriba y se encontró con un rostro en contraluz al sol que brillaba en el cielo. Ella tuvo la intención de levantarse, adoptar la posición de firmes y saludar al páter como exigía el reglamento.

—Tranquila, tranquila. —El capellán apoyó una mano sobre su hombro para que no se levantase—. Sigue con lo que estás haciendo, que no vengo a molestarte. Solo quiero saber cómo te encuentras. Cabo Brenda Navarro, ¿verdad?

Navarro, que se había quedado con las rodillas flexionadas a medio camino, volvió a apoyar la espalda en la fachada del edificio. Las bolsas de sus párpados parecían delatar que no debía haber conciliado el sueño en las últimas noches. Ezequiel supo reconocer la incertidumbre cristalizada en sus ojos.

—Me estoy dando una vuelta por las unidades para ver cómo se encuentra la moral entre las filas. El fallecimiento del soldado Lucero ha afectado bastante a algunos compañeros cercanos y quiero que sepáis que me tenéis por aquí para lo que necesitéis.

—Estoy bien, muchas gracias.

La cabo agachó la cabeza y volvió a enrocarse en la limpieza de su fusil. Hubo un tiempo en el que el alzacuellos blanco provocaba al hombre de a pie cierto respeto, asombro e incluso temor, muy relacionado con ese Dios inclemente y vengativo del Antiguo Testamento. Pero aquello ya pasó; las nuevas generaciones habían dejado de impresionarse ante la presencia de los beatos, cuya imagen parecía desgastarse a marchas forzadas con cada uno de los terribles pecados que se destapaban continuamente por parte de la Iglesia.

—Estuvo desplegado en Mali en el último relevo con toda la unidad, ¿no? ¿Llegaste a coincidir con él por casualidad? —Navarro no levantó la mirada, pero dejó de frotar con el luminoso e indefinido aspecto de una intención. No obstante, prefirió guardar silencio. El páter insistió—: Ya te he dicho que me estoy acercando a todos los que tuvieron contacto con David. Tengo las listas de los nombres de su sección de fusiles y de aquellos que estuvieron en su misma patrulla en zona de operaciones. Tener una estrella de ocho puntas sobre los hombros me facilita bastante el acceso a este tipo de información, y más cuando son usadas para una buena causa. Que vosotros estéis bien y contéis con mi apoyo para lo que os haga falta es mi mayor preocupación ahora mismo.

Mientras dejaba escapar esas palabras, construidas sobre una base de mentiras para beneficio propio, no pudo evitar pensar una y otra vez en la muerte segunda de la Biblia, mencionada varias veces en el libro del Apocalipsis y tratada como la separación definitiva de Dios. «Todos los embusteros y mentirosos tendrán su parte en el lago que arde con fuego y azufre, que es la muerte segunda»*.

Navarro soltó la pieza del fusil sobre la toalla.

—Ayer estuve cerca de dos horas hablando con la policía. Ya les conté todo lo que sé.

El día anterior, un equipo de la Policía judicial había estado en el cuartel tomando declaraciones a los compañe-

---

* Apocalipsis 21:8.

ros más cercanos a David. No se hablaba de otra cosa en los pasillos de los batallones. La muerte de aquel soldado era un suceso que había impactado enormemente a los soldados, que comenzaban a hacerse preguntas sobre la seguridad de la tropa, la posibilidad de que los militares fuesen el objetivo de ese asesino despiadado y que sus vidas corriesen peligro. Otros no. Otros alardeaban y clamaban que, si se cruzaban con ese hijo de puta, se encargarían de pegarle un tiro en la cabeza. Aunque las actividades de adiestramiento siguiesen con relativa normalidad, la tensión podía respirarse en el ambiente de trabajo.

—¿Te citaron para declarar?

—Sí. Bueno, no. Vinieron ellos aquí. Todos los compañeros de su sesión fuimos pasando uno a uno a la sala de reuniones del teniente coronel.

—Entonces, conocías a David —dijo Ezequiel, volviendo a la carga.

Brenda negó con la cabeza y agachó la mirada en las piezas del fusil embadurnadas en aceite que se repartían por la toalla del suelo.

—Sí, estuvimos juntos en el último despliegue de Mali. En la misma patrulla, de hecho —confesó, sin levantar la mirada y siendo consciente de que era una estupidez seguir ocultándolo.

El reloj comenzó a vibrarle en la muñeca al capellán. En su pantalla pudo ver que lo estaba llamando el suboficial mayor del TEAR: llegaba tarde a la reunión con el general. Dejó que la llamada siguiese dando tono y volvió a pedir a Dios, una vez más, que fuese compasivo con su alma. Si habían compartido despliegue, quería decir que estuvieron seis meses encerrados en el contingente de Kulikoró, donde las relaciones suelen estrecharse debido al amplio periodo que se pasa alejado de casa y a la melancolía que provoca la ausencia de los seres queridos. Quizá Natalia no fuese desencaminada al pensar que la cabo podía conocer bien a su hijo.

Pero no contaba con demasiado tiempo.

—Parecía buen chico —agregó el páter, con la intención de avivar la conversación.

Por mucho que intentase evitarlo, Navarro terminó asomándose al balcón de los recuerdos, que se le echaron encima con el vértigo que produce mirar hacia abajo. La primera vez que coincidió con él fue en una de las interminables patrullas por el monte Keita. El soldado Lucero llevaba mal puestas las perneras del pantalón, sueltas sobre las botas polvorientas, por lo que se acercó para llamarle la atención y ordenarle que se las colocara correctamente. Él le contestó con una mirada huidiza, insegura, propia de los soldados recién ingresados en el cuerpo y que se ven de buenas a primeras en zona de operaciones. Brenda sintió una especie de atracción por su inocencia, pero desechó inmediatamente la idea que le atravesó el casco.

No podía distraerse.

Debía guardar las distancias del entorno militar y centrarse en aquella operación.

Unas semanas más tarde, fue David quien inició la conversación, ofreciéndole un puñado de frutos secos que sacó de uno de los bolsillos de su chaleco antibalas. Mientras caminaban por las calles de Kulikoró con el fusil en bandolera, no dejó de hablar sobre bitcoins y la pasta que ganaría con su inversión en unos años. Lo que tardaría en sacarse el carné de conducir una vez llegase a España y la cocina que le regalaría a su madre con el dinero de la misión. Los recuerdos, al estar hechos de luz pasada, se sucedieron como destellos detrás de sus retinas. Pudo oír de nuevo su risa perdiéndose en el viento africano. Su tez morena oculta tras un *shemagh* para protegerse del desierto. Sus ojos verdes al descubierto, mirándola con timidez.

Subordinación.

Y deseo.

Unas semanas antes de que los relevasen de aquel lugar, tras celebrar en el mismo comedor del cuartel el día de San Juan Nepomuceno, el patrón de la Infantería de Marina, y después de haber compartido algunas copas, Brenda quiso poner fin a los meses de continencia. Lo llevó hasta un contenedor que servía de pañol de cantimploras, herramientas de limpieza y mochilas vacías. Humedad, risas nerviosas y olor a óxido. No le fue necesario demasiado esfuerzo para rememorar la humedad de sus labios, sus brazos fibrosos agarrándola desde la cadera y tirando hacia él al compás de su respiración acelerada. Esa primera vez sirvió para perder el miedo a concertar otros encuentros entre los rincones oscuros del acuartelamiento, pañoles, almacenes y garajes, donde invocaban esa pasión que les estaba prohibida a los que visten el uniforme en zona de operaciones.

Una vez en España, aprovecharon algunos días de permiso para salir de fiesta y terminar de madrugada en su coche, bajo la protección de las sombras que ofrecía los aparcamientos de la playa de Camposoto. Lo que había comenzado siendo un capricho, un desahogo para Brenda, terminó convirtiéndose en algo muy cercano al cariño, ¿al amor? Pero por más que ella insistiese, aquello nunca fue más allá del sexo. Sin entender cómo ni por qué, vio que David comenzó a mostrarse mucho más distante con el paso de las semanas, como con la cabeza en otro lugar.

Un torrente de emociones amenazó con desbordarla delante del páter. La ira y el enfado, provocados por el desinterés de la persona a la que se había entregado por completo, volvió a alimentar el resentimiento que anidaba en su interior.

—Sí que era buen compañero —contestó Navarro de manera tajante, siendo consciente de que estaba tardando demasiado en responder.

Un sargento que se encontraba de pie al final de la fila, pasando revista a los fusiles para valorar el esmero en el mantenimiento del armamento de sus soldados, llevó sus manos a la boca y las convirtió en un altavoz:

—¡Muy bien! Montad el fusil y entregadlo en el pañol. ¡Venga, vamos!

Y una palmada.

Navarro comenzó a acoplar las piezas sueltas del fusil de asalto a una velocidad mecánica. Algunos compañeros ya habían acabado de montarlo y se levantaban llevándose con ellos la toalla en dirección al pañol donde se custodiaba el armamento. Ezequiel supo que no tendría tiempo para mucho más.

—Quiero que sepas que estoy aquí para lo que necesites, Navarro. Ya sabes dónde está mi despacho, y no temas por pedirle permiso a tus mandos para hablar conmigo, que de eso me encargo yo. La muerte de Lucero ha sido una pérdida que todos lamentamos, y mis puertas están abiertas a los que compartisteis una relación más estrecha con él.

Cuando la soldado terminó de montar su fusil se levantó y miró a la barbilla del páter, como siendo incapaz de enfrentarse a sus ojos.

Viendo que todos se habían marchado ya, solicitó permiso para retirarse.

Ezequiel sintió que se arrojaba al vacío desde un puente y sin cuerda. Introdujo una mano en el bolsillo de su pantalón negro y lo intentó a la desesperada:

—Su madre, con la que tengo contacto, os da las gracias a todos los que habéis compartido un poco de vuestras vidas con él. Toma, aquí tienes apuntado su teléfono; me ha dado permiso para hacértelo llegar. Estaría muy agradecida con cualquier tipo de información que pudieras tener sobre lo que le ha ocurrido.

Navarro agarró ese trozo de papel con una de sus manos sucias.

Negras.

Manchadas de aceite limpiaarmas.

Y se dio la media vuelta, haciendo que la trenza de su pelo se balancease sobre su espalda. Pero no hubo dado ni cinco pasos cuando, al ver que el resto de los compañeros habían desaparecido y se encontraban solos en el aparcamiento, volvió a girarse.

Esta vez, sí miró al sacerdote a los ojos.

—A los pocos días de llegar de la misión, sé que tuvo contacto con su padre, con el que llevaba años sin hablarse. David tenía ilusión porque, por lo que me contó, recibió un mensaje en el que le decía que quería retomar el contacto. —Ezequiel asintió, animando a Navarro a continuar—. Pero, al parecer, ese capullo solo quiso quedar con su hijo porque sabía que había vuelto con la paga de la misión. Le pidió dinero y fue un duro golpe para David. Aquello le afectó bastante. —Navarro sostuvo la mirada al páter, ocultando sus verdaderos pensamientos y emociones—. Desde entonces, también comenzó a distanciarse de mí.

El brillo de un diamante escapó de uno de sus ojos, trazando una línea fugaz en su descenso hacia el asfalto.

Desapareció corriendo por la puerta del batallón.

19

Cerro del Moro, Cádiz

Una gota escarlata.

Que se desliza a través del vacío y estalla contra el mármol.

El líquido se expandió por la superficie con cierta espesura, creando una gran mancha brillante y oscura a la que siguieron otros salpicones de menor tamaño. Las bolas de carne, bañadas en esa misma sustancia pegajosa, rodaron desde la cacerola, chocando y colisionando entre ellas, como ansiosas por llegar las primeras al plato hondo.

Natalia no había probado alimento caliente desde que su hijo fue asesinado. Cuatro días, ya. Se obligó a recoger las fiambreras que algunas vecinas seguían dejándole diariamente en la puerta de su piso. Dentro de las bolsas de plástico encontró algunas notas escritas a mano que fueron directamente a la basura, junto a la comida que ya cultivaba junglas de filamentos blancos debido al tiempo que llevaba allí olvidada.

Se sentó a la mesa de la cocina y frente a sus ojos quedaron los azulejos estampados con plátanos, naranjas y peras. Cuando agarró los cubiertos, el choque metálico del cuchillo y el tenedor en el silencio de la casa horadó aún más el profundo sentimiento de soledad. En el centro de aquel vacío, solo le quedaba el inesperado consuelo del padre Ezequiel. Sintió la irrefrenable necesidad de marcar su número de teléfono y saber si había logrado conversar con la compañera de su hijo, de escuchar su voz, de sentir que no se encontraba completamente sola, aunque solo fuese por unos segundos. Pero la sensación de estar molestándolo constantemente con su tormento y la necesidad de mantener una apariencia de fortaleza la hizo desistir por el momento. En aquel torbellino de emociones contradictorias, Natalia siguió mirando a la pared, a la que parecía hacerle frente como en un duelo. Tanteó con el tenedor y cortó por la mitad una de las albóndigas en tomate que había acabado de calentar. El simple hecho de mirar la comida ya le provocaba náuseas. Se metió el trozo en la boca y comenzó a masticarlo. Desde lo más profundo de su estómago vacío, germinó un ramillete de arcadas que le subieron hasta la glotis, donde una mano invisible parecía querer estrangularla.

El llanto encarcelado en la garganta.

Rumiaba la comida intentando no pensar demasiado. Sabiendo que debía ignorar esas voces que sonaban dentro de su cabeza como hojas secas y que parecían provenir del dormitorio de su hijo, desde donde siempre estaba gritando con los cascos puestos, animado por su grupo de amigos del *Call of Duty*. Gente de otro lado del país que probablemente estuviese esperando a que David volviese a conectarse al ordenador. Una extraña manera de otorgarle un último resquicio de vida a su hijo, en las mentes de los que aún no conocían su muerte.

Una costra ennegrecida comenzaba a cubrir la brecha de su frente. Se prometió no dejarla cerrar, como muestra física del dolor que la consumía desde dentro. Pero después de lo ocurrido en el bar, donde una herida sangrante se convertía en un problema para permanecer en un lugar público, se había convencido de que aquello podía perjudicarle para que la tomasen en serio. Ir por ahí con la frente hecha un asco no le ayudaría a seguir luchando por encontrar al asesino de David.

Estaba tan cansada que temía dejar de hacerse preguntas. Una idea fugaz, como el zarpazo de una alimaña, le hizo creer que esas pequeñas concesiones, comer y dejarse curar la herida, no eran más que los primeros pasos hacia la aceptación y el olvido de la pérdida de su hijo.

Tragó el bolo alimenticio.

Dejó los cubiertos sobre la mesa e introdujo sus uñas en los bordes de la postilla. Sus dedos apretaron hasta poder agarrar los labios de carne que rodeaban la herida. Tiró con todas sus fuerzas y la piel de la cara comenzó a rasgarse desde la ceja hasta la nariz, creando ondulaciones de piel que vomitaban sangre. Con un grito desolador, siguió tirando hasta rasgarse el rostro por la mitad, separando la piel del hueso como una careta y dejando a la vista la calavera empapada en sangre.

Cuando volvió de esas imaginaciones, se vio de nuevo en la cocina, frente al estampado de un plátano que tenía los bordes del dibujo desalineados con el color de relleno.

El ruido de los engranajes del reloj de pared.

Pinchó la otra mitad de la albóndiga y se la metió en la boca.

Sabía que en algún momento también tendría que leer todos esos mensajes de WhatsApp sin abrir; dejar de culpar a las personas que habían ennegrecido un minuto de sus vidas perfectas para escribirle esas dos líneas amargas. Después, podían continuar con normalidad, persiguiendo sus sueños o dejándose arrastrar por la rutina de sus familias. Pero ella no. Su vida no podía avanzar en ninguna dirección. Su futuro se había convertido en un paisaje rocoso y oscuro salpicado de matojos, un desierto eterno que se perdía más allá de la vista.

O en un salón apagado, silencioso, decorado de vez en cuando por algún llanto desconsolado en exacta intimidad.

Muchos de esos mensajes debían de ser de las compañeras del gimnasio. Después de realizar un curso para ejercer de monitora de *fitness*, habría logrado que el gimnasio Vigor cambiase su contrato de limpiadora para ofrecerle uno para dar clases de *spinning*. Dentro de su cabeza, era imposible que pudiera proyectarse subida a una bicicleta de nuevo. No pensaba volver a ese gimnasio en la vida. ¿Para qué? Si me quieren despedir, que me despidan. Por mí, como si me encuentran mañana tirada bajo un puente. La única obsesión que la martirizaba, la única voluntad que le quedaba, era poder volcar sobre el que hubiese asesinado a su hijo todas esas imágenes de tripas y bocas borboteando sangre. Ponerle cara al monstruo y expulsar para siempre esa sombra enigmática que la perseguía constantemente.

Sintió la risa de Roberto detrás de su oreja.

Apretó los cubiertos entre sus manos, convertidas ahora en puños, y cortó otra de las esferas carnosas sin bajar la cabeza, mostrando su fortaleza al paredón, que es donde le había tocado estar. Al paladearlo en boca, comprobó que el trozo aún estaba caliente, pero solo hicieron falta un par de bocados para notar que esa masa tenía una textura y un sabor diferentes. Más gelatinosa, como de haber dejado escapar algún líquido de su interior después de morderlo.

De manera instintiva, dejó de masticar y miró el plato sobre la mesa de la cocina. La mitad de un ojo, cortado a cuchillo, la observaba camuflado entre las albóndigas bañadas en salsa de tomate.

Natalia habría reconocido esa mirada en cualquier lugar.

SEGUNDA PARTE

Todas las fuentes de poder intelectual, natural y sobrenatural, desde la tecnología moderna hasta la magia negra medieval, desde las enseñanzas de Pitágoras hasta la invocación del pentagrama faustiniano, deben ser explotadas en aras a la victoria final.

WILHELM WULFF, astrólogo personal de Himmler, *Zodiac and Swastika*

20

Barrio de la Viña, Cádiz, noche del 25 de julio de 2023

—Me cago en tu padre, niño, ya te has *manchao* la camiseta.

El padre, por aludido, dejó de mirar la televisión y observó la escena que estaba teniendo lugar en el salón de la casa. Su mujer había dejado el tenedor sobre el plato de comida y permanecía de pie, junto a su hijo, limpiándole con una servilleta la mancha de kétchup que tenía en la camiseta. En letras bien grandes: «Fortnite». Y una piñata, de las mejicanas, llenas de confetis, colores, y un sonido estridente de matasuegras que no se oía, pero se palpaba.

Con los cuatro dientes largos del tenedor, el niño pinchó varias patatas fritas y un buen trozo de sanjacobo mientras la madre le frotaba el pecho. Los dos pectorales se movían bajo la fina tela como dos mamas flácidas mientras que Jesusito se separaba de la mesa obligado por la curvatura recia de su barriga. Podría ofrecer la equívoca sensación de que era la ansiedad lo que le hacía comer con esa voracidad, pero el padre, con su vasito de vino tinto, sangre de Cristo, camisa desabotonada, piel curtida por el sol, manos callosas de jornalero, no tenía de tonto un pelo. Sabía que su hijo comía así de rápido porque estaba deseando acabarse el plato para encerrarse de nuevo en su habitación y jugar a pegar tiros en el ordenador. Su cuarto permanecía siempre a oscuras, como debía de estar la caverna que imaginó Platón, iluminada solo con los reflejos violetas de los monitores que ofrecían falsas sombras de realidad. La cama siempre deshecha, latas de Monster vacías por aquí y por allá, rollos de papel higiénico que se gastaban a un ritmo trepidante. Y mira que el niño tampoco es que se resfríe muy a menudo. ¿Tú lo has visto con mocos últimamente?

Yo no.

—Niño, deja de comer. Espérate a que termine de limpiarte, que te vas a manchar otra vez y luego la que se harta de lavar ropa soy yo. Anda, anda. —Y dos golpecitos con la mano en la chepa de su hijo, como una joroba recubierta de grasa—. Qué ganas de que termines de una vez el instituto y te saques alguna amiguita.

—Déjame en paz, ma. —Con la boca llena y una gota de queso caliente en la comisura de los labios. Unos pelillos rubios y débiles intentaban aparentar una perilla en la parte baja de la barbilla.

—Está claro que este niño no vale para estudiar. Lo que tiene que hacer es meter las manos de una vez en faena. Mi hermano le ha repetido hasta el cansancio que se le una en la charcutería a echarle un cable, pero qué va, aquí lo tenemos, matando marcianitos en su habitación.

El padre dijo esto mirando a la tele, en tono despectivo. Era incapaz de mirarle a los ojos cuando intentaba encauzarle por el buen camino, como si sintiese vergüenza ajena de su propio hijo. Estaba desmoralizado; lo había intentado al derecho y al revés de la única manera que sabía: con el tono autoritario que siempre encontró en su padre y que, a su vez, este heredó del abuelo. Sabían que estaban perdiendo a su hijo, pero no podían explicarse ni por qué ni cómo. No se trataba de que se estuviese tirando a la bebida, ni siquiera tenían indicios de que alguna vez hubiese consumido drogas. Tampoco se relacionaba con malas compañías. De hecho, el principal problema, era precisamente ese.

Que no salía de ese maldito cuarto.

Jesusito, hasta los huevos también de que pa y ma estuviesen con lo mismo una y otra vez, sobre todo pa, que es un *amargao*, retiró la mano que su madre apoyaba con amor en su hombro acolchado y cogió el plato de comida con la intención de llevárselo a su habitación y echar el pestillo.

Pero la madre, que aún guardaba los reflejos de cuando trabajaba por horas en la guardería Arcoíris y los niños se le revolvían en la trona, le agarró el plato al vuelo y no dejó que se levantase de la silla.

—Anda, déjate de tonterías, no le hagas caso a tu padre que ya sabes cómo es. Termínate el plato aquí, con nosotros. Que además luego hay helado de postre, pero solo si te lo comes todo.

El padre farfulló y se removió en su asiento. La condición para el postre era una estupidez. No recordaba que el niño hubiese dejado alguna vez algo de comida en el plato.

—Es que es un *pesao*, ma. Siempre está con lo mismo. ¿Y dónde voy a trabajar? Si aquí en *Cadi* no hay nada. Y yo paso de acabar como el tito, dándole coba a las viejas con la báscula cuando pesa los filetes —contestó Jesús, mientras dejaba de masticar y esperaba algún tipo de respuesta a la excusa. Solo encontró silencio y miradas huidizas. Por eso se aferró a lo único que tenía—: Además, estoy trabajando en un nuevo proyecto. En algo que va a dar bastante que hablar. He publicado una entrada en mi blog que trata sobre el chico que encontraron asesinado en el panteón y lo está petando en las redes. Ya tiene más de dos mil visitas.

—¿Dos mil visitas? —Ahora sí, el padre retiró los ojos de las dos marionetas que simulaban hormigas en la pantalla de la televisión. Observó a su hijo con fingido interés.

—Sí, y lo publiqué antes de ayer, todavía tiene que seguir subiendo, ya lo verás —contestó el niño, mientras masticaba y le temblaban los mofletes.

—¿Y cuánto dinero has *ganao* con eso?

La ilusión de haber captado la atención del padre estalló como una pompa de jabón. Cerró la mano con fuerza y encerró el tenedor en un puño redondo de carne y lípidos. Dinero. Dinero. Siempre dinero. Nunca había tenido la aprobación de él con ninguna de sus decisiones, ni aunque asistiese obligado todas las tardes a ese maldito grado medio de matadero y carnicería que impartían en el instituto. Si supiera que me salto la mitad de las clases para ocuparme de asuntos verdaderamente importantes…

—Los mismos dineros que cuando te dio por escribir sobre que la tierra es plana, ¿no? —añadió el padre ante el silencio de su hijo.

Y conste que no lo hacía por joderle.

O sí.

A ver si espabila ya de una puta vez el niño este, *cagondios*.

Pero Jesús siguió cortando el sanjacobo intentado hacer oídos sordos. No soportaba la retahíla de un viejo que era cristalero porque su padre también lo había sido, y punto. A las nuevas generaciones nadie les regalaba nada. Toda su atención se centraba en el blog y el canal de YouTube, donde publicaba regularmente artículos y videorreportajes sobre esoterismo, ocultismo y ufología. Si bien es cierto que, a lo largo de todo este tiempo, *Planeta Enigma* no había cosechado gran repercusión en la red, el morbo de este último artículo estaba superando todos los récords de visitas.

De súbito, un intenso dolor se le instaló en la parte baja del estómago.

Se retorció en la silla.

El ruido estridente de un pedo retumbó en el salón.

A la madre se le escapó una risa nerviosa que intentó taparse con una servilleta, mientras que el padre parecía que fuese a estallar de ira de un momento a otro. Se quedó rojo, con la mirada clavada en la televisión y la lengua mordida, a punto de sangrarle. Sobre el mueble del televisor, un paño de ganchillo y una estampita de San Pancracio junto a una ramita de perejil. Para que nos dé trabajo y dinero.

Sin que llegase ni una cosa ni la otra, se había podrido.

El perejil.

Con un trozo de pan, el niño rebañó el aceite sudado de las patatas fritas y aprovechó, ya que estamos, para llevarse incrustados en la miga los últimos trozos carbonizados de pan rallado. Aum. Para la boca. Se levantó de la silla mientras masticaba y se fue sin decir una palabra hacia su habitación.

—Niño, ¿adónde vas? ¿No te vas a comer el helado?

Jesusito siguió su camino, dando la espalda a sus padres, con las calzonas del Cádiz C.F. remangadas de tal forma que dejaba a la vista la parte superior de la raja de las nalgas.

Con cada paso descalzo, temblaba el suelo.

—¡Niño, tu madre te ha *hablao!*

Un portazo por toda respuesta.

Al padre se le despeinaron los nervios. Le habría gustado decir tantas cosas que se trababa al hablar.

—Yo es que a este niño no lo entiendo, de verdad. De verdad que es que no sé qué hacer ya.

—Déjalo ya, cariño, déjalo ya. Él sabrá lo que hace, que el año que viene cumple ya los cuarenta.

21

Hospital Puerta del Mar

Un grito:

—¡Eh, oiga, tiene que coger número en la máquina!

Pero qué va. Por mucho tono imperativo, la orden no fue suficiente para que Ezequiel perdiese un solo instante en girar la cabeza hacia el vigilante de seguridad. Lo dejó a su espalda y atravesó la sala de espera como el que navega sobre una espesa niebla de toses, miasmas y llantos de niños enfermos. Arrastraba el patinete eléctrico agarrado del manillar, loco por deshacerse de ese trasto, mientras lograba rescatar de uno de los bolsillos de su pantalón una mascarilla convertida en bola. Bajo la luz de los fluorescentes, la celulosa arrugada mostraba un celeste deteriorado por el olvido, como los ojos de ese anciano solitario que lo observaba con mirada grisácea. Cansada. Sin entender qué era lo que había contagiado a todos los jóvenes para ir corriendo siempre de un lado para el otro.

¡Plas! ¡Plas!

Dos ataduras elásticas que tiran desde el cogote, agachando las orejas.

Empujó con el brazo la pesada puerta de cristal que servía de acceso al pasillo de urgencias. Avanzó intercalando la mirada a uno y otro lado cada vez que pasaba por delante de una sala de consultas. Aunque la mayoría de ellas permaneciese cerrada, por aquello de la privacidad y el a usted qué le importa, el sacerdote intentaba vislumbrar el interior de cada una de esas habitaciones cuando veía una pequeña apertura en alguna de las puertas. Pero no logró encontrarla en ninguna de ellas. Terminó enderezando la mirada al fondo del pasillo, donde vio a un par de agentes de la Policía Nacional charlando tranquilamente junto a una máquina de café.

El pulso se le fue a las nubes y la sangre comenzó a derraparle por las venas. La edad dorada de los milagros era cosa del pasado; el mundo ya no asumía la presencia de lo extraordinario como parte de la realidad, pero Ezequiel sentía cierta comunión con el universo cuando se encontraba con este disfraz de Dios, al que los no creyentes llamaban casualidad. Avivado por la esperanza, alzó la voz, quizá de manera exagerada en el silencio de aquel pasillo, donde esperaban los pacientes consumidos por la fiebre.

—¿Estáis con Natalia? ¿Qué ha ocurrido? ¿Se encuentra bien?

A uno de los policías se le plegaron las cejas y el brazo se le estiró hacia delante, como para hacer de tope al hombre con la sudadera de *The Big Bang Theory* que venía lanzado hacia ellos. El páter, que llevaba los pétalos de los sentidos abiertos y estimulados, vio que al otro agente se le fueron los ojos de manera inconsciente a la puerta que quedaba justo enfrente de la máquina de café.

No se lo pensó.

Dejó el patinete contra la pared del pasillo y, de un empujón, entró en la sala de consultas.

Allí la vio.

Sentada sobre una silla de ruedas.

No siempre resulta fácil concretar el punto exacto del espacio donde nace una sonrisa, pero el sacerdote tuvo la corazonada de que los pómulos de Natalia se estiraban tímidamente bajo la mascarilla al verlo aparecer. Desde el reposabrazos de la silla, levantó un brazo que parecía pesar toneladas y el sacerdote se acercó hasta ella, agarrando su mano y envolviéndola entre las suyas. Los ojos de Natalia parecían perdidos, como los que regresan de una guerra que promete no tener fin. Sus párpados inflamados permanecían húmedos por un líquido turbio, bilioso, mientras que un apósito de un blanco impoluto cubría de nuevo la herida de su frente. Necesitaba saber cómo estaba, fue a preguntarle por lo ocurrido, pero antes de eso, la calidez tibia que germinaba desde su mano lo invitó a agacharse para besársela, como si las venas azuladas de su dorso transportasen un néctar único en el mundo.

Un milímetro de vacío, entre sus labios y la piel de ella.

De súbito, un peso titánico cayó sobre su cuerpo y el lateral de su rostro golpeó contra la frialdad del suelo. Ruido de carne muerta, muebles que se agitan de manera violenta y material metálico que cae y rebota contra las losas. Cuando quiso reaccionar, descubrió que una fuerza insuperable inmovilizaba sus manos en la espalda. Algo lo aplastaba contra el suelo sin piedad, haciendo que el rosario de marfil se le clavase en el esternón como las saetas de San Sebastián. Una respiración acelerada, desconocida, se había instalado muy cerca de su nuca.

—¿Quién coño eres? ¿Eres Roberto? ¡Quién cojones eres! —Ezequiel oyó que le preguntaban a gritos a su espalda.

De la boca del sacerdote solo pudo escucharse un quejido agudo. Nada definido. Sus ojos estaban inundados por las lágrimas que se le habían saltado después del porrazo en la cara, pero creyó intuir que otros zapatos borrosos entraban en la sala en ese justo momento. Era uno de los agentes que vio junto a la máquina de café. Llevaba la mano apoyada sobre la pistolera sujeta al muslo, a modo intimidatorio.

Natalia hizo el intento de levantarse de la silla, pero fue incapaz:

—¡No, no, no! Dejadlo en paz, por favor. No es mi exmarido. —Una pausa para tomar aire, como si fuese un esfuerzo similar al de conversar en la cumbre del Annapurna—. Es un amigo. Lo he llamado yo para que venga, necesito que esté aquí conmigo.

La rodilla que el agente apoyaba sobre su columna vertebral fue rebajando presión de manera paulatina, como haciendo tiempo para pensar las palabras adecuadas que debía intercambiar con el hombre con el que había practicado las técnicas de reducción policial. Una vez liberado del peso, Ezequiel intentó atesorar el oxígeno que hasta ese momento le estuvo prohibido. Se recompuso apoyándose en la camilla sobre la que descansaba una fina lámina de celulosa blanca pero las ruedas de sus patas se deslizaron hasta que hicieron tope contra la pared de la consulta. Casi acaba de nuevo en el suelo.

—Me cago en la puta —maldijo el otro agente, mientras se sacudía la guerrera del uniforme—. Pues mira cómo me he puesto de café.

Una vez de pie, el cura fue consciente de que las manos, las rodillas y la mandíbula le temblaban como peonzas a las que se les escapa la fuerza para seguir girando.

—No puede entrar usted así en una consulta, hombre —argumentó a modo de defensa el aspirante a cinturón negro de judo—. Estamos escoltando a la señora y al verle a usted llegar así…

—*Yefazón** —contestó el sacerdote, sin aliento.

---

* Lleva usted razón.

Y de manera instantánea, siete mil cuatrillones de átomos de hidrógeno, oxígeno y algunos otros de carbono y nitrógeno se concentraron tras el escritorio de la sala de consulta para formar un cuerpo humano vestido con una bata blanca. La doctora, que no había movido un solo músculo ni abrió la boca hasta el momento, se materializó en la realidad del sacerdote con la inmediatez de lo que, supuestamente, ya estaba ahí con anterioridad.

—Está bien —atajó la doctora, intentando dar sensación de control a aquella situación—, pero quizá lo mejor sea que espere usted fuera. Lo llamaremos en unos minutos para que le haga compañía, cuando el ansiolítico termine de hacer efecto. Ahora mismo necesito que esté tranquila, y los golpes y los gritos no creo que la ayuden demasiado.

El agente agarró del brazo a Ezequiel y tiró de él alentándole a abandonar la sala con una amabilidad impostada. Al sacerdote no le quedó otra que dejarse guiar y batirse en retirada, cabizbajo y avergonzado. Al salir, cerró la puerta de la consulta con dulzura, como si acabasen de dormir a un recién nacido en su interior. Dedicó un rápido vistazo a los pacientes que esperaban sentados en las sillas del pasillo.

Por supuesto.

Todos lo miraban con el punto de la interrogación dibujado en las pupilas. Un chico, incluso, había levantado la cabeza de su teléfono móvil ante el alboroto. La señora de un poco más allá agarraba a su hijo pequeño contra su pecho, como si temiese que pudieran arrebatárselo en cualquier momento. Al sacerdote le sobrevino una ola de vergüenza que le ancló los pies al suelo. Dio gracias por no llevar la ropa eclesiástica en aquellos momentos.

—Os pido disculpas —intentó amenizar el sacerdote, viendo que iba a estar junto a los agentes largo rato de espera, hasta que saliese Natalia—. Me ha llamado hace unos minutos y me ha preocupado; he venido hasta aquí corriendo.

Los dos policías intercambiaron miradas, pero el único que se dignó a contestar fue el que se separaba la chaqueta empapada del cuerpo como si fuese una segunda piel. La agitaba en el aire, creyendo poder así secar la tela empapada que derramaba lágrimas sucias en el pasillo. Lo hizo en este tono:

—¿Es usted consciente de la gravedad del asunto?

Ezequiel sentía un bochorno atroz y los colores se le subieron hasta las orejas. Antes de ascender a comandante, había ostentado el galón de teniente y capitán, y no estaba acostumbrado a que le llamasen la atención desde hacía años.

—Pero ¿qué ha ocurrido, está todo bien?

Esto lo preguntó enarbolando otro de sus pañuelos de batista blanco, en señal de tregua entre los presentes. Se lo ofreció al agente empapado en café cada vez más frío.

—Nosotros tampoco sabemos gran cosa —contestó esta vez el otro—. Recibimos una llamada para que nos personásemos en su piso. La Policía Científica se ha llevado unos restos biológicos que se han hallado en su domicilio.

—¿Restos biológicos? —preguntó el sacerdote sin saber lo que estaba escuchando.

—Cuando llegamos allí, la señora estaba sufriendo un ataque de ansiedad —cortó el que se limpiaba el uniforme, temiendo que su compañero siguiese revelando información que, quizá, fuese determinante para la investigación—. Apenas era capaz de hablar; solo lloraba y le faltaba el aire. Llamamos a una ambulancia y la hemos escoltado hasta aquí mientras el equipo de homicidios sigue en su domicilio. Estamos esperando a que mejore para que pueda darnos declaración detallada del hallazgo.

—Creo que tiene un poco de sangre en el labio —atajó el otro, con una clara actitud de culpabilidad en su voz.

Ezequiel se retiró las gomillas de sus orejas y vio que una pequeña mancha de sangre había traspasado la mascarilla. Se llevó la yema del dedo índice al labio inferior. El que le ardía. Una fina línea escarlata se dibujó en el laberinto de sus huellas dactilares.

—No se preocupe, no es nada.

Lo que sí le inquietaba era el otro pañuelo que acababa de perder. Su blanco níveo se había convertido en un trozo de tela beige y empapada. Fue un regalo del obispo Fidel, uno de los mejores profesores que tuvo la suerte de tener durante los seis años de seminario: filosofía, psicología metafísica y psicología experimental. Los conservó con sumo cariño desde entonces y, en apenas unos días, había perdido los dos del juego.

Hizo un leve movimiento con el brazo luxado hacía unos instantes.

Una punzada de dolor le atravesó el esqueleto.

—No me quiero imaginar cómo habría acabado si fuese el exmarido de verdad —comentó el sacerdote, como amago de chiste. Pero al ver que este no tenía demasiado aplauso, continuó—: ¿Ha declarado ya? Natalia no para de repetir que está metido en todo esto.

Le sobrevino la imagen de la cabo Navarro, apuntando también hacia el mismo tipo.

—¿Quién? ¿El padre de la criatura? No se ha presentado a la citación y tampoco responde al teléfono.

El agente hizo una pausa para tirar el pañuelo directamente a la papelera, donde los vasos vacíos de plástico rebosaban como filas de dientes hambrientos.

—Está desaparecido. El juez lo ha declarado en busca y captura desde este mediodía.

Durante un instante, reinó un silencio absoluto entre los tres hombres, donde pudo oírse el goteo que la máquina de café perdía por el difusor, el crujir de la música en los auriculares del que espera, una tos lejana.

El llanto sin consuelo de una madre.

Tras una puerta cerrada.

22

Barrio de Santa María

Ingrid se cambió de mano la bolsa de deporte que llevaba cargada hasta la cremallera. De esta manera, dejó que su brazo descansase de aquel peso, aunque solo fuese por un momento. Apenas había tenido tiempo para cambiarse de ropa al salir del trabajo. Su falda de ejecutiva se ceñía a sus muslos, siguiendo la línea natural de sus caderas y descendiendo con gracia hasta las rodillas. Una fina blusa dejaba al descubierto su espalda y sus hombros, haciendo que los músculos fibrosos de sus brazos resaltasen bajo los claroscuros de la luna.

El casco antiguo permanecía empapado de una luz fría y pálida que había borrado a la gente de las calles desde hacía rato. Se internaba en un barrio de ventanas apagadas, oscurecido por la pobreza y el sueño intranquilo del que tiene que levantarse temprano para tener algo de comer, donde los rostros cansados significaban más dinero que gastar en sus ancianos, sus enfermos y en la educación de sus hijos. Algunas litronas vacías montaban guardia en los márgenes de las aceras, cerca de los escalones de las casapuertas, donde también se extendían algunas alfombras tejidas con cáscaras de pipas. Las prendas seguían tendidas en los balcones, convertidas en figuras etéreas que se mecían con una danza lúgubre, fatigada, como si llevasen consigo el peso de las vidas que una vez las vistieron.

Un contenedor repleto hasta arriba de bolsas de basura.

Con la tapa abierta para que entrasen más desperdicios, como si hubiesen tirado en él todos los rumores que circulaban por los callejones de Cádiz sobre el chico muerto en el panteón. Ingrid dirigió el ruido de sus tacones hacia la finca que quedaba junto al bombo de basura y empujó la puerta de madera con los bajos podridos. Cedió sin demasiado esfuerzo, pero lo hizo con un quejido lastimero, como si las bisagras implorasen no seguir soportando esa carga.

Y un patio interior se abrió ante ella.

La luz residual de la luna quedaba reflejada en las losas de cerámica vidriada, especialmente donde la capa de polvo y suciedad guardaba menor espesor. En el centro, se encontraba la estructura melancólica de un pozo que dirigía su único ojo al parpadeo multicolor de las estrellas. Un pájaro salió revoloteando desde uno de los muros que delimitaban el patio andaluz, aunque por su aleteo errático bien podría haber sido un murciélago.

Las macetas.

Desnudas.

Con el sustrato reseco y polvoriento, donde en el mejor de los casos se veía algún que otro tallo marchito, como el dedo de un muerto que se abre camino a través de la tierra. Entre las ventanas de cristales rotos y las celosías descolgadas, se intercalaban algunos platos de arcilla que colgaban a lo largo de la fachada con grabados de flores o trajes flamencos. En una de las esquinas, sobrevivía el chasis esquelético de una motocicleta a la que le habían enganchado un cajón de fruta a modo de maletero. En la pared contigua se elevaba la talla de una virgen, encastrada en un baldaquino de azulejos. Entre sus brazos, sostenía a un Jesús recién nacido que permanecía sepultado bajo una montaña de excrementos.

De pájaros o murciélagos.

Aunque en la fachada exterior hubiesen taladrado un cartel de la Junta de Andalucía prometiendo un programa de rehabilitación en el casco urbano, a aquella finca aún le quedaban varios años de espera para convertirse en otra cosa que no fuera el refugio de vagabundos, okupas y vividores del trapicheo.

Lo que hizo Ingrid fue dirigirse hacia la cancela de rejas carcomidas por el óxido que se situaba en uno de los laterales del patio. Las migas de luna que se colaban entre los barrotes dejaban entrever los primeros peldaños de una escalera que descendía hasta la oscuridad más absoluta. De uno de los bolsillos exteriores de la bolsa de deporte, sacó una linterna de minero que había llevado expresamente para la ocasión.

Se la colocó sobre la frente.

Abrió la verja y algunas esquirlas de pintura verde se le incrustaron en la palma de la mano.

Un escalón.

Luego otro.

Clic.

Tras encender el frontal, un cono de fotones hizo retroceder la oscuridad unos metros en el abismo, igual que la muralla de arena que construye un niño en la playa pretendiendo contener el oleaje de todos los océanos. Cada una de las células de su cuerpo parecieron crujir con cada nuevo peldaño, como si internarse en esa negrura fuese lo mismo que ir borrando su existencia de la realidad que dejaba a sus espaldas. Al llegar al final de la escalera de piedra, las plataformas de sus tacones pisaron tierra batida; un polvo grisáceo y olvidado con la capacidad de vencer las leyes de la gravedad y suspenderse en el aire con facilidad. Un vientecillo, como el que se levanta después de cada muerte cuando el alma se libera, le dio la bienvenida desde ese pasillo excavado en la roca que se abría delante de ella.

La extensa red de túneles que atravesaban el subsuelo de Cádiz se extendía en interminables pasadizos laberínticos, vestigios del sistema contraminas defensivo que contuvo a las tropas enemigas en las guerras napoleónicas. Algunas de esas galerías se enlazaban con el sistema de alcantarillado de origen romano, conectando los edificios más importantes de la ciudad trimilenaria, como el antiguo anfiteatro, las Puertas de Tierra o el desaparecido castillo de la Villa.

La práctica del contrabando para burlar al fisco siempre ha sido una constante en la historia de la humanidad, y Cádiz, dotada de un puerto tan floreciente y de tanto tráfico comercial, no podía ser menos. Con el paso del tiempo, esas cuevas se convirtieron en el lugar perfecto para el refugio de forajidos y contrabandistas. Cuando no existían ni móviles ni internet, los chavales se internaban en las tripas de aquellos túneles a escondidas de sus padres, en busca de aventuras y antiguos tesoros que, según las creencias populares, se ocultaban en las cuevas de María Moco. Las leyendas afirmaban que el nombre provenía de una mujer gitana que practicaba la brujería en estas grutas y elaboraba pócimas y ungüentos. Para evitar que los curiosos se extraviasen en este entramado sumido en las tinieblas, como ya ocurrió con cinco niños que estuvieron tres días desaparecidos entre sus galerías, la mayoría de los accesos a las cuevas de María Moco permanecían selladas por el Ayuntamiento de Cádiz, so pretexto de conservar la seguridad de sus ciudadanos.

Ingrid se adentró en la negrura con cautela, entre los grafitis que decoraban las paredes de roca mohosa. Como la que descubre los bisontes y las gacelas de los primeros vestigios de arte en la humanidad, avanzó rozando con la punta de los dedos las pintadas que se repartían a lo largo de las galerías.

Sabía que no debía de encontrarse muy lejos del lugar acordado, por lo que, después de girar en un par de intersecciones, dejó de avanzar e intentó afinar sus sentidos. Los huesecillos del oído vibraron al oír la respiración entrecortada de un ente oculto entre las tinieblas. Después de eso, una pausa insoportable. Como cuando cae un rayo terrible y se espera a que venga el trueno, pero este no acaba nunca de llegar. Con la linterna buscó el origen del jadeo, pero lo único que encontró, a unos pasos de distancia, fue una pequeña oquedad excavada en uno de los muros de piedra.

Colocó primero la bolsa de deporte en la abertura, se agachó y comenzó a gatear empujando el bulto a través del conducto. El delicado tejido de su falda comenzó a ceder al arrastrar las rodillas por aquel terreno pedregoso, mostrando cicatrices de tela desgarrada y destellos de piel desnuda.

—¡Joder, por mi *mare* que creía que nunca ibas a venir! —oyó por encima de su cabeza, antes de que le diera tiempo siquiera a incorporarse al otro lado del pasadizo.

Aún a cuatro patas, levantó la mirada y alumbró la figura que se encontraba de pie en la reducida estancia a la que había accedido. Esta pasó de tener los brazos cruzados, como para protegerse del frío, a taparse los ojos no acostumbrados a la luz con un antebrazo completamente tatuado.

—Lo que hacía falta era que encima te quejaras, macho —contestó Ingrid mientras se erguía, se sacudía las rodillas y adoptaba la postura de un bípedo. Sus rasgos no se distinguían con aquella fuente de luz emanando de donde debía encontrarse el tercer ojo del hinduismo. Alrededor de toda esa oscuridad, su silueta tomaba la apariencia protectora de una diosa primordial—. Me debes un traje, que lo sepas.

—¿Un traje? Te debo la vida. Cuando salgamos de aquí voy a comprarte todo lo que quieras, pero dime que me has *traío* una sudadera, que estoy *arrecío*. El frío que hace aquí abajo no es normal.

El aire de aquella cámara excavada en la roca se aferraba a la piel, calando los huesos y dejando una impresión de aliento helado, como si la propia gruta respirase entre sus galerías. Ingrid le dio una patada a la bolsa de deporte que permanecía en el suelo, pero esta no se movió ni medio centímetro.

—Busca por ahí. Algo habrá. Te he traído todo lo que he encontrado para que puedas estar un poco más cómodo estos días.

Roberto se tiró al pavimento y se puso a abrir cremalleras como un animal hambriento.

—*Quilla*, déjate de rollos. Qué hablas tú de días ni días. Vámonos de aquí ya mismo, que me voy a volver majareta en este zulo —exigió Roberto, lejos de ser un modelo de mansedumbre.

Llevaba escondido desde la madrugada de la noche anterior, cuando, asesorado por Ingrid, tomó la decisión de no asistir a la declaración. Aún no habían pasado ni veinticuatro horas, pero un minuto encerrado en ese boquete del subsuelo se convertía en una eternidad.

—Si quieres nos vamos. Yo arriesgo más con todo esto que tú. Si alguien me ve llegando hasta aquí y me relaciona contigo, estoy jodida. Ya te puedes imaginar. Tú verás qué es lo que más te merece la pena, si aguantar unos días aquí escondido o volver al trullo, pero esta vez para el resto de tu vida.

—No empieces otra vez con lo mismo. Que ya sé de sobra que los maderos me la tienen *jurá*, con los muertos de la hija de puta esa, que me ha *arruinao* la vida.

Roberto introdujo su cabeza rapada por el cuello de una sudadera Adidas, se colocó la capucha y vomitó su aliento en un cuenco formado por sus manos, como si fuese inteligente transmitir el calor de sus entrañas a la capa de piel más externa. Ella valoró la posibilidad de ponerle al tanto de todo lo que estaba ocurriendo ahí fuera, a solo unos metros sobre sus cabezas. Después de arrancarse el transmisor de radiofrecuencia del tobillo y no comparecer a la citación en la comisaría de la Policía Nacional, su rostro había acumulado más de siete mil retuits en apenas unas horas. Su cara en blanco y negro era viral en las redes sociales gracias a un cartel publicado por la Sección de Localización de Fugitivos, donde, además, sus condenas por violencia de género y delitos de odio se resaltaban en letra roja bien mayúscula. En varios tuits, hacían hincapié en la posibilidad de que formase parte de algún grupo neonazi y difundieron varios vídeos donde mostraban las imágenes de Roberto participando en una de las revueltas a las afueras del estadio de fútbol Nuevo Mirandilla, subido a la estructura de un semáforo mientras ardían varios contenedores de basura a sus pies. Delitos que ya había saldado ante la justicia, pero que los medios no dudaban en utilizar para convertirlo en un monstruo para la sociedad.

Ponerle al día sobre todos esos asuntos podría contribuir a persuadirlo por completo y convencerle de que la mejor opción seguía siendo dejar que transcurriesen unos días a que la situación se calmase. Sin embargo, Ingrid prefirió guardar silencio y contenerse. Meterle todos esos problemas en la cabeza podría llevarlo a cometer cualquier locura. Era mejor tenerlo allí controlado.

—Déjalo en mis manos, cabezón, que sé cómo funciona todo esto y lo que es mejor para ti.

Roberto había conocido a Ingrid unos meses antes de ingresar en el centro penitenciario Puerto II. Ella trabajaba en el bufete de abogados que contrató para defenderse de todas las acusaciones que le sobrevinieron de un día para el otro. Natalia fue corriendo a denunciarle mientras se encontraba desembarcando un alijo en las playas de Barbate, por lo que recaían sobre él acusaciones de tráfico de drogas y delitos de violencia de género, aparte de la acumulación de penas por lesiones y desorden público que no habían conllevado pena de prisión, pero que el tribunal tendría en cuenta a la hora de dictar sentencia.

Ingrid sintió curiosidad por la historia de aquel tipo, cubierto hasta el último centímetro de su piel con tatuajes de generales del ejército alemán y carros de combate de la Segunda Guerra Mundial. Descubrió que, detrás esa vida aparentemente caótica de delincuencia, Roberto escondía un profundo respeto por los estrategas del pasado, el simbolismo y el orden militar. Sintió el impulso de estudiar en profundidad el caso de aquel cliente y terminó encargándose de preparar su defensa.

La condena de cuatro años en prisión quedó en dieciocho meses gracias al trabajo de Ingrid y al apoyo constante que le ofreció durante su reclusión. A través de los pequeños orificios del cristal que separaba la cabina de la sala de visitas, le dictaba el tipo de comportamiento que debía mantener allí dentro si quería conseguir la condicional lo antes posible y que su pena quedase reducida. Roberto no lograba entender qué había visto una mujer culta, formada e inteligente en un desgraciado como él, pero cuando uno se encuentra solo en la vida, se aferra a cualquier asidero para seguir en pie.

Fue ella.

Y no él.

La que propuso solicitar un vis a vis íntimo mediante instancia para el próximo mes. Roberto colocó la sábana en la litera de su celda a modo de cortina y las pajas se sucedieron una detrás de otra durante el tiempo de espera, además de convertirse en la comidilla de los reclusos cuando comenzó a fardar de que tenía un vis a vis con su abogada. En esos primeros encuentros, descubrió en Ingrid a una amante totalmente desconocida con la que se sentirse libre y comprendido por primera vez. La mayor parte del tiempo era ella la que llevaba la iniciativa, pero cuando a Roberto le apetecía coger las riendas, podía actuar y experimentar con su cuerpo sin tener que pedir permiso con antelación. Como si hubiesen sido moldeados para encajar el uno con el otro, se fundían en largas sesiones de sexo hasta que el funcionario de prisiones golpeaba la puerta.

Casi un año después, y con la policía pisándole los talones, seguía a su lado de manera incansable, como una fiel escudera dispuesta a arriesgar todo lo que había conseguido en la vida por protegerle.

—Anima esa cara, cabezón, ¿qué te pasa?

—No sé, *quilla* —respondió Roberto, renegando con la cabeza, mientras comía con los dedos de una lata de atún que había sacado de uno de los bolsillos de la maleta—. No sé yo si estar aquí *escondío* es lo mejor. Y tampoco quiero que te pase nada por mi culpa.

—¿Y qué quieres que hagamos?

La barbilla de Roberto, embadurnada de aceite, brillaba bajo la luz de la linterna que Ingrid portada sobre la frente.

Detrás de aquel destello, se intuía la silueta de dos brazos en jarra esperando una respuesta.

—Y yo qué sé. Ya sabes que yo no entiendo de leyes ni de mierdas.

—Pues entonces calla la boca y confía en mí, yo solo quiero lo mejor para ti. —Se miró las manos polvorientas y se las sacudió en la falda—. Anda, anímate, seguro que salimos de esta.

—Ya sabes lo que me vendría bien para animarme, pero aquí estoy *tirao* sin *ná de ná*.

Ingrid tuvo que girarse, para ocultar la sonrisa que le nació debajo de la nariz. Roberto vio aquella reacción y dejó de masticar.

—¿Me has *traío* el postre?

—Ya sabes que no me gusta... —contestó ella, de espaldas.

—¿Pero me has *traío* chocolate o no?

Ingrid dejó escapar un suspiro.

—En el bolsillo de la derecha.

Roberto arrojó la lata con algunos restos filamentosos de atún al suelo y buscó en el bolsillo dejándose arrastrar por la ansiedad. De allí sacó una pequeña bola marrón, como de arcilla. Su rostro brilló bajo la luz del triunfo, igual que lo hizo aquel trozo de hachís envuelto en film plástico. Lo sostuvo entre los dedos, delante de sus ojos, admirando la joya más valiosa del universo.

—Esto sí. Esto sí que va a hacerme buena compañía mientras esté aquí *encerrao*.

Agarró el paquete de tabaco de uno de los bolsillos de su pantalón, sacó un cigarrillo y lo tronchó a altura del filtro.

—Venga, siéntate aquí conmigo, que necesito olvidarme de todo, aunque sea un rato.

Roberto ya tenía la mirada centrada en sus dedos, que desmenuzaban con maestría el hachís sobre el tabaco colocado en la palma de su mano.

—Yo tengo que irme. No puedo quedarme demasiado tiempo, mañana no puedo faltar en el trabajo, eso solo levantaría sospechas.

—¿Cómo que tienes que irte? ¿Otra vez vas a dejarme aquí *tirao?* —Levantó la cabeza a modo de reproche, pero tuvo que quedarse a medio camino, para no cegarse de nuevo con la luz que brotaba de la frente de Ingrid—. Tú no lo entiendes, voy a volverme loco aquí abajo. —Sacó la lengua y la pasó por el borde pegajoso del papel de liar en un movimiento rápido—. Lo veo por todas partes. Lo veo en cada esquina de esta habitación. Veo su cara, como vigilándome en la oscuridad.

—Tranquilo, cabezón. Ya se te pasará. Yo sé que eres inocente, y eso es lo importante. Además, mira el lado positivo. Piensa que tampoco te podrán encontrar a los que les debes pasta.

Roberto negó con la cabeza mientras se encendía el canuto.

Cuando se enteró de que su hijo había vuelto de misión, intentó un acercamiento pensando que podría pedirle ayuda, pero aquello no acabó demasiado bien. David siempre había odiado a su padre, y eso nunca podría haber cambiado.

—Está bien, me quedaré solo un rato, antes de irme —dijo Ingrid, ante el silencio depresivo en el que se había sumido Roberto.

Luego se arrodilló de nuevo en aquella alfombra de polvo grisáceo. Comenzó a gatear hacia el centro de la sala, donde su amante permanecía sentado, con la espalda apoyada en el macuto. Al llegar a sus piernas, colocó una de sus manos sobre la bragueta.

Apagó el frontal de su cabeza con una sonrisa burlona.

Oscuridad.

Solo un punto incandescente que flota en medio del vacío.

Como una enana roja vista a años luz en el espacio profundo.

23

Residencia Logística de la Armada «San Carlos»

La Sagrada Biblia.

Escrito con letras doradas, grabadas sobre una tapa de cuero antiguo y cuarteada, como con cicatrices de oro mal curadas. Sobre la mesita de noche, se amontonaban otros títulos como *Imitación de Cristo*, *Ética demostrada según el orden geométrico* o *De Rerum Natura*. Cien mil millones de uniones y combinaciones posibles entre las letras de esas páginas que, como las propias neuronas de nuestro cerebro, se organizaban con precisión para reproducir el pensamiento de profetas, filósofos y científicos.

A veces, Ezequiel meditaba sobre si alguno de esos autores habría sido capaz de prever los acontecimientos científicos de las últimas décadas. De imaginar que encontraríamos planetas con atmósferas similares a la de la Tierra; que tendríamos el poder de editar nuestro código genético con la misma facilidad que si fuese un documento de texto en el que se pueden eliminar y añadir frases nuevas. Como un Dios escribiendo una novela. Que detectaríamos el ansiado Bosón de Higgs, para demostrar que los pequeños píxeles de los que está hecho nuestro mundo no tienen masa alguna y que, por lo tanto, estamos fabricados de partículas incorpóreas. La ciencia siempre ha tenido el poder de abrir nuevos caminos maravillosos allí donde la anterior generación solo veía un callejón sin salida.

Un portazo.

¡Blam!

Y una pequeña caja de cartón que vuela por el aire y termina rodando por la colcha de la cama. Ezequiel la había encontrado en recepción, en el casillero correspondiente a su habitación. Por motivos de seguridad, no estaba permitido recibir correspondencia en la residencia militar de oficiales; no era la primera vez que les llegaba un paquete bomba o cualquier amenaza, pero el sacerdote solicitó al general de brigada un permiso especial para que el portero que trabajaba en el recibidor durante las horas laborales aceptase paquetería que llegase a su nombre. Alegó que debía recibir constantemente material necesario para desempeñar sus funciones en la parroquia y en la capilla del acuartelamiento, como rosarios o estampitas bendecidas por el propio papa Francisco desde la Santa Sede.

Otra mentira más.

El verdadero motivo era que no estaba dispuesto a renunciar a las publicaciones periódicas de investigación y ciencia a las que estaba suscrito.

Junto a la cama, en el suelo: una maleta de viaje abierta con un par de camisas negras y unos calcetines desordenados que sobresalían por la cremallera como lenguas de trapo. Además de eso, una silla de madera barnizada, un escritorio de madera barnizada y un ropero de madera barnizada. Aquella habitación delimitada por unas paredes hechas de pergamino, donde se transparentaban las toses, los ronquidos y los pedos de los vecinos, conformaba la modesta morada del sacerdote desde hacía ocho años. Al fin y al cabo, se decía, la austeridad y la pobreza han estado siempre en el centro del evangelio. Mientras haya una Iglesia que ponga su esperanza en la riqueza, nunca estará cerca de Jesús.

Y las residencias y los alojamientos de la Armada debían de encontrarse muy cerca del cielo.

No aguantaba más. Con pinchazos de agotamiento en cada zancada, se dirigió hacia el cuarto de baño. La placa de ducha con el esmalte desaparecido, como con manchas de diente viejo, quedaba a pocos centímetros de sus zapatos. Se bajó la bragueta frente al inodoro y el ruido desmesurado del borboteo en el retrete, de puchero a punto de rebosar, inundó la reducida estancia. Algunos sobresaltos de luz desfilaron por el techo del aseo al paso de algún vehículo por la calle, mientras el sacerdote cerraba los ojos y realizaba un movimiento circular con la cabeza, a riesgo de perder el equilibrio y salpicar esto, aquello y lo otro.

El giro del cuello no alivió en absoluto la tensión de sus cervicales. Por no hablar del dolor lacerante de su hombro al haber sido reducido como un delincuente en la consulta del médico.

Antes de salir del centro de salud, los agentes insistieron en la importancia de tomar declaración en las primeras horas posteriores al suceso, ya que dejarlo para otro día podía afectar negativamente a la memoria y, en consecuencia, a la propia investigación. Aunque no parecieron muy conformes al principio, terminaron aceptando las condiciones de Natalia. Vale, os cuento todo ahora y salimos ya de eso, pero él no se va, se queda aquí, conmigo.

Fue entonces cuando Ezequiel recibió información por primera vez de lo que había ocurrido. Durante los primeros minutos de la declaración, no logró entender por qué Natalia se extendía en detalles minuciosos que parecían intrascendentes. Tardó un rato en explicar, paso a paso, cómo recogió las fiambreras que sus vecinas llevaban días dejándole en la puerta del piso para, a continuación, contar el modo en el que cocinó la comida, como si le estuviese enseñando a unos niños cómo calentar unas albóndigas sin saltarse un solo punto. Serán las pastillas que le han dado, que la tienen un poco despistada. Pero todo cobró sentido cuando llegó el momento en el que narró cómo cortó con un cuchillo el ojo de su hijo por la mitad y se lo había tragado. Ezequiel sintió la necesidad de apoyar el peso de su cuerpo sobre los mangos de la silla de ruedas donde ella estaba sentada. Intentó hacerlo disimuladamente, pero lo que no pudo ocultar fue la lividez que se adueñó de su rostro, blanco con tonos verduscos, como el mármol de las lápidas.

Los agentes, a los que no se les escapaba ni una, intercambiaron una mirada preventiva mientras tomaban notas. Atento, compadre, que lo mismo vamos a tener que recoger del suelo al pavo este.

Al cabo de algunos minutos, cuando Ezequiel comenzaba a reponerse y los sonidos volvían a tener cierto sentido dentro de su cabeza, vio cómo Natalia se negaba con rotundidad hasta donde le permitía el efecto de los tranquilizantes. Que no, decía. Que me dejéis en paz. Que no quiero ninguna patrulla en mi casa. Que venga el que tenga que venir, que allí estoy yo, esperándole.

Cuando el chorro comenzó a perder fuerza en el pozo del inodoro, el sacerdote volvió a preguntarse si Natalia había tomado una decisión inteligente al rechazar una escolta que la protegiese en el piso.

Después de que le diesen el alta en urgencias, Ezequiel la acompañó en el taxi de vuelta a casa. La doctora comentó que tuvieron que administrarle una dosis de alprazolam superior a la habitual, debido al consumo excesivo en los últimos días de tranquilizantes y a su alto nivel de tolerancia. En todo caso, lo que le dieron en el hospital fue suficiente para que se quedase dormida nada más la ayudó a tumbarse en su cama. Cuando la acostó, reparó en su cuello fino y alargado, surcado de lunares que le trepaban hasta el rostro. Uno de ellos estaba escondido, al resguardo, detrás de la oreja, como un secreto íntimo del que costaba apartar la mirada. Ezequiel intentaba convencerse, una y otra vez, de que había hecho lo correcto al no aceptar la invitación de Natalia a quedarse a dormir en su casa.

De un tirón, cortó un trozo de papel higiénico por el troquelado, se la sacudió dos o tres veces y se secó la punta.

Celulosa que cae al vacío, ingrávida, como la hoja de un árbol muerto.

Y el estruendo de la cisterna.

Sin abrocharse los botones del pantalón, se dirigió hacia el lavabo, donde abrió el grifo de agua fría y hundió su cara en un lago creado por el hueco de sus manos. Al levantar el rostro, se encontró con otro totalmente desconocido en el espejo. A veces se quedaba unos segundos allí, buscando en el reflejo los rasgos indeterminados de unos padres que nunca conoció. Su relación con ellos era una lucha continua en la que intentaba encontrar la victoria invocándolos en los pensamientos y en los sueños. Una madre que sonríe. Un padre lleno de canas con la mirada arrugada.

La puerta del cuarto de baño permanecía abierta, por lo que la diminuta caja de cartón sobre la cama de la habitación entraba dentro del campo de reflexión del espejo. La sonrisa de Amazon se convertía en una carcajada macabra que se reía de sus esfuerzos por superar el dolor y se burlaba de la prueba de ADN que contenía en su interior. Había estado meses meditándolo, buscando información sobre los diferentes laboratorios hasta que encontró una empresa alemana que aseguraba ofrecer el servicio número uno para las coincidencias con parientes de todo el mundo.

Dio la espalda al hombre del otro lado del espejo, se desnudó por completo y construyó una montaña de ropa sucia en una de las esquinas del cuarto de baño. Su cuerpo desprendía el aroma de la derrota mientras que una fina línea de sangre oscura, con la textura de la costra, comenzaba a cicatrizar en su labio inferior.

Una sangre sin descendencia ni linaje.

Una sangre seca que acabaría con su estirpe.

Sus pies descalzos se posaron sobre la placa de la ducha como si pisaran unas ascuas ardientes. Dedos apuntando hacia arriba, evitando el tacto con la fría superficie de la cerámica. Abrió el grifo de la alcachofa y se situó sin pensarlo bajo el torrente de agua helada que caía desde las alturas. Ahora, los dedos de los pies encogidos, como las uñas de un ave que se aferran a la rama que le permitirá sobrevivir a la tempestad. Mientras la respiración se le aceleraba ante el cambio repentino de temperatura, se pasó la mano por la cabeza y dejó que su cabellera diera un latigazo líquido, minando el aire de gotas que brillaron como diamantes bajo la luz fluorescente. Terminó colocando sus manos en los azulejos de la ducha y, tras agachar la cabeza y relajar los músculos del cuello, permitió que el efecto purificador del agua fluyese a través del cansancio de su espalda.

Cerró los ojos.

Y la respiración se le fue calmando de manera paulatina.

El frío terminó convirtiéndose en tibieza, como una sábana de lino que acariciaba su cuerpo. Algunas manchas diminutas comenzaron a colorearse tras las cortinas opacas que formaban sus párpados, esas dos compuertas de piel fina que separaban el mundo exterior del interior. ¿Dónde se encontrará Dios?

¿Fuera?

¿O dentro?

«Mirad, porque el reino de los cielos se encuentra dentro de vosotros»*.

Ezequiel se olvidaba de rezar con frecuencia. Prefería dejarse arrastrar por ese estado de vacuidad y silencio espiritual mientras el ruido del agua rompía contra el plato de la ducha. Las partículas de colores encontraron la manera de ensamblarse y acoplarse unas a otras hasta formar figuras, rostros indeterminados que rememoraban a algunos de los niños con los que compartió orfanato. Bocas enormes que se carcajeaban en rostros de facciones difusas, como los que aparecen en el fondo de una pintura y, al verlos de cerca, se convierten solo en brochazos sin orden. Le señalaban con el dedo y cantaban una y otra vez que sus padres lo habían tirado a la basura por tener la cara sucia. Cara su-cia. Cara su-cia. Las risotadas y las voces se distorsionaban, hasta el punto de poder confundirse con la de sus compañeros del seminario, que también se mofaban y lo menospreciaban porque conocían su secreto mejor guardado: Ezequiel nunca había sido capaz de entablar conversación con Dios en ninguna de sus oraciones. Era más bien propenso a dejarse seducir por el vacío y la inactividad, más que por el diálogo y el mutuo intercambio de amor que debía experimentar.

Siempre había estado solo, incluso en la intimidad más profunda.

Un suspiro agotado.

---

* Lucas 17: 20-25.

Abrió los ojos y volvió a encontrarse con ese otro tipo mirándole desde el espejo del cuarto de baño.

Su rostro estaba lleno de arrugas.

Y ocultaba las lágrimas entre una multitud de gotas inocentes.

24

Miles de seres brutales deambulaban por las sinuosas galerías de sus huellas dactilares. Monstruos horrendos, sin rostro, a la caza de cualquier alimento que despedazar entre sus fauces. Esos parásitos ciegos, vetados de la bendición de la luz, liberaban sus huevos y sus heces entre los poros de la piel sin esperanza alguna. Vida insignificante. Condenada a ese inframundo del devorar y el ser devorado, donde no tienen cabida ideas sobre el bien o el mal, la verdad o la belleza.

Un infierno.

Que arrastramos con nosotros mismos y que forma parte de nuestro propio ser.

El dedo índice se dirigió hacia la pantalla del teléfono móvil y movió el carrusel de resultados que aparecieron en el buscador. Ninguno le complació, las noticias solo hablaban de los resultados de las últimas elecciones generales y los acuerdos que comenzaban a negociar los principales partidos políticos. Terminó pinchando en el mismo enlace que ya había leído una y otra vez.

Se abrió una página web que hacía daño a los ojos, diseñada por alguien que quedaba muy lejos de tener buen gusto. Fondo negro y letras verdes, abarrotado todo de una cantidad ingente de *banners* publicitarios en movimiento. En la parte superior, una cabecera mostraba la imagen pixelada de la gran pirámide de Keops recortada sobre un cielo nocturno, donde sobrevolaba un ovni que derramaba un chorro de luz hacia la arena del desierto. En el mismo color verde estridente y con una tipografía *creeper*, como de mocos derretidos, podía leerse el título de la web: *Planeta Enigma*.

El dedo se deslizó por el cristal de la pantalla para pasar rápido la sección de artículos más leídos: «Se demuestra que la Tierra es plana y que termina en el paralelo 60»; «El informe Gateway confirma el interés de la CIA en el viaje astral»; «El Pentágono desclasifica múltiples informes que demuestran la existencia de los ovnis». Hasta que llegó al publicado más recientemente. Pinchó con la yema del índice y el texto se desplegó a lo largo de toda la pantalla:

> MENSAJES ENIGMÁTICOS EN EL CADÁVER DE UN SOLDADO
>
> El cuerpo brutalmente eviscerado de un soldado de Infantería de Marina ha sido descubierto en el Panteón de Marinos Ilustres, centro espiritual de la Armada. Aunque el caso se encuentra bajo secreto de sumario y la investigación se esté llevando con la mayor discreción posible, se ha filtrado entre los mismos compañeros del cuartel que el cadáver presentaba una esvástica realizada con cortes en la zona abdominal, de donde salían las tripas simulando un cordón umbilical.
>
> Los lectores de este blog sabrán que, hace varios años, estuve estudiando una reliquia a la que dediqué un artículo en esta misma web. La esvastica en el abdomen del cadáver me hizo recordar de nuevo este objeto tan peculiar:
>
> Se trata de *El hombre de hierro*, una estatuilla hallada en una expedición al Tíbet patrocinada por la Sociedad para la Investigación y Enseñanza sobre la Herencia Ancestral Alemana, también conocida como la Ahnenerbe, un departamento de

> las SS creado por Himmler. Este departamento patrocinó en 1938 el envío de una expedición al Himalaya, donde se estudiaron los cráneos de cientos de tibetanos para demostrar que aquel era al lugar de origen de la raza nórdica.
>
> Pero lo que encontraron allí fue algo totalmente inesperado: un objeto esculpido en un material extraterrestre.
>
> Tras ser examinado con diversas pruebas geológicas, se ha afirmado que *El hombre de hierro* presenta trazas de cromo, galio y germanio, una combinación que supone una firma meteorítica que lo emparenta con el meteorito Chinga, que aterrizó en el este de Siberia hace unos quince mil años.
>
> Al igual que la daga de Tutankamón, tallada misteriosamente con trozos de meteoritos, esta reliquia se convirtió automáticamente en un objeto de poder para el imperio alemán y una imagen de culto para las componentes de la Sociedad Vril, liderada por Maria Orsic.

Después del párrafo, y junto a la imagen en movimiento de una señora que invitaba a registrarse en una casa de apuestas, gane veinte euros gratis en su primer depósito, aparecía una fotografía en blanco y negro de Maria Orsic. Como con cada lectura anterior, el dedo se deslizó lentamente por la zona de la pantalla donde aparecía el rostro de la médium, como si pudiera acariciarlo a través del tiempo, a través de los ceros y unos que componían aquella imagen.

Luego, continuó leyendo:

En la Alldeutsche Gesellschaft für Metaphysik, nombre oficial de la Sociedad Vril, eran todas mujeres jóvenes con largas cabelleras, ya que afirmaban que su largo cabello actuaba como una especie de receptor cósmico que les permitía establecer comunicación con seres de otros planetas. El descubrimiento de *El hombre de hierro* reforzó la creencia en la existencia de una raza superior que les enviaba señales y que habitaba en Aldebarán B, un planeta de la constelación de Tauro.

Bien: ¿y si os digo que el cadáver también tenía el signo de Tauro sobre la frente?

Mis fuentes también afirman que encontraron una marca realizada con un hierro candente en el cráneo de la víctima representando el signo zodiacal Tauro. Después de la guerra y tras la muerte de Adolf Hitler, las mujeres de Vril comenzaron a rendir ofrendas de sangre a *El hombre de hierro* para canalizar la energía Vril en sus cuerpos y favorecer la fertilidad entre sus miembros, con el objetivo de facilitar la gestación de un nuevo Führer de sangre pura.

Pero es que aquí no acaba la cosa.

He estado investigando por mi propia cuenta y, navegando por la web, he descubierto que el 21 de julio de 2022, es decir, exactamente un año antes de que se produjese la muerte de este soldado, aparecieron varios círculos de la cosecha en múltiples lugares del planeta. En todos ellos, podía distinguirse un círculo zodiacal representado con esferas y una cruz gamada, justo en el lugar que le correspondería a la constelación de Tauro.

¿Sería esto una anunciación del sacrificio que se iba a producir justo un año después? ¿Serán sucesos totalmente inconexos? ¿Sigue la Sociedad Vril, hoy en día, caminando entre nosotros?

Todo esto son preguntas sin resolver, queridos lectores, pero en *Planeta Enigma* seguiremos desentrañando los hilos de este asesinato, que parece tejido entre las sombras de la astrología y el ocultismo.

Que Orión os ilumine en la búsqueda de la verdad.

El dedo se quedó bloqueado en el aire, sin saber muy bien cómo digerir la ira que le provocaba leer ese artículo por enésima vez. Por más que buscase en internet, no lograba encontrar ninguna otra mención en los medios de información sobre el cuerpo aparecido en el Panteón de Marinos Ilustres. Incluso buscó en la prensa de otros países, pero nada. Todo apuntaba a que el sistema organizado por los judíos lo había orquestado todo para que la anunciación del nuevo orden que estaba por venir no saliese a la luz.

Su obra seguía sin trascender a la prensa nacional.

Ni siquiera un artículo sensacionalista en el periódico local.

Nada.

Todo su esfuerzo y su trabajo quedaban totalmente silenciados, relegados a aparecer de refilón en una web de conspiraciones y misterios. La revolución nunca podría llevarse a cabo si esta no era conocida por el pueblo.

Era estrictamente necesario exhibir más señales y difundir el mensaje.

La ignorancia del rebaño pedía a gritos más sangre.

25

Barrio de la Viña, Cádiz

Los proyectiles del enemigo impactaron justo en la esquina del edificio que le servía de parapeto. Esquirlas de piedra, chispas, aterrizando sobre su brazo desnudo. Con un movimiento mecanizado, como el que lo ha practicado miles de veces, cambió el cargador vacío para volver a municionar su fusil de asalto. Apoyó la culata en el hombro y esperó unos segundos a que el fuego cesase para salir de su trinchera y hacer frente a la amenaza.

Solo le dio tiempo a asomar unos centímetros, porque un disparo le acertó de lleno en la cabeza.

Un cráneo que estalla como una fruta madura.

Y la pantalla de un ordenador que se vuelve roja por completo.

—¡Me cago en los putos camperos!

Jesús regresó a su cuerpo de carne y hueso, con más de lo primero que de lo segundo, y se sorprendió con un puño cerrado que tuvo que contener por no reventar aquel teclado a base de puñetazos. Era tarde. O temprano, según costumbres y estilos de vida. Quedarían un par de horas para el amanecer, pero total, ese día tampoco tenía nada importante que hacer. *Jodíos* por culo. *Pesaos*. Y es que no soportaba a los que se tiraban en el suelo como un trozo de mierda, *escondíos* tras un matojo, esperando con el fusil francotirador a que alguien pasase por delante. Putos niños rata. Intentó tranquilizarse desviando la mirada del monitor durante unos segundos, por lo que sus ojos volvieron a la montaña de papel higiénico que descansaba frente a la silla donde se sentaba, a escasos centímetros de sus pies. Se dijo que echaba una más y ya estaba. La última, e iba al baño a tirar las bolas de papel impregnadas en semen antes de que sus padres se levantaran de la cama.

Jugar.

Battle Royale.

Solitario.

Buscando partida...

Sus piernas no paraban de agitarse en la silla giratoria, haciendo que las carnes flácidas de sus muslos ondulasen de manera nerviosa. Como *Warzone* tardaba varios minutos en encontrar una nueva partida, a ver cuándo arreglan también los servidores de los cojones, abrió Google en el monitor secundario y volvió a visitar su propio blog. De vez en cuando, aprovechaba los descansos entre partida y partida para volver a revisar sus redes sociales, como para regalarse una pequeña dosis de vanidad a través de los *likes* y los *followers* virtuales.

Mira, como dos globos le crecieron los ojos cuando vio de nuevo el contador de visitas de la página web. El artículo que había escrito sobre la Sociedad Vril en la provincia de Cádiz parecía haber captado la atención de los gaditanos y superaba ya las tres mil lecturas. No era gran cosa, pero nunca había publicado nada que hubiese tenido tanta repercusión. Eso lo enorgullecía hasta hacerle segregar adrenalina. Además de las visitas, vio que la entrada tenía treinta y ocho comentarios; cinco más que la última vez que lo comprobó. Bajó la página deslizando la rueda del ratón y los fue leyendo uno a uno.

> MESSIATICO84
> Vos fuiste el primero en escribir sobre la muerte de este chico. Sos un pinche boludo que merece todo el respeto de la comunidad. La constelación de Sirio te ilumina.
>
> JUANESCRITOR1894832143
> Te falta una tilde en la a de la palabra «esvástica», segundo párrafo, tercera línea. Por lo demás, todo guay. Ojalá actualices pronto con nueva información sobre el caso.
>
> ROSAMELANO
> Puto anormal. Te crees más listo que nadie y seguro que eres un desgraciado que se harta de pajas en casa de sus padres. Está claro que la policía maneja esa información desde el primer día y no la hace pública por el bien de la investigación. Muerto de hambre y desgraciado, terminarás en el infierno por aprovechar la muerte de un crío para ganar dinero con anuncios de casas de apuestas cada dos párrafos. Ojalá te cierren el blog y te saquen las tripas a ti también.
>
> MAGACASSANDRA
> Hace un gran trabajo de informacion y alluda a la familia que tan mal lo estara pasando y que tendra mas apollo gracias a la información y la investigacion que esta llevando por su propia cuenta no puedo ni imaginarme como lo deve estar pasando sus seres queridos que Dios los tenga a todos en su gracia. Que Dios le bendiga

Jesús ignoró por completo los comentarios que querían tirar su trabajo por tierra. Cuando se tienen *haters* es porque la cosa va bien. Envidiosos. También se preocupaba de refrescar de manera asidua las webs de los medios de comunicación. Le seguía sorprendiendo que ninguno de ellos publicase nada sobre el caso. Solo había encontrado algunos artículos copiados unos de otros, probablemente calcados de la agencia EFE, en los que se hacía un resumen escueto del suceso sin demasiados detalles. «Soldado fallecido en extrañas circunstancias», «padre fugado de la justicia», poco más. Como si existiese cierto interés en que el caso no tuviese demasiada repercusión en la sociedad.

Un poco más abajo, otro de los comentarios que le habían dejado en el blog lo dejó mirando el monitor durante unos segundos, sin saber qué hacer:

> SIGRUN
> Tienes un mail que te conviene leer, camarada.

Nada. Otro pirado que me habrá escrito al correo que aparece en el blog. Probablemente no sea más que otra foto borrosa de algún ovni o alguna parrafada de alguien a quien se le ha presentado el tío abuelo en el pasillo de su casa.

Echó un vistazo rápido a la otra pantalla del ordenador.

Su personaje, un Navy Seal americano, rubio, ojos azules, con cierta musculatura y armado hasta la coronilla, aún permanecía en el *lobby* de la partida.

Clicó en la pestaña de Gmail en el monitor donde tenía abierto el buscador y vio que, efectivamente, tenía un correo sin leer de un remitente que usaba el mismo *nick* que en el comentario del blog. Clic, clic. Al abrirse, pudo leer un mensaje conciso, breve. Una nota casi telegráfica que necesitó leer varias veces:

Hallarás la verdad
cuando la hija de Astarté
contemple con sus ojos al toro.

El ruido estridente de una explosión reventó dentro de la cabeza de Jesús, a través de los cascos que envolvían sus pabellones auditivos. Una granada de fragmentación había estallado a poca distancia del Seal, que acababa de aterrizar en paracaídas sobre el campo de batalla. Del susto, dio un bote en la silla y su pie desnudo aplastó con fuerza el montón de papel higiénico que cubría el suelo.

Humedad en la planta del pie.

Templada y espesa.

Como baba de caracol.

26

Calle Pintor Zuloaga, 26 de julio de 2023

El crujido del freno de mano.

—¿Estás listo?

—Yo sí, lo que no tengo tan claro es que sea buena idea que entre también usted ahí.

—No me jodas, Marquitos. ¿Vamos o no vamos?

Un segundo de silencio.

—Vamos.

Las dos puertas del vehículo se abrieron y los agentes se bajaron cerrándolas a la vez. La fachada de la peña cadista Las Banderas de Thor mostraba un estilo austero, de desconchones disimulados con capas abundantes de pintura amarilla y azul, imitando los colores del Cádiz F.C. Una pintada en espray negro ocupaba la mayor parte del frontal de la entrada, donde podían leerse las siglas A.C.A.B*.

—Jefe, ¿no será mejor esperar a que venga la patrulla a apoyarnos?

—¡Que te calles, Marquitos! Que vienen de camino, te lo he dicho ya —mintió el subinspector, sin dejar de cami-

---

* «*All cops are bastards*» («Todos los policías son bastardos»).

nar en dirección a la entrada—. Mantén la calma y no abras la boca.

Atravesaron con paso firme las puertas del local pero, una vez dentro, tuvieron que frenarse para dejar que sus ojos se aclimatasen a la oscuridad del interior.

Iris que se expanden.

Entre las manchas provocadas por la claridad del sol, fueron germinando bufandas amarillas colgadas de las paredes. Banderines con el lema de la peña: «Forma parte del cadismo combativo». Junto a una máquina de tabaco, un cartel enmarcado del partido del 30 de abril de 1939, en el que una escuadra de alemanes jugó un partido contra el Cádiz para estrechar la relación entre la naciente España de Franco y la emergente Alemania nazi. Al comenzar el encuentro, ambos equipos se situaron en fila india ante la tribuna y, brazo en alto, gritaron vivas a Franco y a Hitler.

El camarero dejó de frotar el vaso con el trapo.

Su chaleco de cuero salpicado de parches y esvásticas tapaba a duras penas la alfombra de pelo que cubría su torso. Por los hombros y los brazos, más vello negro apelotonado sobre la piel, probablemente, culpa del calor y el ambiente recargado de aquel lugar. El tipo se percató de que las risas de los cincos cabezas rapadas que bebían acodados en la barra habían cesado de súbito, por lo que levantó la vista del fregadero.

Y sus pupilas también se dilataron.

—No me lo puedo creer. Vaya cojones tienes de volver por aquí, sucia rata. Será un placer para mis botas aplastar tu cráneo contra el suelo y darle de beber a las cucarachas.

Antes de formar parte de los servicios de inteligencia, el subinspector Díaz Hermida había estado infiltrado durante más de tres años en Acción Social, una organización neofascista que se extendió por toda España y que fundó una de sus sedes en Cádiz. El grupo repartía alimentos solo a españoles como coartada para difundir un discurso antiinmingracionista y de inseguridad, presentando sus ideas como respetables políticamente mientras confundían racismo con patriotismo y xenofobia con conservación de la identidad nacional. La operación encubierta de Ochenta y Ocho, como era conocido entre los componentes de Acción Social, fue determinante para desactivar la organización neofascista en Cádiz y otras provincias.

A los pocos meses, algunos componentes de la desaparecida Acción Social fundaron Las Banderas de Thor, un supuesto club deportivo que llenaba las gradas del estadio Nuevo Mirandilla ondeando símbolos de odio y organizando batallas campales al finalizar cada partido. A la espalda del barman, una enorme bandera que representaba al dios Thor empuñando su poderoso martillo se clavaba con chinchetas sobre la máquina de café.

El subinspector, con ropa de calle, se levantó la camisa hawaiana para lucir la pistola que portaba en la cintura, mientras que su compañero lo seguía sin saber demasiado bien qué hacer o cómo actuar fuera de la oficina.

En una de las esquinas de la sala, junto a una mesa de billar con manchas de cerveza sobre el tapete, un *skinhead* que no debía superar los veinte años permanecía muy quieto, con un dardo que se disponía a lanzar sobre una fotografía de Pedro Sánchez congelado entre los dedos. Aquella peña deportiva era un santuario para que los cachorros, esos *skinheads* jóvenes, pudieran reunirse y aprender de los veteranos de Ultras Sur. Por el precio irrisorio de la cuota mensual que pagaban para pertenecer al club, podían beber cerveza de manera ilimitada antes de cada partido y entonarse para entrar en el estadio.

Uno de los que permanecía acodado en la barra debía de estar acatarrado, porque cuando el subinspector pasó por delante de ellos un escupitajo espeso aterrizó a pocos centímetros de sus zapatos.

Pero Hermida, perro viejo, no respondió a las provocaciones y avanzó hasta llegar a una puerta de contrachapado que parecía dar a una trastienda. Su compañero se colocó a unos metros tras él, sin dejar de observar por el rabillo del ojo el movimiento de un par de cabezas rapadas que se habían levantado de sus banquetas. Un cartel impreso pegado a la puerta con cinta adhesiva decía: «*Whites only*».

Marquitos dio un paso atrás, sorprendido, cuando vio que su jefe cogía impulso y abría la puerta de una patada.

Gritos.

Revuelo.

Y una rata que sale huyendo antes de que aquello se ponga peor.

El agente se asomó tras el cuerpo de su jefe, que entraba en la trastienda sin mirar atrás. En el interior de aquella habitación pudo ver a otro grupo de cabezas rapadas reunidos en torno a una mesa redonda. Todos levantaban miradas confusas hacia la puerta que acababa de abrirse de manera estrepitosa.

Sonaban punteos de guitarra y redobles de percusión del grupo Batallón de Castigo a todo volumen:

¡Al arma, al arma, al arma!
Soy fascista, terror del comunista.
Sabemos bien nuestro objetivo,
combatir con certeza es la victoria.
Y que no sea solo por la gloria,
sino para alcanzar la libertad.

El más grande de todos se levantó de la mesa con los puños ya cerrados y fue hacia ellos. Marcos se llevó la mano a la pistolera que también llevaba oculta bajo la camisa, pero el que se sentaba al lado del gigante estiró el brazo y lo agarró por la muñeca.

—Vaya sorpresita, Ochenta y Ocho. Es muy valiente por tu parte volver por aquí.

Esto lo dijo el que sujetaba al que se le marcaban las venas en la cabeza afeitada. Lo hizo sin elevar la voz, mostrando su autoridad en aquella sala.

—¿Vienes a provocarnos para que te demos una paliza a ti y a tu novio?

—Yo también me alegro de verte, Wolf. Solo pasaba por aquí para saludar a un viejo amigo, no queremos problemas.

—Si estás buscando a un amigo, te has equivocado de lugar.

Sus camaradas rieron.

El verdugo enfurecido al que sostenían por el brazo no lo hizo. Prefirió fulminar al subinspector con la mirada.

Wolf era un tipo enjuto de perilla blanca, orejas amplias y ojillos reducidos tras el cristal de unas gafitas redondas. Provenía de una familia aristocrática de Cádiz, ultraconservadora, ultrafranquista y de tradición militar. Era un profundo estudioso de la ideología del nacionalsocialismo y entre los simpatizantes era conocido como un erudito que había dedicado gran parte de su vida a la investigación de la verdadera raza. A su espalda, se erigía una estantería repleta de libros y manuales del nacionalsocialismo. Hermida conocía el valor que tenía esa colección de ediciones originales para el cabecilla de aquella organización.

—En ese caso, si no somos bien recibidos, tendré que dar un telefonazo al juez de instrucción y pedirle una orden de registro, a ver qué encontramos por aquí.

Wolf dejó escapar una risa y, acto seguido, soltó el brazo de su esbirro. Este esquivó la banqueta sobre la que se sentaba uno de sus camaradas y avanzó con parsimonia hacia los dos agentes.

El corazón de Marquitos, unos pasos atrás, se sacudía al ritmo de los redobles de batería de Batallón de Castigo:

> *¡Al arma, al arma, al arma!*
> *Soy fascista, terror del progresista.*
> *Al enemigo que combatimos*
> *sabremos darle bien su merecido.*
> *Y a nuestros gritos, esos canallas*
> *van a temblar, van a temblar.*

—Tranquilo, Panzer. No es momento de armar follones —ordenó Wolf, cuando vio que su verdugo había acercado las barbas a escasos centímetros de la nariz del subinspector—. Dejadme solo con esta rata, que tenemos muchas cosas de las que hablar.

En aquella habitación no se encontraban ante unos muchachos seducidos por una moda pasajera o que formaban parte de una tribu urbana por mera necesidad de pertenencia a un grupo. Aquellos eran veteranos con un profundo sentimiento nacionalsocialista y pletóricos por la causa. Todos se levantaron de sus banquetas con disciplina y abandonaron la sala de manera ordenada. Uno de ellos toqueteó su teléfono móvil mientras salía de la estancia y el altavoz conectado por *bluetooth* situado sobre un barril de cerveza enmudeció.

A Dios gracias.

Solo el zumbido de la nevera que permanecía junto a una pila de cajas con botellines vacíos.

Cuando Wolf vio que el grandullón se dirigía hacia la salida, aclaró:

—Tú no, Panzer. Tú te quedas.

En su barba oscura y rizada, como de estropajo, se abrió un pozo en forma de sonrisa que dejó a la vista algunos dientes de plata. Se cruzó de brazos en el umbral de la puerta, dejando fuera de la conversación a Marcos, que seguía observando aquella escena fuera de la trastienda con la mano apoyada en su pistolera.

—Bueno, pues ya que nos has cortado la hora de estudio, siéntate y dime qué quieres.

Sin levantarse de su trono, Wolf señaló algunos fanzines neonazis de difusión clandestina y los libros que permanecían repartidos sobre la mesa: *El mito del siglo* XX, de Alfred Rosenberg; *Así habló Zaratustra*, de Nietzsche. Una enorme jarra de cerveza nórdica descansaba junto a los ejemplares.

El subinspector rechazó la oferta y prefirió quedarse de pie, por seguridad. Se metió la mano en el bolsillo de su pantalón y Panzer hizo un amago de reacción, pero este se quedó a medio camino cuando vio que lo que sacó de allí fue un teléfono móvil. El agente tocó un par de veces la pantalla y lo arrojó sobre la mesa, cayendo sobre la cubierta de un ejemplar de *Comunistas, judíos y demás ralea*, de Pío Baroja.

—¿Qué sabes de esto?

Wolf agachó la mirada para ver la fotografía que ocupaba la pantalla al completo. Luego la levantó, con un leve brillo en sus ojillos inteligentes.

—Que es un *Untermensch** muerto.

Panzer, al oír esto, dejó escapar una risa y descruzó los brazos. Dio un paso hacia la mesa para acercarse:

---

* «Subhombre» o «subhumano», personas de raza inferior, hábitos impuros o incivilizados.

—¿Puedo verlo?

El subinspector le dedicó una mirada que estuvo a punto de convertirlo en cenizas allí mismo.

—Es un niño de diecinueve años al que han asesinado sacándole las tripas por unos cortes en forma de esvástica. Si yo estuviese en vuestro lugar, no me lo tomaría a cachondeo.

Wolf volvió a mirar la fotografía.

—¿Te refieres a esto? —comentó con templanza, mientras observaba la fotografía con los ojillos asomándose por la parte superior de las gafas—. Esto es una cruz gamada levógira, una sauvástica, tiene los brazos girando en sentido contrario a las agujas del reloj. No es una esvástica. Deberías saberlo, amigo mío, ¿o ya te has olvidado de la luz que una vez te guio?

En las paredes de cemento vivo de aquella trastienda, se mostraban algunas fotos de Primo de Rivera y de generales del ejército alemán, pero lo que señaló Wolf fue una bandera con la enorme esvástica del Tercer Reich, girando en sentido de las agujas del reloj, contrario al que aparecía en el abdomen del cadáver. En la parte inferior de la bandera, podía leerse el lema con las catorce palabras de David Lane bordadas en hilo negro: «*We must secure the existence of our people and a future for white children*»*.

—Claro que lo sé, cojones —contestó el subinspector, ofendido. Estuvo más de tres años infiltrado entre ellos y había estudiado igual o más sobre el nacionalsocialismo que cualquiera de los militantes que se encontraban en aquel lugar—, lo que te estoy preguntando es que si sabes quién ha podido hacerlo.

---

* «Debemos asegurar la existencia de nuestro pueblo y un futuro para los niños blancos».

—Ah. —Wolf levantó la mirada de la pantalla—. Entonces es eso. Crees que hemos sido nosotros.

—No lo sé, desde luego, hay uno de los vuestros que está desaparecido.

Por primera vez, al erudito se le derritió la sonrisa, se cruzó de brazos y se echó atrás en su banqueta, a riesgo de caerse de espalda. Hermida supo de inmediato que Wolf no sabía de lo que le estaba hablando.

—El Perla —aventuró.

En esta ocasión, fue al subinspector al que se le escapó una sonrisa. Al Perla lo habían metido preso hacía un par de semanas por pegarle una paliza a un vendedor ambulante del paseo marítimo. Senegalés. Cuatro vertebras trituradas y secuelas de por vida.

Las escobas giratorias de un camión de la limpieza que frotan de pasada la mancha oscura impregnada en la acera.

No pensaba darle una sola pista.

—¿No echáis de menos a nadie?

—No —contestó Wolf, enrocado tras sus brazos—, y si lo supiera tampoco te lo diría.

Panzer dejó escapar un bufido, como la media risa del que duda si es el momento de reír o no.

—Roberto Lucero, ¿dónde está?

—¿El Rober? ¿Y yo qué sé? Que sea el más viejo de aquí no quiere decir que sea el padre de nadie.

—Ya —respondió el subinspector—, ¿y cuándo fue la última vez que lo visteis por aquí?

—¿Y a ti qué te importa?

—Me importa porque no se ha presentado a su citación judicial, por lo que oficialmente está fugado de la justicia.

—Me paso por la rabadilla del culo tus citaciones y tu sentido de la justicia. No eres nadie para usar esa palabra, y menos aquí, en mi local, donde estuviste más de tres años tomando cerveza y enarbolando nuestra bandera para vendernos luego al sistema corrupto al que rindes pleitesía.

—A lo mejor empieza a importarte cuando venga con la orden judicial y te levante todo esto.

—Puedes hacer lo que te salga de los cojones. Aquí no vas a encontrar nada —contestó Wolf, cazando el farol—. Pero si el Rober hubiese cometido ese crimen me sorprendería mucho. Para dar palizas vale, pero esto no es un asesinato de aquí te pillo aquí te mato. Esto es otra cosa. Y el Rober no es que sea un lumbreras, precisamente.

Hermida guardó silencio.

Luego arrastró la banqueta y se sentó frente a su viejo gurú, recortando las distancias.

—¿Conoces bien a ese tío?

—¿Al Rober? Pse, un camarada más —contestó, abriendo los brazos, como haciendo gala de sus terrenos.

—¿Desde cuándo pertenece al club?

—Comenzó a asomarse por aquí un par de años antes de que lo metieran preso por darle lo que se merecía a la chimpancé con la que se casó. Aquí fuimos comprensivos con él desde el principio, nos ofrecimos a formarle e intentamos que se educara, pero nunca conseguimos que dejase de dormir bajo el mismo techo que esa rata. Le dio de comer, la mantuvo, y la hija de la gran puta se lo agradeció con una denuncia. Aquí el Rober no estaba muy bien visto por entonces.

—¿Por qué?

Wolf abrió los ojos, como si se encontrase ante una obviedad.

—¿Por qué va a ser? Pues porque estaba con esa mulata, ¡y encima tenía un hijo del color de la mierda!

El subinspector sostuvo la mirada a Wolf.

La frente del líder se arrugó y en la oscuridad insondable de sus pupilas pudo verse el destello de las neuronas atando cabos. Wolf volvió a mirar la fotografía del cuerpo sin vida y guardó silencio durante unos instantes.

—A ver, ratilla —añadió, con la guardia baja, tras discernir que se trataba del cadáver del hijo de uno de sus camaradas—, voy a darte una clase de historia, como en los viejos tiempos. —Hermida afirmó levemente con la cabeza, dispuesto a escuchar—. En las tradiciones paganas, la cruz gamada en sus dos modalidades, ya sea dextrógira o levógira, se utiliza para representar la vida o la muerte. La esvástica del nacionalsocialismo, que gira en sentido de las agujas del reloj, representa las puertas del nacimiento. —Wolf hizo una leve pausa—. La que tiene este mestizo representa la muerte.

El agente volvió a asentir. Marquitos se asomaba de puntillas por encima de los hombros de Panzer, que se cruzaba de brazos en el umbral de la puerta.

—Pero lo maravilloso de todo esto es que la esvástica dextrógira se convierte en levógira si se mira al revés —añadió el erudito, dándole la vuelta al móvil sobre la mesa—. Lo que viene a significar que tanto el nacimiento como la muerte son relativos y dependen de la perspectiva desde la que se mira.

—¿Y qué quieres decir con eso?

—Que, según las costumbres paganas, tanto la puerta del nacimiento como la de la muerte, representadas por la esvástica dextrógira y levógira, son puertas giratorias que, en realidad, son la misma.

El subinspector levantó una de sus cejas, invitándole a concretar un poco más.

—Joder, Ochenta y Ocho, cojones. Que siempre ha habido que decírtelo todo como si fueses un niño de cuatro años. Estas tripas, ¿no parecen un cordón umbilical? ¿No te invita a pensar eso en una nueva vida? Mira esto.

Wolf juntó el dedo índice y el pulgar sobre la pantalla del teléfono y luego los separó, ampliando el rostro lívido del cadáver sobre la mesa de autopsias.

—Este es el símbolo de Tauro, el horóscopo de la firmeza, del liderazgo y del poder. Hitler nació un veinte de abril, justo con el comienzo de Tauro. Según las creencias paganas, es la época del año más propicia para dar a luz a un líder. Esta muerte es una invocación a la vida —añadió Wolf, captando la atención del subcomisario—. Forma parte de un ritual para favorecer un parto con el Sol en Tauro.

—¿Un parto?

—Joder, más claro no puede estar, ¿en qué mes nos encontramos?

El subinspector fue incapaz de contestar mientras sus ojos hacían miles de micromovimientos. Cuando le dieron las cuentas, su rostro comenzó a palidecer.

—¡En julio! —gritó Marcos, desde fuera de la trastienda, como un alumno orgulloso, al ver que nadie más era capaz de responder.

—¡Muy bien, chico! Ahora empieza a contar, ¿cuántos meses dura un embarazo? Seguro que en los servicios de inteligencia seréis capaces de eso.

27

Cerro del Moro, Cádiz

—Hágame el favor de apartar esto.

Con el dorso de la mano, Ezequiel alejó unos centímetros el micrófono que le habían pegado a los labios, como una esponja ansiosa por absorber hasta la última de las confesiones. A su alrededor, el morbo de la noticia lo rodeaba convertido en personas con los brazos estirados y las pupilas dilatadas. Empujones y codazos. A ver quién se podía colocar un poco más cerca para tener la exclusiva. Un par de teléfonos móviles también se aproximaban a su boca, con el temporizador de la grabadora devorando segundos de absoluto silencio. Acostumbrado a dar sermones en la parroquia y conferencias en salas abarrotadas, ahora era incapaz de ordenar un solo pensamiento entre las paredes interiores del cráneo, donde las ideas le rebotaban de forma anárquica, como bolas de billar en el primer golpe de una partida.

Atraído por la profundidad oscura e insondable del objetivo, sus ojos quedaron atrapados en la enorme cámara que sostenía uno de los técnicos sobre su hombro, con el peso de una cruz negra camino del Gólgota.

Un poco más arriba, una diminuta luz roja parpadeaba al ritmo de un corazón desbocado.

—La familia de David se encuentra terriblemente afectada.

De manera inconsciente, se tapó la boca con el puño, como con la intención de tapar la mentira. Familia, poca. En todo caso, la madre, que se situaba unos pasos detrás de él, con la cabeza gacha y unas gafas de sol que servían de parapeto entre el desconsuelo y la sociedad.

—Estamos devastados y aún no podemos creer que esto haya sucedido. Ha pasado casi una semana desde el homicidio de nuestro querido David y aún seguimos sin tener información esclarecedora sobre lo sucedido. No somos capaces de encontrar una explicación lógica a que un acto de violencia tan atroz pueda tener lugar en un espacio público sin que haya un solo testigo.

«Venga a mi casa, por favor, le necesito más que nunca».

Eso era lo que había recibido en su teléfono móvil antes de tener que excusarse, una vez más, y salir unas horas antes del cuartel para ir al encuentro de Natalia. Tuvo que abrirse hueco entre los periodistas para poder entrar en su casapuerta, donde la encontró sentada en la escalera del bloque de pisos, con el rostro hundido entre las manos y balanceando el cuerpo adelante y atrás, como lo hacen los que lo han perdido todo. Hasta la razón. No paraba de repetir, una y otra vez: «La prensa, la prensa puede ayudarnos a encontrar a ese hijo de puta y a hacer justicia para David».

«No».

«Sabes que no puedo hacer eso, Natalia. Lo siento».

Respondió el sacerdote, cuando descubrió la razón por la que había pedido su ayuda. Y mucho menos con la ropa de capellán, que ni siquiera le había dado tiempo a cambiarse al salir corriendo de la capilla del cuartel. Camisa negra, pantalones negros, calcetines negros, zapatos negros.

Su ánimo.

—Hace menos de veinticuatro horas que se han recibido amenazas de manera anónima que ponen gravemente en riesgo la seguridad de la familia de David. —Sus palabras vibraban, inseguras, con la sensación de estar ocultando la verdad al no hacer alusión al ojo que había aparecido en el plato de Natalia—. Agradecemos cualquier información que pueda ayudarnos a encontrar al padre de la víctima, actualmente huido de la justicia, por si pudiese aportar información que ayudase a esclarecer la muerte de su propio hijo. Si saben, han oído, o conocen a alguien que sepa algo, por favor, informen a la policía de inmediato. Estamos trabajando mano a mano para llegar al fondo de lo ocurrido y encontrar justicia para David y su familia.

El sacerdote hizo una pausa para agachar la mirada y rogar por encontrar las palabras adecuadas. No había sido capaz de negarse a los continuos ruegos de Natalia y terminó accediendo a ponerse frente a los periodistas, que se presentaron aquella mañana en la casapuerta de Natalia después de agotar los últimos titulares sobre las elecciones generales, desesperados, hambrientos por llenar las páginas de los periódicos y los espacios de los noticiarios como hienas olfateando la sangre.

Junto a la goma oscura de sus zapatos, un brote de musgo verde se abría paso entre las junturas de la acera.

Un micrófono se agitó en el aire, con la intención de atajar aquel silencio televisivo que comenzaba a alargarse demasiado.

—Agradecemos a todos sus oraciones y apoyo durante este tiempo tan difícil. Ruego que respeten nuestra privacidad mientras intentamos procesar esta tragedia y encontrar consuelo. Nuevamente, gracias por su amor y ayuda en este momento tan doloroso para nuestra familia.

La cabeza de Ezequiel giró bruscamente al notar que algo le apretaba con mucha fuerza. Natalia había avanzado un paso para colocarse a su misma altura y ahora le agarraba de la mano, como quien se aferra a la única esperanza que le queda. Ella no era consciente de que le clavaba las uñas en la piel, pero el dolor pasó desapercibido para el sacerdote, que prefirió dejarse llevar por el calor que manaba de la mano de aquella mujer y que le trepaba hasta el pecho. Donde las aurículas y los ventrículos. Donde las entretelas del corazón.

Los obturadores de las cámaras fotográficas comenzaron a crujir como lo hacen los huesos al quebrarse.

¡FLASH!

¡Flash!

¡FLASH!

¡Flash!

28

Barrio de San Telmo, Jerez de la Frontera

—Mire, yo se lo digo de *verdá*, señor *jué*, yo no sé qué hago aquí. Que yo no quiero *poblema*.

Lorenzo siguió firmando documentos, haciendo caso omiso a las protestas del tipo al que acababan de sacar de su casa para que sirviera de testigo durante el registro. Este, al ver que el juez no levantaba la cabeza de la tablilla repleta de papeles, se echó las greñas hacia un lado e introdujo uno de los auriculares en el orificio del oído que había quedado libre. Que el Cádiz está jugando contra el Al-Wakrah y va perdiendo uno a cero, cago en mi mala estrella. Al no encontrarse presente el sospechoso durante la entrada a su domicilio, la ley obligaba a la comparecencia de dos vecinos durante el registro. Por mucho que uno de ellos se quejase, negarse a colaborar sería lo mismo que incurrir en delito de desobediencia.

La otra no.

La otra testigo no decía ni mu.

Pálida, como el fondo ahuesado sobre el que están impresas estas palabras; su cabeza se movía nerviosa, incapaz de posar la mirada en un lugar concreto, amenazando con hacer saltar por los aires cualquiera de los rulos que se agarraban a su peinado. Yo solo le pido una cosa, señoría.

Yo me quedo aquí, donde usted me diga, pero que no se vaya a ver nada desagradable, por la Virgen del Carmen, que a mí me tenéis que recoger del suelo.

Lorenzo firmó el último documento y lo sepultó bajo el resto de los folios que lo precedían. Las manos le sudaban bajo los guantes de látex que se colocó por protocolo. Lo de verse en camisa, pantalones chinos y guantes como de fregar platos, ya era algo a lo que estaba acostumbrado después de visitar escenas durante más de quince años. No había vuelto a pasar por casa, y eso que sus axilas pataleaban por un cambio urgente de camisa. Llevaba sin parar desde que le informaron de que el Centro de Control Cometa detectó una posible manipulación en el dispositivo de geolocalización asignado a Roberto horas antes de ausentarse de su citación. Seguían recibiendo la señal desde aquel piso, pero la patrulla de reacción no consiguió que le abriesen la puerta por más que hubiesen quemado el timbre.

En las entradas a domicilios, bastaba con que estuviese presente el letrado de la administración de justicia; nada le obligaba a estar físicamente durante el registro. Podría haber aprovechado para pasar por casa, saludar a sus hijas y darse una ducha mientras esperaba los resultados de la actuación.

Pero no.

Prefirió tomar la iniciativa de personarse durante la operación dada la gravedad del caso y la repercusión mediática que estaba acumulando en las últimas horas. Hacía apenas unos minutos, durante el trayecto en el vehículo policial que lo había trasladado hasta el domicilio del sospechoso, pudo ver a través del móvil algunas imágenes de *El programa del verano.* En aquel magacín matutino, reconoció al mismo sacerdote con el que se cruzó en la escena del crimen convertido ahora en portavoz de la familia. ¿Quién cojones sería ese cura? ¿Por qué estaba tan cerca del caso y de la familia de la víctima?

—¡Me cago en la puta, al palo!

Los dos testigos se encontraban junto a la entrada abierta de la casa, en el recibidor. Lorenzo fue a llamar la atención al tipo de las greñas, por no tomarse en serio la función de atestiguar que allí se estaban respetando los derechos fundamentales del sospechoso y que no se realizaban daños innecesarios al lugar o sus pertenencias. Pero mira, para qué perder el tiempo. Al final, lo que nos hace falta es su firma como que ha estado aquí presente. Total. Prefirió guardar las energías y centrarse de nuevo en el panorama que lo rodeaba.

Podrían tener cualquier indicio delante de sus ojos, pero entre tanta basura y restos de comida, la tarea se hacía inacabable. Aquello les iba a llevar varias horas. Las persianas estaban todas cerradas y cubiertas de polvo, creando un ambiente sombrío y opresivo. Ni las propias mascarillas eran suficientes para frenar el olor a alcohol y a humedad. Los muebles dejaban asomar la madera aglomerada en las esquinas y el suelo estaba cubierto casi en su totalidad por una alfombra de cajas vacías de cigarrillos, latas de cervezas aplastadas y ropa amontonada. Como si todos esos desperdicios fuesen la muda de piel de alguna bestia a la que no conseguían dar caza.

Un par de empellones con el ariete fueron suficientes para tirar la puerta abajo y dejar que criminalística hiciese su trabajo en las primeras fases del registro. Durante la inspección ocular, solo habían encontrado, bajo el fregadero de la cocina, algunas herramientas cortantes que no reaccionaron al agente químico que señalaba la existencia de restos de sangre. De todos modos, las fotografiaron, las etiquetaron, y Lorenzo dio la orden de sellarlas y mandarlas a analizar para obtener los resultados con prioridad urgente, junto a la pulsera de geolocalización que encontraron tirada en el salón.

—¡Jefe, jefe! ¿Puede usted venir un momento?

El grito provino desde la única habitación de la casa; Lorenzo pudo oír el paso apresurado del inspector, que salía de registrar el cuarto de baño y se dirigía hacia la llamada de uno de sus agentes.

El juez no dudó ni un solo segundo en supervisar la escena a unos pasos de distancia.

Uno de los componentes del grupo de homicidios permanecía agachado junto al ropero del dormitorio del sospechoso. Lo había retirado varios centímetros de la pared.

—Mire, asómese aquí.

El inspector esquivó más ropa sucia que se desplegaba por el suelo para acercarse a donde le señalaba el compañero. Desde su posición, el juez pudo atisbar cómo se le dilataban los ojos al mando, como si intentase abarcar cada detalle de algo importante. Tuvo que hacer acopio de todos sus esfuerzos para morderse la lengua y dejar trabajar al grupo de homicidios. En aquel momento, la satisfacción de que toda la operación se estuviese llevando a cabo gracias a su mandato judicial no servía para nada. Ahora solo podía callar y observar. Dejar a otros hacer su trabajo.

El jefe del equipo de registro rescató una pequeña linterna de su cinturón policial y alumbró el hueco que quedaba tras el ropero.

—¿Qué cojones es eso que hay en la pared?

—No lo sé, pero parece sangre —respondió el agente, consciente de que había una medalla al mérito revoloteando por la habitación.

—¡Retire el ropero por completo!

Después del ruido del mueble al arrastrarse, se quedaron todos en silencio.

Frente a sus ojos: una imagen imbuida de un aura maldita. A lo largo de toda la pared de la habitación, aparecieron varios trazos realizados con sangre formando un extraño patrón.

Fue entonces cuando se oyó un grito inhumano.

—¡Gooool! ¡Vamos, joder, vamos! ¡A por la remontada!

29

Calle de San Francisco, San Fernando

—¡Shhh! ¡Calla!

Se llevó el dedo índice a los labios y lo miró muy fijamente durante unos segundos, como para asegurarse de que había entendido bien la orden. Peter dejó escapar un resoplido de sus fosas nasales a modo de protesta; no le hacía ni puta gracia que le tratase de ese modo. Apoyó su trasero en el asfalto adoptando la posición de espera, mientras el otro lo seguía mirando con esos ojos salidos de las órbitas. Lo que no hizo fue dejar de mover el rabo, barriendo con aquella extensión peluda los filtros y las colillas de los que se consideraban la especie civilizada.

Su dueño negó con la cabeza, temeroso de que el ruido de la cola contra el suelo pudiera delatarle, pero se conformó con que el perro estuviese quieto y dejase de moverse de un lugar para el otro. Volvió a asomarse por encima de las bolsas de plástico que abarrotaban el contenedor de basura, que servían de ocultación y camuflaje a su propio olor corporal.

Clavó la mirada en la puerta trasera de la parroquia.

La fachada de cal blanca, construida con la austeridad de los padres franciscanos, se erguía en la penumbra sin iluminación alguna, apenas salpicada por la tenue luz de las farolas de la calle Real. Aunque la iglesia castrense de San Francisco se encontrase en la vía principal de la ciudad, la entrada trasera se situaba en una bocacalle donde solo podían verse algunos transeúntes ocasionales. Un vientecillo, sutil y sigiloso como el indigente que intentaba ocultarse tras la basura, acariciaba los callejones de San Fernando llevando consigo un susurro taciturno.

Y la pata de un perro.

Que se sacude de manera escandalosa las pulgas del cuello.

La campana que colgaba del frontón de la iglesia se mantenía inmóvil, muda, como una lágrima negra suspendida bajo la luna. Hacía ya largo rato que había sonado once veces y, a falta de Rolex, al vagabundo se le estaba haciendo interminable aquella espera.

Se llevó una mano al pantalón que se anudaba a su cintura con la ayuda de un cable de red. Introdujo sus dedos en uno de los bolsillos.

Allí estaba.

Su única posesión de valor.

El objeto que le permitiría iniciar una nueva vida.

Solo necesitaba agallas y sangre fría.

Se crujió los huesos de la mano, un gesto heredado de los tipos duros en blanco y negro de su infancia, como para reunir valentía y prepararse para el inminente asalto que se le presentaba. Había recorrido innumerables caminos a lo largo de su vida, donde siempre le tocó sobrevivir en los márgenes de la sociedad, pero ahora contaba con un plan que le permitiría escapar de la miseria que le rodeaba.

Volvió a dedicar una mirada fugaz a Peter, como buscando en la sabiduría de sus ojos negros un apoyo invisible, pero fue en ese justo momento cuando oyó el ruido que tanto tiempo llevaba esperando.

El de una puerta que se abre.

El párroco emergió de entre las sombras de la iglesia y dio media vuelta para cerrar con llave.

Había llegado el momento.

El indigente contuvo la respiración y dio un paso adelante, decidido, ahora que su objetivo estaba de espaldas. Pero en su avance, una bolsa de basura resbaló de la cúspide del contenedor a rebosar.

El sacerdote se giró ante el estruendo de las botellas al romperse, pero el asaltante ya había vuelto a ocultarse de manera instintiva. En ese breve instante, el indigente pudo ver el rostro cansado del cura, donde encontró una serenidad y una humildad con los que no tenía previsto enfrentarse. La sombra de la culpa volvió a deslizarse a través de su conciencia, recordándole, una vez más, que ese hombre no merecía el destino que le tenía preparado.

Ezequiel hizo caso omiso a aquel ruido nocturno.

Y se marchó calle abajo, haciendo que su sombra se estirase y se encogiese caprichosamente bajo los círculos de luz de la acera solitaria. El vagabundo, con una punzada de vergüenza y derrota, lo vio alejarse oculto tras los contenedores.

Una lengua cálida besó su mano convertida en puño.

Compartiendo su lucha interna y su dolor.

30

Punta de San Felipe, Cádiz.

Jesús se pasó la mano por la frente.

El sudor le corría por los mofletes y la nuca, hasta empaparle el cuello de la camiseta. Había salido andando de casa y, después de una larga caminata, llegó a esa lengua de tierra que se internaba en la bahía.

A su izquierda, las olas negras rompían con violencia contra los bloques de hormigón, como si el mar nocturno quisiera reclamar el espacio que le pertenecía golpe a golpe. La bruma que se suspendía en la madrugada otorgaba cierto ambiente lúgubre a los pesqueros que flotaban en la oscuridad, mientras que las luces mortecinas de las grúas se alzaban como espectros gigantescos en la lejanía.

Sus zapatillas deportivas, deformadas por el peso, recortaron distancia con un banco de piedra que servía de asiento a un trío de borrachos. Dos de ellos discutían; otro mediaba. Hasta que el tercero se daba por afrentado y uno de los anteriores pasaba a interpretar el papel de conciliador. Tropezaban con cualquier frase un poco más elaboraba y se les enquistaba en una boca de pocos dientes y lengua torpe.

Uno de ellos le dio una patada sin querer a la litrona que descansaba junto al banco y esta volcó formando un charco espumoso de cerveza.

Ruido de cristal rebotando contra el empedrado de la Punta de San Felipe.

Y más gritos de reproches entre ellos.

Uno levantó un dedo, como para decir algo importante, pero le vino un flato y terminó vomitándose los últimos tragos sobre la pechera.

Risas, toses y flemas.

Jesús aligeró el paso, intentando pasar desapercibido ante aquella asamblea de borrachos, pero sus esfuerzos fueron en vano:

—¡Eh, gordo! ¿Tienes un euro?

Para temor del aludido, el que se había vomitado unos minutos antes sobre el pecho lo miraba fijamente desde el banco, con los brazos abiertos, apoyados en el respaldo de piedra mientras los otros se reían por debajo de la nariz. Uno empinó una litrona mientras bebía de ella, perdió el equilibrio y casi cayó de espaldas; pero logró estabilizarse, como si un titiritero hubiese tirado del hilo adecuado en el último momento.

Jesús agachó la cabeza y escondió la mirada entre sus deportivas.

Se sentía desprotegido en cualquier lugar que se situase fuera de las cuatro paredes de su habitación. En los laberintos de su mente se alojaba un monstruo, un ser desconocido cuya mera existencia lo paralizaba. Quizá por ello siempre se había sentido atraído por lo sobrenatural y lo paranormal. Desde que tenía uso de razón, aquella presencia lo castigaba con tanta autenticidad como todo lo demás que podía ver y tocar. Estaba condenado a escuchar sus susurros de serpiente sibilante cada vez que se atrevía a salir al exterior.

Las manos comenzaban a sudarle y en alguna que otra ocasión había experimentado una falta de aire que escapaba de su control. La primera vez que conoció esa asfixia fue en el colegio, cuando lo cogían entre dos o tres en el recreo y le daban puñetazos y patadas en las costillas hasta que se le vaciaba de oxígeno de los pulmones y comenzaba a llorar.

Entonces paraban, satisfechos.

Desde entonces, ese ahogo se le había agarrado como una garrapata que vomitaba su veneno cada vez que se sentía amenazado. No le quedaba otra que aceptar el juego de aquel monstruo, quedarse encerrado en casa y ver transcurrir su vida en una especie de purgatorio donde el reflejo de los videojuegos, de otras vidas ficticias, lo iluminaba con destellos de gloria.

La única razón que lo empujó a estar en ese lugar de madrugada era la posibilidad de haber llamado la atención de alguien que tuviese información sobre el caso, de manera que pudiera facilitarle material para escribir otro artículo que lo volviese a colocar entre los blogs más leídos.

La posibilidad de poder encontrar algo que lo enorgulleciese.

La posibilidad de vencer al monstruo.

Y convertirse en un hombre libre.

—¡Qué pasa, gordo! ¿Acaso la grasa te tapona también los oídos?

Y la risa aguda de los otros dos, calaveras de piel fina bajo la luz filamentosa de las farolas.

El corazón de Jesusito comenzó a hacer cosas extrañas, como si los ventrículos y las aurículas hiciesen un esfuerzo endiablado por impulsar hacia delante aquella mole de ciento treinta y dos kilos. Siguió andando sin mirar atrás.

—¡*Desgraciao*, gordo de los cojones!

Pero las voces comenzaron a llegar algo amortiguadas, lo suficiente como para entender que se estaba alejando del peligro y que en un par de tragos se habrían olvidado de él.

Aquel lugar apartado del centro urbano había sido, unos años atrás, el punto de encuentro de toda una generación para hacer el botellón cada fin de semana. Sin embargo, la decadencia terminó tejiendo su telaraña sobre el paseo marítimo debido a los navajazos y las numerosas reyertas generadas por los jóvenes. La Punta de San Felipe se convirtió en uno de los rincones más sombríos de la capital; un sitio alejado de las miradas indiscretas, donde los ecos de la juerga nocturna se habían desvanecido hasta convertirse en una brisa marinera con un lamento incesante. La gente sin recursos aprovechaba para desplegar sus camas de cartón bajo la intimidad de las farolas fundidas, al mismo tiempo que los arbustos repartidos a lo largo de las zonas ajardinadas hacían las funciones de letrinas, donde algunas malas hierbas crecían con generosidad por la gracia y la bendición del abono.

Cuando vislumbró la silueta de la diosa Gades en la distancia, cogió su teléfono móvil mientras caminaba y volvió a actualizar el buzón de su correo electrónico. Había revisado una y otra vez el *mail* y los comentarios de su blog en busca de algún otro mensaje que le diera algo más de información.

Pero nada.

La estatua de Gades, a pocos metros, emergía como una silueta solitaria en medio de la alameda, rodeada de gaviotas que se congregaban a su alrededor para picotear cualquier resto de basura. La mujer de cuatro metros fraguada en bronce, se erigía en la noche dejando resbalar algunas manchas de moho y salitre como lágrimas sucias. Por más vueltas que le daba, Jesusito no lograba comprender cómo el Ayuntamiento podía permitir que aquel paseo permaneciese tan descuidado. La escultura representaba el cuerpo desnudo de una mujer, descalza y con una larga melena suelta al viento mientras se llevaba una mano a la frente a modo de visera, como para protegerse de un sol que se había convertido en luna.

Siempre mirando al mar, oteando aquel horizonte oscuro y repleto de estrellas.

> Hallarás la verdad
> cuando la hija de Astarté
> contemple con sus ojos al toro.

Jesusito se paró frente a la estatua y abrió la aplicación Night Sky en su teléfono, que le permitía ver el mapa del cielo nocturno en tiempo real. Luego dio media vuelta para estar perfectamente alineado con la mirada de la diosa. Esa escultura abandonada era la única referencia en todo Cádiz que fue capaz de relacionar con el mensaje recibido en su correo electrónico la noche anterior. Gades, según la leyenda, nació gracias a la unión de Hércules y Astarté, la diosa del amor y la fertilidad.

Y en esos instantes, apuntaba en el firmamento hacia la constelación de Tauro.

Jesús cerró la aplicación y dio un par de vueltas alrededor de la estatua, atento a un indicio o a un suceso que no terminaba de comprender. ¿Qué se suponía que debía encontrar allí? ¿Una señal que insinuase los siguientes pasos del asesino? ¿Un confidente que le diese información sobre el caso? Jesús buscó con la mirada. En aquel rincón olvidado de la ciudad no había nadie más. Después de dar varias vueltas a Gades sin descubrir nada, comprobó la hora en su teléfono móvil: la una y cuarenta de la madrugada. Comenzó a barajar la posibilidad de que aquello solo hubiese sido otra jugarreta de algún *hater*. Una broma de mal gusto para hacerle perder el tiempo. Y la culpa la tengo yo, por gilipollas, por creerme J. J. Benítez o Iker Jiménez. Por dármelas de periodista y dejarme llevar por el ansia de ser el primero en publicar alguna primicia sobre el caso. A ver si espabilas de una vez, Jesusito, picha.

Negó con la cabeza.

Nada parecía tener sentido.

Se dirigió hacia uno de los bancos del paseo con grietas de vejez y algunas manchas blancas, resultado de las cagadas de las gaviotas que sobrevolaban el puerto marítimo. Volvería a casa, probablemente sin nada nuevo, pero primero necesitaba descansar un rato las piernas. Se sentó en aquel banco y dejó refrescar el sudor con la brisa marina. Espuma blanca que estalla en los bloques de hormigón donde cada mañana faenan los pescadores. Desde aquel lugar, donde podía ver la espalda estilizada de la diosa desnuda, fantaseó con conseguir alguna exclusiva sobre el homicidio que vender a la prensa y así despegar, de una vez por todas, en su carrera hacia el periodismo. Abrió los brazos y los apoyó en el respaldo de piedra, echó la cabeza hacia atrás y, mirando a las estrellas, se imaginó abriendo la puerta de una casa recién comprada con su sueldo del periódico, soñó con una manta compartida sobre el sofá, mientras veía una película abrazado a una chica que lo acariciaba, enamorada. Vio el rostro feliz de su madre y el orgullo en los ojos del padre durante el banquete de celebración de la bod…

Un corte gélido atravesó su garganta.

El instinto le hizo llevarse una mano al cuello, empapando sus dedos en un líquido templado.

Quiso gritar.

De puro terror.

Pero solo emitió un gorjeo ahogado en su propia sangre.

31

Mientras se descalza un zapato haciendo presión con la puntera del otro, Ezequiel se tiene que apoyar en una de las puertas abiertas del armario. Le duelen los pies y las piernas son incapaces de soportar el peso de su cuerpo. El cansancio acumulado de los últimos días parece haberle dado un martillazo tras finalizar la misa de la tarde, le escuecen los ojos y se imagina mirándoselos frente a un espejo. Embotados en sangre, ahogados en algas rojas por la falta de sueño. Bajo aquella vista fatigada, los ornamentos tallados en la caoba del ropero parecen vivos, con el movimiento incierto de una maraña de gusanos.

En el interior del mueble, las casullas cuelgan de las perchas como pellejos arrugados y un par de cíngulos descansan junto a las estolas recordando a serpientes enroscadas.

Olor a humedad e incienso.

Y una puerta que se cierra a su espalda.

Se gira y se llena la boca de reproches al ver quién acaba de entrar.

Pero es incapaz de vocalizar nada.

El sacerdote pasea la mirada por las paredes de la sacristía, intentando asimilar que Natalia ha sido capaz de llegar hasta esa estancia oculta tras el retablo mayor sin que nadie le hubiese prohibido el paso. La sala está reservada para los sacristanes y los monaguillos encargados de preparar el vino antes de la misa, y bajo ningún concepto es de acceso público, ya que también hace las funciones de vestuario para los sacerdotes. En el mismo mueble donde se guardan las hostias sin consagrar y el registro parroquial, se encuentra el cáliz dorado, aún con restos de vino tras acabar la misa, como con manchas de sangre antigua. En su superficie pulida, Ezequiel distingue el reflejo de su torso desnudo. Se azora. Siente una vergüenza atroz y se da la vuelta para buscar en el ropero cualquier cosa con la que taparse.

—No deberías estar aquí. —Sus palabras suenan con eco, amortiguadas por las paredes de madera del mueble.

—Lo sé, pero necesitaba hablar contigo.

El sacerdote no ha oído pasos acercarse, por lo que se sorprende al oír la voz de Natalia más cerca de lo esperado. Cuando siente la palma de su mano sobre la espalda desnuda, hay un calor nervioso que comienza a crecer en su bajo vientre. Sabe que debería notar las pulsaciones aceleradas de su corazón, pero no lo hace. Como si se lo hubiese dejado olvidado en un lugar que no logra recordar.

Ezequiel se gira, y la mano de Natalia se desliza hasta acariciar uno de sus pectorales, tonificado en cierta manera, vestigio de los años de instrucción militar. Sus ojos miran fijamente a los del sacerdote unos centímetros por debajo, como dos túneles profundos que llevan hasta la nítida imagen de una estrella que estalla en supernova y expande su vida por el cosmos con esporas de colores.

Natalia se pone de puntillas.

Prrrt.

Levanta los talones del suelo.

PRrrrrt.

Y sus labios se posan húmedos sobre los del sacerdote.

32

Residencia Logística de la Armada «San Carlos», 27 de julio de 2023

Prrrrrrprrrrrrt.

Prrrrt, PRRRTTTT.

Al abrir los ojos, Ezequiel se encontró cara a cara con las manchas de humedad que se filtraban en el techo de escayola, como nubes sucias en un cielo pálido. Necesitó una breve eternidad para aceptar que había perdido aquel beso y que nunca lo recuperaría en la realidad donde acababa de aterrizar. Intentó girarse en la cama, pero todas y cada una de las fibras musculares de su organismo gritaron como si le hubiesen dado una paliza mientras dormía.

La imagen de su cara aplastada contra el suelo de urgencias.

¡PrrrtprrrrrrrrrRR!

Un quejido ronco escapó de su garganta al estirar el brazo hasta la mesita de noche, de donde logró rescatar a tiempo el teléfono móvil que estaba a punto de suicidarse desde el borde.

—¿Sí?

—¿Está viendo la tele?

El sacerdote levantó el otro brazo para colocarse el reloj de pulsera frente a los ojos y tuvo que morderse la lengua para no soltar otro gemido lastimero en el auricular del teléfono; era el hombro que le luxaron la otra noche. Al girar la muñeca, la pantalla de su *smartwatch* se iluminó con las notificaciones de los ciento treinta y cuatro mensajes sin leer y las dos llamadas perdidas del suboficial mayor del Tercio de Armada. Los finos brazos de Morty señalaban a las nueve y veinte de la mañana.

Se había quedado dormido sin aparecer por el cuartel.

—No, acabas de despertarme —contestó Ezequiel, mientras intentaba incorporarse en la cama.

—Pues ponga Telecinco.

Con las legañas convertidas en cristales, Ezequiel percibió un tono revitalizado en la voz de Natalia, apremiante, como si hubiese sido capaz de sacarle mucho más partido que él a las escasas horas de sueño.

—¡Corra!

Cuando logró apoyarse en el respaldo de la cama, como el tullido que intenta recomponerse después de pisar una mina, las sábanas blancas se deslizaron por su abdomen desnudo y quedaron arrugadas a la altura de su cadera. Volvió a estirar el brazo hasta la mesita de noche, sorteó la pila de libros que tenía allí amontonados y alcanzó el mando a distancia. Dedo pulgar en botón rojo. El televisor, colgado en la pared junto a la puerta de su habitación, tardó varios segundos en reaccionar, como si también volviese de un sueño remoto y profundo. Aparecieron en pantalla imágenes de cuerpos recubiertos de sangre y polvo, edificios derruidos por las explosiones y calles desiertas. Grises. Abajo en el titular: «Misiles rusos impactan en un edificio residencial provocando varias muertes y múltiples heridos». Un padre hablaba a la cámara mientras intentaba explicar entre sollozos que su hijo de seis años se encontraba sepultado bajo la mole de escombros que se situaba a su espalda. Las primeras imágenes que uno veía nada más seleccionar un programa de noticias eran de muerte y destrucción. Llevamos miles de años construyendo un paraíso para terminar encontrándolo lleno de horrores. Cada vez, cantidades más grandes de dinero se seguían destinando a un arma o conflicto específico que, se suponía, traería la paz perdurable. Promesas incumplidas de guerras que acabarían con las guerras.

La mano inerte de un niño asomando entre los cascotes de un edificio.

El sacerdote volvió a pulsar el botón del mando a distancia y no dejó de hacerlo hasta que apareció en la parte inferior de la pantalla el logotipo de Telecinco. Una pequeña ventana se recortaba junto al logotipo de *El programa del verano,* y en ella se reproducía la grabación de un hombre de tez curtida con los aparejos de pesca detrás de sus pies. Con un dedo arrugado y tostado por el sol, señalaba hacia una zona que quedaba fuera de plano. La cámara se movió y enfocó a una estatua cercada por un cordón policial. El sacerdote reconoció de inmediato la estatua desnuda de la diosa Gades en la Punta de San Felipe.

Un plató, adornado con varios sillones donde los colaboradores del programa matinal conversaban con comodidad, invadió toda la pantalla:

—Los hechos parecen sacados de una película de terror —argumentó un señor que abusaba de los rayos uva, con los tobillos a la vista y unos mocasines a juego con su polito Ralph Lauren.

—Sí, pero ahora habría que ver lo que tiene que decir la policía de todo esto, porque, de momento, solo sabemos lo que este pobre testigo ha visto con sus propios ojos —añadió otra de las tertulianas, abanicándose con sus notas.

Las imágenes de archivo volvieron a aparecer en la esquina inferior del televisor, intercalando pequeños fragmentos del paseo de la punta San Felipe. Un banco, cubierto por varias mantas térmicas doradas apareció durante un breve instante, rodeado también de un cordón policial y varios agentes que tomaban muestras agachados en el suelo.

—Cuando este señor llegó al lugar donde suele pescar todas las mañanas, se encontró con un cuerpo sin vida en uno de los bancos del paseo marítimo. Según cuenta, vio que tenía un corte profundo en la yugular y las tripas caídas en el suelo, a los pies del cadáver.

—Marta, vamos a intentar informar respetando a los familiares de la víctima y a nuestros espectadores, que muchos de ellos estarán desayunando mientras nos ven —atajó la directora del programa, una señora en su tercer o cuarto *lifting*.

Otro colaborador, especialista en pandemias, crisis financieras y consejos nutricionales, intentó poner orden mientras apoyaba una libreta sobre las rodillas.

—El asunto que realmente nos interesa —dijo— es que, hace solo unos días, tuvimos otro caso que pasó desapercibido y que puede estar relacionado con este que estamos viendo en pantalla.

Prosiguieron una serie de imágenes rápidas, donde el pescador que había descubierto el cadáver conversaba sin sonido con uno de los reporteros del programa.

—Este mismo lunes veíamos en las redes sociales cómo la Policía Nacional pedía colaboración ciudadana por si alguien tenía información de dónde podría encontrarse este sujeto, actualmente fugado de la justicia. —Ahora, en pantalla, el cartel de Roberto que la Sección de Localización de Fugitivos había colgado en Twitter—. Al parecer, el cadáver de su propio hijo apareció el pasado viernes en el Panteón de Marinos Ilustres de la misma manera, eviscerado y con varios cortes formando una esvástica a lo largo del cuerpo.

Comenzaron a sucederse nuevas imágenes de la fachada del Panteón de Marinos Ilustres, de la Brigada de Infantería de Marina Tercio de Armada y algunas fotografías robadas de las redes sociales de David. Ezequiel lo supo porque la mayoría de ellas eran las mismas que Natalia le había mostrado días antes en la terraza del bar.

—¿Lo está viendo?

Ezequiel se sobresaltó en la cama, al haber olvidado que seguía con el teléfono pegado a la oreja.

Puso el manos libres y lo dejó sobre la almohada.

—Sí, sí, lo estoy viendo.

Aumentó el volumen del televisor con el mando a distancia y leyó el rótulo que acababa de aparecer en la zona inferior de la pantalla: «Doble homicidio con simbología nazi en la provincia de Cádiz».

Las imágenes del testigo volvieron a sucederse mientras señalaba la estatua de la diosa Gades, a la que habían pintado una esvástica con sangre de la víctima en la zona abdominal. Un poco más arriba, en la frente de la estatua, también se distinguía el signo de Tauro. El primer plano de la escultura desapareció para dar paso al de la presentadora del programa.

—Hacía mucho tiempo que no teníamos un caso tan macabro que compartir con vosotros y lamentamos no tener más información por el momento. Ahora mismo les estamos mostrando en pantalla el número de teléfono de la Sección de Localización de Fugitivos de la Dirección General de la Policía, para que cualquier ciudadano que tenga información sobre el paradero de Roberto Lucero, padre de la primera víctima y sospechoso de asesinato, pueda colaborar en su localización. Desde este programa, agradecemos cualquier información que pueda ayudar a esclarecer el…

—No entiendo nada, esto es una pesadilla.

Las palabras de Natalia se ahogaron en un sollozo que hizo vibrar los altavoces del teléfono.

Ezequiel no supo qué decir ni cómo consolarla. Su mirada permanecía clavada en las imágenes en bucle que se emitían una y otra vez. No lograba encontrar explicación alguna a toda aquella barbarie. Sintió el impuso de rezar por esa pobre víctima que se había vuelto a cobrar el asesino despiadado al que no lograban dar caza, pero las preguntas eran más poderosas que las plegarias y en su pensamiento solo había espacio para el caos y la confusión.

¿Qué tipo de mente retorcida podía hacer algo así? ¿Seguirían cometiéndose más crímenes? ¿Cómo puedes mirar desde arriba y permitir que tus hijos sufran de esta manera, padre?

El plano de los vehículos policiales estacionados en las cercanías de la diosa Gades fue sustituido por otras imágenes de archivo que habían rescatado del día anterior, en las que aparecía él mismo como portavoz de la familia.

Se le mostraba con la sotana y el cuello clerical.

Agarrado de la mano de Natalia frente a toda España.

33

Juzgado de Primera Instancia e Instrucción, San Fernando

—Se acabó, esto no puede seguir así.

—Pero ¿qué dices? ¿Por qué no te calmas un poco y hablamos de esto en casa?

—¿En casa? Eso quisiera yo. Yo y tus niñas, que se pasan todo el día preguntando por ti y luego pagan tu ausencia conmigo, como si yo tuviese la culpa de que nunca estés para ellas.

El juez se llevó las manos a las sienes y se echó hacia atrás en el asiento forrado de su despacho. Al masajearse los párpados y cerrar los ojos, le sobrevino un baile caótico de letras blancas sobre fondo negro, como en un negativo. Había pasado toda la noche revisando los documentos que se desperdigaban a lo largo de su escritorio.

—Cariño, por favor, conoces perfectamente el caso en el que estoy envuelto. Se ha hecho público en las últimas horas y son muchos frentes los que…

—Pero ¿qué envuelto ni envuelto? A estas alturas ya no me la das, que nos conocemos desde hace más de veinte años. Que tu trabajo es instruir la investigación; como mucho, tomar algunas decisiones, autorizar detenciones, órdenes de registro o lo que sea. Pero es que tú no te conformas con eso, tú tienes que estar en todo. Que es que no dejas ni respirar al equipo de investigación. Tú no tienes que estar en las trincheras, y aun así lo haces voluntariamente. No vuelvas a echarle la culpa al trabajo de que tus niñas este año tampoco tengan vacaciones.

Sobre su escritorio se esparcían algunas de las fotografías adjuntadas en el informe de la inspección ocular de esa misma mañana. Mientras sostenía el auricular, sus ojos volvieron a pasearse por las imágenes del cadáver mórbido aparecido en la Punta de San Felipe. Su cabeza caía tras el respaldo del banco de piedra y un tajo irregular dividía la piel de su garganta, abriéndose de manera exagerada por el peso de la cabeza, como un grito de horror mudo. La sangre, oscura y con principios de coagulación, se adhería a los contornos de la herida y formaba un rastro que descendía hasta el suelo, regando la zona ajardinada que rodeaba el banco.

Lorenzo huyó de aquella imagen mientras dejaba escapar un resoplido. Rezó para que no se hubiese oído al otro lado de la línea. Respondió rápido, por si acaso:

—Solo serán unos días más, estamos a punto de atrapar a un tío que anda fugado de la justicia y que es sospechoso de dos asesinatos. ¡Dos asesinatos! ¿Es que no lo entiendes?

Le tocaba ser optimista, por la cuenta que le traía. Intentaba convencer a su esposa de que aquella situación no se alargaría demasiado, pero lo cierto era que no estaban tan cerca de capturar al culpable de todo aquello. De hecho, ni siquiera tenían claro que fuese Roberto el autor de los asesinatos.

Al separarse la mano de la frente, se encontró con otra instantánea delante de sus ojos. Una montaña grotesca de vísceras derramadas entre los pies del cadáver. También le habían rajado el vientre y los órganos caían en una catarata sanguinolenta, cuyo color vívido y oscuro contrastaba con la palidez de la piel sin vida. Los cortes realizados, a pesar de querer simular una esvástica, no lograban el efecto de la primera víctima, ya que los labios de carne quedaban deformados por la manteca amarilla y burbujeante de las diversas capas de grasa. A pesar de que aquel homicidio hubiese tenido lugar en una demarcación diferente, compartía el mismo *modus operandi* que el cadáver aparecido en San Fernando. Ya se habían iniciado las diligencias previas para que el juez de Instrucción de Cádiz se inhibiese y que Lorenzo se hiciese cargo del caso. De esa manera, evitaban duplicar trabajo y entorpecer la investigación.

En realidad, no sentía estar mintiendo a su esposa cuando decía que esa situación no se prolongaría demasiado. Atrapasen o no al culpable en los próximos días, no creía que su cuerpo pudiese soportar aquel ritmo mucho más tiempo.

—No son unos días más, llevas años así, y ni siquiera tienes los huevos para reconocerlo. ¿De verdad crees que no me doy cuenta de que tu obsesión por el trabajo no tiene fin? Este monstruo al que quieres dar caza acaba de asesinar a un hombre que ha publicado un simple artículo sobre su primera víctima en un blog, ¿qué crees que puede hacer contigo? ¿O con nosotras? ¿Alguna vez has pensado en nosotras? ¿En tus hijas, al menos? Estás poniendo en peligro a tu familia, Lorenzo. Y eso no pienso permitirlo.

—Cálmate, por favor, no seas exagerada.

El juez pudo oler la sal de las lágrimas desde el otro lado del teléfono.

—Me llevo a las niñas a casa de mis padres.

Un instante de silencio. El necesario para asimilar aquella información.

—¡Cómo! ¿Qué dices? —inquirió, a la vez que impulsaba hacia delante el cuerpo en el asiento, como dispuesto a saltar y romper la escayola del techo con la cabeza.

—Está decidido. Cuando quieras hablar, ya sabes dónde estamos —dijo Carmen entre lágrimas, pero Lorenzo entendió todas sus palabras a la perfección, que una relación tan larga da para estas cosas.

—No puedes hacerme esto, no ahora, con este caso. ¡No tienes derecho a separarme de mis hijas!

Ante el llanto reprimido de su esposa, los ojos se le fueron hacia los libros sobre derecho penal que forraban su despacho. Gruesos tomos encuadernados con letras de oro en los que jamás encontraría ayuda para recuperar a su familia, por más que buscase entre sus páginas.

—Disculpa, no quería gritarte. —Lorenzo seguía masajeándose las sienes, como si eso sirviera para algo—. ¿Pero por qué no lo hablamos más tranquilos en casa?

—Todo lo que tengo que decirte te lo he dicho ya. Si quieres arreglar tu vida, estamos en casa de mis padres. Si no, siempre puedes desahogarte con tu secretaria.

—¿Con quién? ¿A qué viene ahora esto? Estás insinuando que también te estoy siendo infiel. ¡Esto ya es lo último!

—¿Sabes qué? Me da lo mismo. No pienso criar a mis hijas con un padre ausente. Lo que es seguro es que pasas más tiempo con ella que con nosotras.

—¡Estupideces!

Lorenzo cerró los ojos e intentó respirar hondo para intentar reconducir la conversación.

—Estás perdiendo el norte, Carmen. Vas de un disparate a otro, hazme el favor de no hacer una montaña de un grano de arena y…

Llamaron a la puerta de su despacho con tres golpes de nudillo.

La letrada de la administración de justicia entró sin pedir permiso.

En la mano llevaba una carpeta de cartón con el sello «Confidencial» en la portada.

Su señoría escondió las pupilas en los párpados superiores, como en un gesto de hastío, a la vez que se señalaba el teléfono que tenía pegado a la oreja. Dame un momento, susurró. Pero Velasco abrió la primera página con la misma sensualidad que si se hubiese desabrochado los botones de la blusa.

Desde la distancia, el juez pudo leer el título del documento.

> ANÁLISIS DE LA SIMBOLOGÍA HALLADA EN ATESTADO N.º 317/23
>
> Eduardo Díaz Hermida.
> Subinspector del Cuerpo Nacional de Policía.

Se trataba del oficio de urgencia que había solicitado al especialista en grafística y simbología, para que hiciese un análisis de la pintada hallada en el dormitorio del padre de la víctima durante el registro. Ese informe podría ser determinante para dar respuesta al enigma de los símbolos y a entender el mensaje que el asesino parecía querer trasmitir con todos aquellos crímenes.

—Cariño, por favor, escúchame. Estoy en el despacho, tengo… —Ruido de tacones que se acercan.

—Tienes trabajo, lo sé.

Lorenzo le hizo un ademán a Velasco para que dejase la carpeta sobre el escritorio.

—Cuando pueda escaparme, voy para casa y hablamos tranquilamente. Os quiero mucho.

Pero al otro lado.

Ya no había nadie.

34

Cementerio Mancomunado Bahía de Cádiz

Los pájaros también cantan en los camposantos.

Natalia levantó la mirada y los vio piar entre las ramas de los árboles, que se le mostraban como arañazos superpuestos al celeste del cielo. Desde allí arriba, los gorriones abrían y cerraban sus picos en una algarabía caótica y desordenada, donde cada garganta se afinaba para formar parte de esa copla ofrecida a los muertos.

Una hoja se descolgó desde una de las ramas y descendió con la levedad del alma.

Se posó en el mismo banco de piedra donde ella permanecía sentada con un clavel blanco entre las manos. Vida segada, que derramaba su savia por el corte del tallo. Frente a ella, se levantaba ese enorme muro gris con la contundencia de un paredón. La estructura volcaba su sombra sobre las flores y las hierbas que intentaban escalar hacia el sol, como si esos nichos apilados en celdas de piedra suprimiesen la vida de su alrededor.

Muerte que se extiende.

Estando David con vida, nunca llegó a plantearse si algún día lo incineraría o lo enterraría. ¿Qué madre se castiga con ese tipo de pensamientos? En un primer momento, la posibilidad de convertirlo en cenizas deambuló por su cabeza, como si de esa manera pudiera borrar de su memoria la muerte de su hijo. Según le habían contado, el laboratorio de criminalística realizó todos los análisis pertinentes, pero no podían arriesgarse ante la posibilidad de que fuese necesario exhumar el cadáver en un futuro para el desarrollo de la investigación. La opción de la incineración quedaba descartada, y Natalia sintió algo cercano al alivio cuando se vio liberada de tomar una decisión al respecto.

De esta manera, al menos, le había quedado una tumba donde llorar y dejar flores.

La tercera si contaba desde abajo, y la quinta si empezaba desde la izquierda. Su hijo se encontraba encerrado bajo el cuerpo de una tal Consuelo López. Bajo su nicho podía leerse el nombre de Antonia Ojeda y a su derecha, leyó el de Juan Antonio Fopiani. Natalia se esforzó por recordar todos aquellos nombres desconocidos, como se hace con las personas con las que se sabe de antemano que se va a iniciar una relación duradera.

Tuvo que apoyarse con una mano en el banco de piedra para levantarse.

Sentía que el futuro ya no tendría mayores dolores que ofrecerle, ya que su existencia se había resumido a una carencia sin fin en la que los gusanos se comerían los recuerdos de su hijo. Veía la perspectiva del día delante de ella sin que el tiempo la llevase a ninguna parte, solo a envejecerla, a matarla más lentamente de lo que le hubiera gustado. Se acercó hasta el nicho de David y colocó el clavel en una pequeña pletina de cobre atornillada a la lápida. La punta de sus dedos palpó su nombre grabado en el mármol, como si así pudiera acariciar la rugosidad de su cabello. Era incapaz de reconocer a su hijo en el silencio, el recogimiento y la aceptación de ese trozo de piedra.

David había sido, exactamente, lo contrario a eso.

Natalia giró la cabeza y volvió a ver en la distancia a la pareja de agentes vestidos con ropa de calle, charlando entre ellos, aburridos. A pesar de rechazar una escolta de protección permanente en su casa, sabía que las patrullas habían aumentado en el barrio y que un equipo de protección y seguridad solía rondar en las cercanías de su bloque de pisos. Por primera vez desde hacía mucho tiempo, había salido a la calle sin el localizador colgado del cuello, como si se hubiese quitado de encima un collar de planetas muertos.

Sin previo aviso, el canto de los pájaros aumentó en intensidad a su alrededor.

Natalia se sintió atraída hacia las ramas del árbol más cercano, desde donde un gorrión abrió las alas y se dejó caer al vacío. Un aleteo que golpeó el aire en el momento justo sirvió para amortiguar el aterrizaje. Comenzó a picotear enérgicamente entre las raíces del pino, donde una cría recién salida del cascarón permanecía inmóvil después de caer desde el nido.

Sus plumas débiles, tímidas, manchadas de sangre.

En un arrebato, el gorrión que había volado a su encuentro siguió escarbando la tierra, como si le hubiese nacido el instinto de cavar una sepultura para aquella pizca de carne inerte. Los que veían la escena desde las ramas, jalearon al resto de los pájaros que descansaban en las copas de otros árboles, haciendo que ese canto desgarrado se expandiese a lo largo del camposanto como una onda de dolor.

El gorrión, al sentirse observado, dejó de hurgar la tierra y apuntó con sus ojos a la mujer. Se generó así un destello de complicidad entre las dos miradas, un chispazo de comprensión mutua que unió el dolor de esos dos corazones en uno solo.

El ave levantó el vuelo y se perdió en la luz cegadora del cielo, como si quisiese inmolarse contra el sol.

Cuando Natalia devolvió la vista hacia el nicho de su hijo, las letras grabadas en el mármol se difuminaron tras las manchas con las que el astro había salpicado su visión. Se llevó la punta de los dedos a los labios y los besó, para luego refregarlos por los surcos grabados de su nombre, como si esos borrones verduscos que se movían con vida propia fuesen grietas en la realidad a través de las cuales podría hacerle llegar el beso.

Dio media vuelta y, tras dar la espalda a la tumba de David, caminó en dirección a la salida del cementerio. No supo que, desde la sombra de aquel árbol, un chico que sostenía un pajarillo entre las manos se despedía de ella con una enorme sonrisa.

35

Análisis de la simbología hallada en atestado n.º 317/23

Eduardo Díaz Hermida.
Subinspector del Cuerpo Nacional de Policía.
Fecha del informe: 27-07-2023.

Introducción

Este documento plasma la investigación elaborada a partir de experiencias profesionales y datos verificados de la simbología hallada durante el registro domiciliario del atestado n.º 317.

En el caso que nos ocupa, se unen factores religiosos, místicos y esotéricos, de ahí la necesidad de analizarlos y estudiarlos expresamente, con el fin de conocer y descifrar…

El juez de instrucción frenó la lectura, había visto las diecisiete páginas del documento en diagonal, pero no tenía tiempo para leerlas en profundidad. Buscó el número de teléfono en los correos que había intercambiado durante los últimos días con el agente Díaz Hermida; descolgó el auricular y marcó. Mientras la llamada daba tono, dedicó una sonrisa agradecida a Velasco, que se encontraba de pie junto a su asiento, ordenando el papeleo que había disperso sobre la superficie caótica de su escritorio.

—¿Diga?

—Muy buenas, soy el juez de instrucción Lorenzo Gargallo.

—Muy buenas, señoría —un segundo de incertidumbre—, ¿todo bien?

El subinspector que tenía al otro lado del teléfono era uno de los efectivos más destacados de la Policía Nacional en servicios de información. Después de haber sido GEO y uno de los agentes infiltrados más reconocidos del cuerpo, en la actualidad cumplía funciones en los servicios de inteligencia, además de ofrecer asesoramiento y conferencias en el Centro de Altos Estudios Policiales sobre grupos urbanos violentos, en especial con los relacionados con el nacionalsocialismo, que había sido su especialidad a lo largo de toda su trayectoria.

Era quien había redactado el oficio que tenía sobre el escritorio.

—Verás, es que me acaba de llegar el informe que solicité esta mañana. Lo primero que quería era darte las gracias por tu rapidez, la verdad es que el asunto se está complicando cada vez más y quería consultar personalmente un par de asuntos contigo. ¿Puedes hablar unos minutos por teléfono o te pillo en mal momento?

—No, no, estoy en mi oficina ahora mismo, señoría, lo que usted necesite —respondió Eduardo, con disciplina.

—Muchas gracias. He leído el informe por encima, pero he visto que está repleto de referencias a ritos nórdicos, religiones paganas y la madre que los parió. No voy a mentirte, todo esto me trae de cabeza y son conceptos que me cuestan mucho asimilar. Quería asegurarme de entender todo lo que expones en el documento para tomar las medidas oportunas.

—Claro que sí. ¿Qué es lo que necesita, concretamente?

—Que empieces por el principio.

Al otro lado de la línea, el subinspector ahogó un resoplido al descubrir que, lo que el juez pedía, era que le simplificase el informe completo.

—Vale, le resumo rápido.

Y una pausa, como para acomodarse en el asiento de su despacho y organizar el discurso:

—Si hay algo que me quedó claro en los años que estuve infiltrado en la cúpula del nacionalsocialismo es que la mitología nórdica ha influido de manera directa a la iconografía nazi. El alfabeto rúnico de las tradiciones germánicas siempre ha estado presente en su estructura, y el ejemplo más claro podemos verlo en las dos runas Sigel, que se convirtieron en la marca de las SS. Sabe de lo que le hablo, ¿no?

—Sí, las que llevaban en los brazaletes.

—Exacto. Pues lo que encontraron pintado con sangre en la habitación del sospechoso durante el registro es otra runa nórdica. Se trata de la runa Inguz, comúnmente relacionada con la fertilidad y la fecundidad.

Lorenzo echó un ojo al escritorio. El laberinto de oficios, resoluciones, e informes que se desperdigaban como en un campo de batalla, iban cediendo al orden que imponía su secretaria. Como un ejército en formación, comenzaban a disponerse en pilas meticulosas, organizados en categorías y fechas. Velasco era jurista de formación y había ejercido como abogada antes de aprobar las oposiciones para ser letrada de la administración de justicia. Entre sus funciones, se encontraba la dirección de la oficina judicial y la ordenación del proceso, asumiendo la responsabilidad del correcto funcionamiento de los servicios administrativos. Es cierto que también era la encargada de llevar el archivo judicial de las gestiones, pero no estaba obligada, en absoluto, a ordenar el papeleo de su escritorio. De hecho, la legislación había sustituido la denominación de *secretaria judicial* por el de *letrada de la administración de justicia* al tener connotaciones de subordinación. Aun así, no era extraño ver que la mayoría de los jueces y abogados veteranos seguían utilizando el título de secretaria judicial como un mal vicio. Velasco, desde su llegada a aquel juzgado a comienzos de año, se había mostrado excepcionalmente servicial. A los pocos días logró ajustarse a los matices de la rutina de Lorenzo y se convirtió en una presencia discreta pero indispensable. El juez, agradecido, se había acostumbrado a la armonía que solía reinar en su despacho desde entonces.

Frente al teclado del ordenador, tenía el informe firmado por el subinspector:

—Sí, tengo la runa aquí delante, ¿pero qué sentido tiene esta pintada en la pared de un dormitorio?

—Se lo pongo en las conclusiones del documento, señoría. Esto requiere de un análisis más detallado y la consideración de otros elementos del caso, pero en base a mi experiencia, apostaría a que es una especie de amuleto, un talismán que ayudaría a favorecer la procreación en esa misma estancia. ¿Le han llegado ya los resultados del laboratorio?

—Sí, la sangre con la que se pintó la runa en la pared coincide con la de la primera víctima.

—Pues le diría que eso aún refuerza más mi hipótesis. En la mitología nórdica, la sangre era vista como una fuente de vida y vitalidad. El sacrificio se asociaba con la renovación y la fertilidad, ya que el acto de derramar sangre simbolizaba la energía vital que fluye.

Lorenzo guardó silencio, intentando digerir aquella información.

—Según me cuentas en el informe, esta runa guardaría relación con el resto de la simbología hallada en los homicidios.

—Exacto, se lo resumo todo en el apéndice segundo, en el apartado de aproximación al fenómeno. Estos días también me he ocupado de contrastar cierta información y oír diferentes opiniones sobre el caso —comentó el subinspector, aludiendo a la conversación que mantuvo con el cabecilla de los Ultras Sur cuando visitó, por su propia cuenta y riesgo, a sus viejos conocidos de la peña cadista Las Banderas de Thor—. Por ejemplo, las cruces gamadas halladas en ambas víctimas, según ciertas tradiciones paganas europeas, se utilizan para representar las puertas del nacimiento y de la muerte. Si tenemos en cuenta la simulación del cordón umbilical con las vísceras de la primera víctima, podríamos acercarnos aún más a esas connotaciones del nacimiento.

—Ya, ¿y en la segunda?

—Este último cadáver ha aparecido junto a la estatua de la diosa Gades y, según la mitología antigua, la diosa

Gades es hija de Astarté, deidad de la vida y la fecundidad. De nuevo, señoría, más referencias a la fertilidad.

Lorenzo se removió en su asiento. Por más años que dedicase a la justicia, no dejaba de sorprenderse ante las parafilias o las conductas de ciertos criminales, donde la línea entre la cordura y la locura se volvía borrosa.

—El símbolo zodiacal de Tauro también se repite en ambos crímenes. ¿Qué hacemos con eso?

—En las conclusiones del documento le expongo la posibilidad de que estos crímenes formen parte de un ritual de sangre que favorezca la procreación, tal y como le acabo de comentar. Tauro señalaría la fecha del nacimiento, es decir, con estos sacrificios el autor de los crímenes persigue favorecer la fertilidad en la actualidad, con el fin de que la criatura nazca dentro de nueve meses exactos, entre abril y mayo. Es decir, con el Sol en Tauro.

El juez comenzó a hacer cuentas mentales, de la misma manera que las hizo el subinspector delante de Wolf el día anterior.

—Adolf Hitler nació un veinte de abril, señoría, que es la fecha más propicia, según la astrología y la influencia de las estrellas, para dar a luz a un futuro líder.

—Todo esto me parece un disparate. —Silencio, al otro lado de la línea—. ¿Y un líder de qué? ¿Para qué? —preguntó el juez, ofuscado.

—No sabría decirle, pero lo que sí puedo afirmarle con exactitud es que a lo largo de la historia han existido ciertas sociedades cuyo principal objetivo ha sido precisamente ese, el de proteger la supuesta sangre aria a lo largo de las generaciones.

—Sí, también lo he leído, las mujeres Grill.

—Las mujeres de Vril, señoría.

—Eso.

El subinspector hizo una pausa:

—Con el debido respeto, señoría, por su tono de voz intuyo que es reticente a dar credibilidad a todos estos asuntos relacionados con la astrología y el ocultismo. Y puedo llegar a entenderle, de verdad. Pero he de recordarle que la víctima que ha aparecido esta mañana en la Punta de San Felipe publicó un artículo en su blog que trataba precisamente sobre estas sociedades oculistas nacidas durante la Segunda Guerra Mundial. ¿Es casualidad que tres o cuatro días después haya aparecido muerto? Yo no lo creo. Esto podría ser otro motivo más para prestar atención a esta línea de investigación.

El juez perdió la atención durante unos breves instantes cuando Velasco se colocó un mechón de cabello detrás de la oreja, revelando la curva de su cuello. El resto de su larga melena negra quedaba recogida en una coleta elegante, como el traje de dos piezas que se ceñía a sus caderas. Le dedicó una sonrisa cómplice mientras seguía ordenando los documentos.

Una erección incipiente comenzó a tener lugar bajo los pantalones de Lorenzo.

—Bueno, para ir cerrando, que tampoco quiero molestarte más.

—No molesta, señoría —mintió educadamente el subinspector, que había ocupado toda la mañana en redactar ese informe, para que luego no se lo leyeran.

—Encontramos simbología relacionada con la fertilidad en dos víctimas, vale, vamos a suponer que compro lo que me dices. Una de esas víctimas es el hijo de Roberto Lucero, que desaparece de la justicia justo el día que tiene que declarar. Al registrar su domicilio encontramos más runas que concuerdan con la simbología de los crímenes. Todo apunta a que si encontramos a este tío con vida podremos cerrar el caso.

—Sí, parece evidente que debe tener algo que ver en todo esto —respondió Hermida—, pero según el informe que recibí del registro de su domicilio, leí que la runa estaba pintada detrás de un ropero, ¿no?

—Así es.

—Por lo que hay una clara intención de ocultarla.

—Mmmm... exacto —comentó el juez.

—Por lo tanto, existe la posibilidad de que haya una tercera persona implicada en todo esto, alguien que dejase esa runa detrás del armario, precisamente, para que Roberto no pudiera verla.

—¿Una tercera persona?

—Necesita a una mujer con quien mantener relaciones en esa habitación si quiere procrear, ¿no? Que yo sepa, él solo no puede quedarse embarazado, por mucho rito y mucho sacrificio que haga.

Miles de posibilidades pasaron por la cabeza del juez. Subió el hombro y sujetó el auricular del teléfono entre el cuello y la oreja mientras comenzaba a remover los papeles recién ordenados. Buscó entre las declaraciones de los vecinos de Roberto. Si mantenía una relación con una mujer, alguien podría haberse cruzado con ella en las escaleras, o haberla visto entrar en el piso.

Velasco se cruzó de brazos y se quedó mirando como su jefe deshacía todo su trabajo.

—¿La Policía judicial tiene acceso a esta información?

—Me temo que no, señoría. Se me solicitó este informe a través de oficio por parte del juzgado de primera instancia e instrucción, y es ahí donde lo he remitido hace unas horas.

—Muchas gracias por tu trabajo. Voy a colgarte para ponerme en contacto con la unidad investigadora de inmediato y hacerle llegar tu informe. No podemos seguir perdiendo el tiempo, tenemos que saber quién cojones es esa tía.

Lorenzo colgó el teléfono.

Miró a Velasco, que seguía de brazos cruzados frente a su escritorio.

Su sonrisa había desaparecido.

36

Farmacia Las Torres, San Fernando

Jugueteaba con las monedas en el bolsillo de su pantalón, haciéndolas sonar de manera nerviosa mientras observaba la estantería donde colgaban las plantillas para los zapatos. No. No necesitaba plantillas para sus pies, pero desde esa posición podía tener controlada a una de las dependientas. Pelo blanco y desmadejado, apuntaba algo sobre una libreta en el mostrador mientras sostenía las gafas de manera milagrosa sobre la punta de la mascarilla. Si no hubiese sido por la bata blanca y la tarjeta identificativa que colgaba de su pecho, le habría dado por pensar que la farmacia estaba a cargo de una bruja de caldero y gato negro.

Mientras agarraba un bote de crema solar y hacía como que leía la etiqueta, vio por el rabillo del ojo que otra mujer con la misma bata aparecía detrás del mostrador. Mucho más joven que la anterior. Y mucho más atractiva, ya puestos. De hecho, era ella la culpable de que no se decidiese a comprar de una vez los malditos condones. Nico tenía quince años, acné, y empezaba a lucir pelillos donde antes no tenía. Compartía clase con una chica que lo estaba volviendo loco y aprovechó los primeros días de verano para invitarla a ir al cine. Para su sorpresa, aceptó la cita y hacía apenas tres semanas que había dado su primer beso de tornillo, de los de lengua, de los de las pelis. Para su gozo, también había recibido permiso para palpar nalga. Nico ya se sentía dichoso con todos esos privilegios, pero sus colegas no paraban de presionarle para que diese un paso más allá. Preservativos. Tienes que pedir preservativos, le aconsejó el más avispado del grupo. No condones. Así parecerás más mayor. A Nico se le removía el estómago ante la excitación de probar lo desconocido, la inquietud de no estar a la altura. De cagarla, por querer ir demasiado rápido.

Se le escapó una sonrisa mientras miraba el bote de la crema solar. Se imaginó llegando a la clase del instituto después de las vacaciones, triunfal, contándoles a sus colegas que ya no era virgen.

Respiró hondo, colocó el envase de nuevo en la estantería y se dirigió hacia el mostrador. Llevar media cara cubierta por la mascarilla no fue impedimento para que el corazón comenzase a bombearle como si ya tuviese delante el cuerpo desnudo de su novia. La farmacéutica a la que le faltaba la escoba voladora lo miró; hubo contacto visual, por lo que ya no había vuelta atrás. El plan salió según lo esperado: mejor ella que la joven. Apenas le quedaban unos pasos para llegar al mostrador cuando las campanillas de la entrada sonaron ante una puerta que se abrió de manera brusca.

Una chica con una larga trenza rubia y con un paso más decidido que él fue directamente hasta el mostrador, adelantándose en su trayectoria.

—Buenas tardes.

—Buenas tardes, señorita —contestó la farmacéutica—. Disculpe, pero me parece que el chico estaba antes que usted.

Nico observaba la escena alejado un par de pasos. Las dos mujeres lo miraron. La joven farmacéutica, ante el silencio que se había creado, también. Él no acertó a decir nada. Solo negó con la cabeza con cara como de querer morirse, intentando dar a entender que no le importaba ceder el turno.

Un chaval de educación encomiable, el Nico este.

—Necesito una prueba de embarazo —disparó la recién llegada. A bocajarro. Como si también lo hubiese estado ensayando delante del espejo.

La señora de la bata blanca empezó a teclear en el ordenador del mostrador, mientras que la joven farmacéutica hacía señales con la mano para que el chico se adelantase y pudiera ser atendido por ella. Pero Nico se hizo el longui y sacó el teléfono de su bolsillo, que le sirvió de excusa para esconder su mirada y no levantarla de la pantalla. La becaria dio por sentado que el chico se encontraba en la edad del pavo, por lo que se puso a ordenar algunos fármacos en la estantería que tenía a su espalda.

—Tenemos dos modelos ahora mismo en la tienda. Interapothek y Clearblue Plus.

—¿Cuál es el mejor?

—Ambos tienen una fiabilidad mayor del noventa y nueve por ciento.

—Pues deme uno de cada.

La farmacéutica desapareció en el almacén mientras que la clienta se quitaba la enorme mochila militar que llevaba colgada a la espalda para sacar la cartera de uno de los bolsillos; algo bastante común en la ciudad de San Fernando, donde los militares eran una parte considerable de su población. Nico siguió sin arriesgar, sin levantar la mirada, abriendo y cerrando las aplicaciones de las redes sociales sin más objetivo que el de parecer ausente.

A los pocos segundos, la chica agarró la bolsa de papel con los dos test de embarazo, pagó con tarjeta y se largó de allí igual que había llegado. Como si llevase prisa o la incertidumbre la estuviese persiguiendo. En el trayecto a la salida, golpeó sin querer con la mochila una silueta de cartón que terminó cayendo al suelo. La de un hombre mayor, con cara de alivio, anunciando un bote de pastillas para el estreñimiento. La farmacéutica que la había atendido negó con la cabeza y salió del mostrador para colocar al señor de pie. Con todo el escándalo, a Nico se le quedó grabado el apellido Navarro, bordado en la mochila de la militar que acababa de salir por la puerta.

—Dime, guapo, ¿puedo ayudarte en algo?

El chico dio un respingo, giró la cabeza y se encontró de frente con los ojos de la becaria. A pesar de que una mampara de metacrilato se interpusiera entre los dos, sabía que la farmacéutica en prácticas le sonreía tras esa mascarilla blanca.

En su pecho, las pisadas apresuradas de un rinoceronte.

Su mano intranquila volvió a juguetear con las monedas de su bolsillo. Las que tanto les había costado reunir.

—Sí, hola, necesitaba… ¿tienen caramelos para la garganta?

37

Iglesia de Santa Cruz, Cádiz

El conjunto de edificios que conformaba la Casa de la Contaduría se asentaba sobre la cávea del teatro romano, desde donde un campanario blanco se erigía hacia el cielo como un anciano de barba canosa, un sabio que ha visto pasar los siglos y las generaciones del pueblo que había crecido a su alrededor. A los pies de aquella torre, sobre la fachada principal de la catedral vieja de Santa Cruz, una composición de azulejos mostraba la imagen del Cristo de Medinaceli. Parecía custodiar a la señora que permanecía sentada bajo sus pies, sobre un cubo de plástico al que le había dado la vuelta. Con hábiles y rápidos movimientos, anudaba con un elástico los claveles que vendía a cinco euros en la puerta de la parroquia.

Olor a flores.

Incienso.

Y tallo recién cortado.

La Casa de la Contaduría estuvo habitada por capellanes y mozos de coro, antes de que se convirtiese en el Colegio de Acólitos. Sin embargo, en la actualidad, todo aquello había degenerado en una especie de museo abierto de martes a sábado, donde abundaban los teléfonos móviles levantados sobre las cabezas de los turistas, intentando fotografiar las bondades artísticas que se hallaban en las salas del conjunto catedralicio.

MUSEUM + CATHEDRAL + CLOCK TOWER

— *General rate*: 6 €
— *Schools and children*: 3 €
— *Groups and students* (*20 people, or more*): 4 €
— *Pensioners*: 5 €
— *The price includes an audio guide for the Cathedral.*

Ezequiel dio la espalda al cartel y dirigió sus pasos hacia el interior del edificio, donde ofreció el mismo trato a los folletos turísticos que se desplegaban sobre el expositor de la entrada. Aunque se habían llevado a cabo nuevas intervenciones de conservación debido a las humedades provocadas por el mar, sus salas eran ampliamente conocidas por el sacerdote, que se dirigió hacia el patio mudéjar, atravesando arcos árabes y columnas de mármol blanco con la premura del que llega tarde. Tras subir los escalones de piedra desgastada de dos en dos, cruzó por la Sala de los Diezmos sin que la presencia de los óleos y las tallas religiosas fuese suficiente para frenar su avance. Su vista permanecía clavada en la puerta del fondo de la estancia.

Tocó tres veces con el puño.

Pero estaba encajada.

Prácticamente se abrió sola.

Al otro lado, se encontró con el rostro redondo y envejecido del padre Fidel, que mantenía los dedos índices levantados en el aire, apuntando amenazadores hacia abajo, como si estuviera dispuesto a reventar a base de porrazos el teclado del portátil que tenía delante. No tardó en levantar los ojos sobre el fino cristal de sus gafas y regalarle una sonrisa al recién llegado.

—¡Ezequiel!

—No, por favor, no se levante, reverendísimo —atajó el sacerdote, recortando las reducidas distancias de la oficina, para que el obispo de la diócesis de Cádiz y Ceuta no se tomase la molestia de levantarse tras el escritorio.

—Pero qué reverendísimo ni reverendísimo, anda, ven aquí que te dé un abrazo, hijo mío.

Desde fuera del despacho, el emperador Carlos V pudo oír con oídos de óleo los golpes de amistad que se dieron en las espaldas.

—¡Pero bueno, por los clavos de Cristo! —exclamó el obispo, besando las dos mejillas de Ezequiel al deshacer el abrazo, cayendo uno de los besos sobre su hemangioma rosado—. ¡Que el Santísimo baje y te vea! Me alegro de que, después de todo, mis clases de filosofía en el seminario diocesano sirvieran para hacer de ti todo un hombre

—Supongo que sí, monseñor. Especialmente aquellas en las que no me quedaba dormido.

Más risas compartidas.

Aunque al sacerdote se le apagó la carcajada y desvió la mirada con premura, temeroso de que su viejo amigo hiciese memoria y recordase los pañuelos que le había regalado en el día de su ordenación.

Los que había perdido recientemente.

—Anda, venga, siéntate ahí —ordenó Fidel, mientras señalaba una de las dos sillas de madera tapizada que tenía delante del escritorio—. Veo que ni los militares han logrado doblegar ese espíritu rebelde con el que se te ha bendecido, hijo mío.

Ezequiel no supo muy bien a qué se refería, pero a la vez que se sentaba, su mirada se cruzó con los ojos de

Einstein, cuyo rostro permanecía congelado en su camiseta negra, justo en ese fotograma inmortal en el que aparecía enseñando la lengua.

—Le ruego que disculpe mi vestimenta, he venido corriendo desde San Fernando tan pronto como he leído su correo electrónico.

Al obispo se le derritió ligeramente la sonrisa, como si de pronto hubiese recordado la funesta razón por la que se había puesto en contacto con Ezequiel. Negó lentamente con la cabeza.

—No tienes que justificarte, la culpa es mía. —En ese justo momento, el portátil que tenía sobre el escritorio y que se interponía entre los dos comenzó a emitir un timbre estridente y repetitivo, como el de un teléfono que espera ser atendido—. Debí haberte avisado del motivo de nuestra reunión, pero ya es bastante con haber sido capaz de enviarte ese correo electrónico, estas tecnologías del demonio…

—Usted dirá —atajó Ezequiel, que se removió en su asiento visiblemente inquieto, presa de la incertidumbre. El ruido del ordenador le estaba poniendo los nervios de punta.

—No sé en qué andas metido, hijo, pero el arzobispo castrense quiere hablar contigo y me ha ordenado que organice una reunión esta misma tarde, por eso te he escrito.

—¿Qué arzobispo? ¿Excelentísimo Crescenciano de la Hoz?

—Ese, el que me está llamado por *esquipe* ahora mismo.

A Ezequiel se le quedó la boca medio abierta sobre aquella silla de madera. Desde que era capellán de la Armada, había dejado de rendir cuentas a los obispos diocesanos, como lo era monseñor Fidel. Su carácter militar lo hacía depender directamente del arzobispado castrense de España en una diócesis personal, no territorial, regida exclusivamente por la persona y la autoridad de ese arzobispo.

Un dedo que cae, desde una altura demasiado exagerada, para pulsar una sola tecla.

—Buenas tardes, su excelencia.

—¿Ha llegado ya? —preguntó una voz aguda y metalizada a través de los altavoces del portátil.

—Aquí está, desde hace un rato, ilustrísima —respondió el padre Fidel, intentado restar minutos de retraso a la comparecencia del sacerdote.

—Le dije que me devolviese la llamada en cuanto estuviese ahí.

—Comprenderá usted, su excelencia, que los botones de este ordenador que tengo aquí delante me son tan desconocidos como el golf o las mujeres.

—Póngamelo delante y acabemos con esto de una vez, que por hoy ya hemos practicado suficientemente el catecismo de la espera y la paciencia.

El obispo le dio la vuelta al portátil y Ezequiel quedó enfrentado al rostro enjuto del arzobispo, uno de esos semblantes que anulan cualquier sonrisa. La sede personal y su iglesia catedral se encontraban en Madrid, por lo que lo último que habría esperado aquella tarde era tener que mantener una conversación con la cabeza y pastor del ordinariato militar. La lámpara del techo se apagó y se encendió en un microsegundo, como si también fuese efecto de la bajada de tensión que estaba a punto de experimentar el sacerdote.

—Buenas tardes, su excelencia —logró articular.

Lo que recibió a cambio fue el mal disimulado desprecio en los ojos del arzobispo a través de la pantalla del portátil. No parecía hacerle demasiada gracia tener que dialogar con uno de esos curas que aprovechan cualquier excusa para olvidarse del hábito y vestirse de calle.

—Parece que solo usa la sotana cuando sabe que va a salir en televisión, ¿no? —Resultó difícil tragar saliva sin que el interlocutor lo notase—. Seré breve, capellán, así que esté bien atento —ordenó el arzobispo, sin darle tiempo a Ezequiel a responder—. Ya me es un incordio tener que perder tiempo en recordarle que, según la Ley Orgánica nueve barra dos mil once, a la cual nos regimos desde el momento en el que juramos bandera, ningún militar en activo puede expresar su opinión de manera pública en los medios. Mucho menos, si lo hace vestido de uniforme y, peor aún, si las declaraciones se realizan sin previa autorización. —El arzobispo hizo una pausa con una sonrisa de incordio, más propia de un político que de un beato—. El discurso que ofreció a la televisión se ha emitido en todos los canales a nivel nacional. El momento en el que, vestido con el hábito, se da la mano con la madre del chico se ha convertido en lo más buscado de las redes sociales.

—Con el debido respeto, su excelencia, yo solo…

—Le agradecería que guardase silencio cuando estoy hablando yo, capellán.

Ezequiel se arrugó en su asiento. En otra situación, habría contestado cualquier cosa, lo que fuese, con tal de no soportar aquella humillación. Pero, en realidad, llevaba días temiendo que, tarde o temprano, su implicación en el caso terminase pasándole factura de alguna manera.

—Gracias a su afán de protagonismo, la Iglesia ha quedado directamente vinculada al caso de asesinato de cara a la sociedad. Y viendo su actitud, ahora que le tengo delante, me doy cuenta de que no es consciente de lo que nos estamos jugando con este asunto.

Hablaba a la cámara con un desdén ácido, con el rostro demasiado cerca del objetivo y unos labios finos que parecían afilarse con cada reproche. Unos labios que solo conocían el tacto de los anillos, el frío de los cálices, y la madera barnizada de los besamanos.

—Mire esto.

Por primera vez, el arzobispo guardó varios segundos de silencio para manipular algo que quedaba fuera de la vista del sacerdote. Luego, acercó la pantalla de su teléfono móvil a la cámara de la videoconferencia.

Ezequiel pudo ver un vídeo breve publicado en TikTok a través del móvil que el arzobispo sostenía delante de la cámara. En el clip de apenas unos segundos de duración, aparecía la secuencia en la que Natalia le agarraba de la mano frente a la rueda de prensa. Con algún tipo de brujería tecnológica, una de esas inteligencias artificiales que aprendían a hacer algo nuevo cada diez minutos, al sacerdote le habían superpuesto un bulto negro, convenientemente colocado en su entrepierna, que comenzaba a crecer bajo la sotana a medida que el vídeo se reproducía.

Aquel TikTok reunía ciento cuarenta y tres mil reproducciones.

—Mis votos me obligan a brindar apoyo a esta madre que acaba de perder a su hijo. Soy el capellán del panteón donde apareció el cadáver, además del titular de la parroquia donde se le ha ofrecido el responso fúnebre. Ha sido Dios el que me ha colocado delante de esta desgracia, solo he seguido su deseo de acompañar a esta madre en unos momentos tan oscuros.

—Pues hágalo desde la humildad y aléjese del protagonismo, como todo buen seguidor de Cristo. No quiero volver a verle en ninguna otra entrevista para quinceañeros. ¡Y mucho menos en televisión!

—Como mande su reverencia —contestó Ezequiel, sabiendo que aquella guerra estaba completamente perdida. Los ojos del arzobispo estaban ciegos ante la labor de divulgación que había realizado en los últimos meses a través de los principales *podcasts* de YouTube; su única preocupación era regirse por lo que dictaba el reglamento.

—Y le ordeno que se ajuste a sus funciones y sus obligaciones como capellán. Desde el Tercio de Armada han llegado algunas quejas que aseguran que ha estado usted últimamente más ausente de la cuenta, por lo que le prohíbo tajantemente que siga inmiscuyéndose en el caso.

—Con todo respeto, su ilustrísima, pero yo no me he involucrado en el caso en ningún momento.

—¿Niega usted estar haciendo sus propias averiguaciones sobre la muerte del chico?

—Lo niego.

El arzobispo acercó aún más su afilado rostro a la cámara.

—¿Lo niega usted ante Dios?

Una tormenta de impulsos eléctricos iluminó el cerebro de Ezequiel, que intentaba hacer miles de cálculos antes de responder. De la misma manera que había recibido información por parte de los mandos del acuartelamiento, se habría podido enterar de su visita al observatorio. De hecho, allí mismo, en la libreta que llevaba en el bolsillo trasero de su pantalón vaquero, llevaba algunos apuntes sobre las marcas halladas en el cuerpo del cadáver y las coincidencias que había encontrado en el *Atlas Coelestis*. Elucubraciones sobre Aldebarán y su incomprensible vínculo con la astrología, garabatos sin orden ni relación aparente, pero que constituían una prueba irrefutable de que estaba volviendo a incurrir en el pecado de la mentira.

—Bueno, podemos dejar al Todopoderoso fuera de todo esto. Tampoco creo que haga falta tomar juramento a nadie.

Intervino el padre Fidel, elevando la voz desde detrás del portátil. Abría mucho los ojos en un ruego a Ezequiel, para que colaborase y asintiese a todo lo que se le decía. El arzobispo, al ver que a Ezequiel se le desviaba la mirada hacia el obispo en un gesto de complicidad, volvió a la carga, para que no se relajase.

—Deje a la policía hacer su trabajo y céntrese en el suyo. Limítese a sus funciones y evite más escándalos o me veré obligado a tomar medidas disciplinarias. Y, sobre todo, guarde las distancias con esa mujer. Esperemos que la prensa se olvide pronto de todo esto y encuentre otro hueso que roer.

Ezequiel pudo ver, en el límite superior de su campo de visión, cómo el padre Fidel le seguía haciendo señales por encima del portátil.

—Como usted ordene, su excelencia.

Una arruga en su camiseta provocó una ligera deformación en el rostro de Einstein. Como si se estirase. Como si se agrandase.

Su lengua burlona.

38

Brigada Central de Investigación Tecnológica, Madrid

Como un bailarín en el centro del escenario, la bola metálica del bolígrafo trazó con elegancia una danza rítmica y precisa. Con la sangre negra que derramaba al deslizarse sobre el papel, formó una palabra:

«Sexo».

El policía nacional se empujó el puente de las gafas mientras acercaba aún más su rostro a la pantalla del ordenador. Delante de sus ojos, se desplegaba una historia de amor y pasión que lo mantenía cautivado frente a aquel rectángulo refulgente, como si disfrutase de una de las mejores novelas de Alice Kellen o Megan Maxwell. En los últimos años, el mundo de la investigación policial experimentaba una transformación radical; las nuevas tecnologías se habían convertido en un componente esencial en la lucha contra el crimen y los agentes ya no podían confiar únicamente en las técnicas tradicionales. Las redes sociales, los mensajes instantáneos y los correos electrónicos eran fuentes inagotables de información, por lo que debían estar preparados para adentrarse en ese reino digital y aprender a utilizar las herramientas adecuadas.

Sobre la mesa del taller repleta de cables, placas electrónicas y destornilladores de varios tamaños, permanecía tumbado la torre del PC que habían recibido desde San Fernando. La Brigada Central de Investigación Tecnológica recibía equipos de todos lugares de España, con el fin de extraer toda la información y elaborar un informe a la unidad investigadora. El agente, que conocía las huellas digitales que los criminales solían dejar en los delitos telemáticos, empleó sus conocimientos para acceder a su usuario de Windows a base de aplicar métodos de cifrado de fuerza bruta y diccionario. Utilizando técnicas de búsqueda avanzada, había analizado meticulosamente cada carpeta, documento, fotografía y archivo oculto en el disco duro, en busca de identificar cualquier indicio que pudiera haber dejado David o sus contactos en sus últimos días de vida.

Como el que tenía justo delante de sus ojos.

Soltó el bolígrafo y agarró apresuradamente el teléfono inalámbrico.

Después de tres tonos, resurgió al otro lado una voz que regresaba de un sueño profundo:

—¿Sí?

—Soy Olmedo, jefe. Le llamo desde el taller.

Llamaban así a la sala donde canibalizaban los equipos informáticos, situada en el sótano de la unidad central.

—¿Desde el taller? Llevas casi dos días sin salir de ahí. ¿No te dije que te fueras a casa a descansar unas horas?

—Sí, pero es que hace un rato he conseguido acceder al equipo de David Lucero, el chico que ha aparecido muerto en San Fernando, y me he topado con una joyita. He descubierto que usaba la aplicación de WhatsApp Web en el ordenador; probablemente, para chatear mientras jugaba al porrón de juegos que tiene instalados en el escritorio del PC. El chaval tenía buen gusto, debía de pegarle fuerte a los videojuegos.

—Por mucho que viciase a las maquinitas, no creo que fuese tan friki como tú.

—Yo tampoco lo creo.

El oficial de policía se desperezó al otro lado del auricular antes de preguntar:

—¿Bueno, entonces qué?

—¿Qué de qué?

—Que para qué me has despertado, cojones.

—Ah. —El agente hizo una pausa para revisar el cuaderno que tenía sobre la mesa, donde tenía anotados un par de puntos que había extraído de la lectura de aquellas conversaciones—. He podido rescatar de la nube el historial vinculado a la cuenta de la víctima y, entre los contactos más recientes, se encuentra una chica con la que parecía tener algo. Bueno, parecía no. Ya le digo yo que estos dos quedaban cada dos por tres para verse. Digamos que tenían una relación... bastante activa. Lo típico de la edad, vamos, que quedaban para follar. Por lo visto, la chica es compañera del cuartel y compartieron despliegue en zona de operaciones.

—Bien, pues haz un volcado para elevarlo a los compañeros de la judicial. Ellos saben lo que van buscando, que leer esas conversaciones no es asunto nuestro; nos solicitan que recuperemos los datos del equipo y eso hacemos. La investigación ya es cosa de ellos.

—Recibido, jefe, pero es que tengo la conversación abierta aquí delante y sería una estupidez no contarle algo más que he visto, antes de que me cuelgue. —El oficial de policía guardó silencio al otro lado de la línea, con paciencia. Su subordinado prosiguió—: También he leído una serie de mensajes de un número de teléfono que la víctima tenía anotado en la agenda como «Papa Nuevo».

—Ajá, ese tiene que ser el tío que está en busca y captura, el padre de la víctima.

—Sí. Pues intercambiaron mensajes el mismo día de su asesinato.

—¿Cómo dices?

—Pues eso, que el mismo día en el que asesinaron al chico tuvieron una conversación por WhatsApp. Dos días antes ya le pidió disculpas a su hijo por su comportamiento, porque, según he leído, le había pedido dinero la última vez que se vieron.

—¿Quién le pidió dinero a quién?

—El padre al hijo.

—Vaya tela.

—Total, que lo invita a tomar café en la cafetería que hay junto al cuartel antes de entrar a trabajar, que necesita hablar con él y bla, bla, bla —resumió el agente, mientras repasaba la conversación en la pantalla del ordenador—. Quedaron en que el padre pasaría a recoger a David en la puerta de su casa, «le pido el coche a mi parienta y paso a recogerte», leo textualmente.

—Espera, espera —cortó el superior, con el ruido indeterminado del que se incorpora en una cama—. ¿Me estás diciendo que la víctima se citó con el padre el mismo día que apareció muerto?

—Es afirmativo. De hecho, el último mensaje de la conversación es de David, que avisa de que ya está esperando en la casapuerta. Enviado a las siete menos cuarto de la mañana.

Silencio.

—Me cago en mi puta madre, Olmedo, ¿qué horas son? Las cinco y media de la tarde. Ni dos horas me ha dado tiempo a tumbarme. Mis muertos. Me visto y voy para allá. Quiero leer esas conversaciones con mis propios ojos. Mientras voy de camino, ve preparando el oficio para hacérselo llegar a los de la Policía judicial. Esta conversación puede ser muy útil de cara al juicio. ¿Y del ordenador de la segunda víctima qué sabemos, has podido sacar algo?

—Aún no he tenido tiempo. Su equipo acaba de llegarme hace un rato y estaba liado con este primero.

—Vale, pues sería cojonudo que pudieras tenerlo lo antes posible.

—Descuide que lo de no irme a casa a descansar lo tenía asumido, jefe.

—No te preocupes, Olmedo, que cuando salgamos de esto te recompensaré en días libres. Además, alegra esa cara, que lo mismo nos cae alguna medalla si este caso se resuelve satisfactoriamente —animó el oficial de policía, mientras se ponía los pantalones—. Lo importante es que no te olvides de poner el nombre y la TIP* de los dos en el informe, que voy para allá, cagando leches.

* Tarjeta de Identidad Profesional.

39

Juzgado de Primera Instancia e Instrucción, San Fernando

Lorenzo clavó los codos en el escritorio y hundió su rostro entre las manos. Llevaba horas sin pestañear delante de la pantalla del ordenador y los ojos le escocían.

—Tiene que descansar un poco, señoría.

Era reconfortante saber que no estaba solo en ese proceso y que podía compartir las horas de trabajo con una compañera comprometida. Eran casi las seis de la tarde y ya no quedaba nadie en los juzgados; por la ventana entraba un sol que recordaba a las sombrillas en la playa y el tinto de verano. Pero ellos seguían allí, sin abandonar el trabajo, aplastados por la responsabilidad de instruir correctamente un caso que sumaba en menos de una semana dos homicidios y un sospechoso huido de la justicia.

—Ya lo sé, pero es que estamos tan cerca... Termino de leer esta sentencia y me marcho unas horas a casa. Y esta vez es de verdad —esto lo dijo sin levantar la cabeza de entre sus manos, como el remolón que quiere regalarle unos segundos más de descanso a sus ojos.

En el monitor tenía un documento PDF con el acta del juicio en el que condenaron a Roberto a cuatro años de prisión por delitos de tráfico de drogas y violencia de género. Necesitaba conocer todos los detalles que envolvían la vida del fugado para poder tomar las decisiones pertinentes. Después de colgar el teléfono al subinspector que había elaborado el informe sobre simbología, volvió a releer algunas transcripciones de las declaraciones que la Policía judicial había tomado a los vecinos del fugado. En esta segunda lectura, encontró testimonios reveladores que en su momento pasó por alto, como el de un hombre de setenta años que vivía justo en el piso de al lado, que afirmaba que, desde que Roberto había desaparecido, podía descansar tranquilo y en silencio, porque cuando venía la novieta al piso no paraban de armar jaleo toda la noche.

Cada vez era más evidente que existía una mujer que mantenía una relación con el fugado, y Lorenzo llevaba toda la mañana mortificándose por no haber tomado en serio todas aquellas señales de fertilidad e investigar en esa dirección desde el primer día. Intentó buscar solución a aquello dando algunas directrices a la Policía judicial, en las que resaltaba la importancia de trabajar para identificar a aquella mujer. Tuviese que ver o no en el homicidio de David, seguro que tenía mucho que contar.

El sonido rítmico de unos tacones que se acercan.

Y dos manos que comienzan a apretar su cuello y masajear sus hombros.

Lorenzo dejó escapar una exhalación agotada mientras su rostro seguía perdido en la oscuridad de sus manos. Llevaba allí tres días encerrado sin pasar por casa y con el único descanso de alguna que otra cabezada en esa misma silla. En el interior de sus párpados aparecieron los rostros de sus hijas, llorando ante la noticia de que tenían que suspender las vacaciones por el trabajo de papá. De forma automática, le sobrevino el ultimátum que su mujer le había dado por teléfono.

El exceso de trabajo había atrapado su mente en un caleidoscopio de expedientes, informes y documentos legales del que era incapaz de escapar. En los últimos años, el trabajo le perseguía en cada rincón de su vida y las cenas compartidas en familia se habían convertido en silencios incómodos, donde las conversaciones se reducían a suspiros y gestos cansados. En medio de toda aquella rutina caótica, se volvía un escape tentador los pequeños gestos y las risas compartidas en la oficina con Velasco. A pesar de ser varios años más joven que él, Lorenzo había notado un interés por su parte desde que llegó destinada al juzgado a comienzos de año. Aquello se convirtió en una distracción peligrosa que añadía otra capa de mierda a su ya desgastada vida personal.

Los dedos treparon hasta la cabeza, donde comenzaron a masajear su cuero cabelludo.

Y Lorenzo se dejó hacer, echándose hacia atrás en el asiento.

Al retirarse las manos del rostro, se encontró de nuevo con el acta del juicio ocupando toda la pantalla del ordenador.

Con desgana, y adormilado por el masaje, estiró el brazo hasta el ratón y pasó con la rueda un par de páginas del documento, como para echarle el último vistazo rápido antes de cerrarlo. Sin embargo, su dedo frenó en una de las primeras páginas del acta, donde aparecían los nombres de los letrados que intervinieron en el juicio donde condenaron al padre de la primera víctima.

Lorenzo se incorporó en su asiento, alejándose de las manos de Velasco y acercándose a la pantalla, incapaz de asimilar lo que estaba leyendo. La letrada de administración de justicia agarró el trofeo de pádel del aparador. Lorenzo no separaba la mirada de la pantalla del ordenador. Delante sus ojos, tenía el nombre de la abogada que defendió a Roberto:

Ingrid Velasco Neumann.

Quiso girarse para mirarla y pedir explicaciones, pero antes de que le diese tiempo.

Un golpe brutal en la nuca.

Su cabeza rebotó y golpeó con violencia contra el escritorio.

Una mancha escarlata comenzó a extenderse entre los documentos forenses.

Sangre sobre sangre.

Fundido a negro.

Tercera parte

Y después del final de la segunda gran guerra, una tercera guerra universal vendrá. En un solo día, morirán más hombres que en todas las guerras precedentes.

Una catástrofe gigante sucederá. Las naciones de la Tierra pasarán a través de esta catástrofe con los ojos abiertos, pero estarán distraídos en otras cosas, ni siquiera sabrán lo que está sucediendo, y aquellos que lo saben, serán obligados a callar. Las batallas serán hechas con estrategias del todo nuevas y en muchos lugares habrá grandes cementerios. La tercera guerra será el final para muchas naciones.

Matthias Stormberger, profeta y campesino alemán

40

Cuevas de María Moco, 27 de julio de 2023

El ruido provocado por el arrastre de su cuerpo se mezclaba con el de su respiración, que evocaba al resuello de una bestia desorientada en la oscuridad.

—¡Cabezón! Ya estoy aquí. Tenemos que salir pitando.

A la vez que se deslizaba entre las tinieblas, la luz que emanaba de la linterna de su frente hacía que los guijarros proyectasen diminutas sombras en la superficie, creando la ilusión de estar reptando entre miles de millones de insectos. Cuando el túnel excavado en la roca llegó a su final, se sacudió las manos de aquel polvo pálido en su traje negro y comenzó a incorporarse.

—¡Vamos, despierta, tenemos que irnos!

Ingrid giró su cabeza a uno y otro lado, con la intención de iluminar la reducida estancia al completo. La bolsa con la comida y la ropa estaba tirada en el suelo, arrojando la misma sombra que un cuerpo sin vida en medio de la sala. Varias latas de atún vacías y un par de botellas de agua permanecían abandonadas en una de las esquinas, como si ese fuese el lugar designado para la basura y los desperdicios. Podían contarse las chustas de los canutos semienterradas en el polvo gris, como pequeños esqueletos ahogados en sus propias cenizas. El cono de luz alumbró accidentalmente una de las paredes de roca viva. Unas letras escritas con una sangre que aún brillaba bajo la luz de la linterna sentenciaban:

VOY A POR TI

Roberto no estaba por ningún lado.

Había desaparecido.

41

Parroquia castrense de San Francisco

La llama de la vela, como una gota líquida que se suspende en el espacio, hipnotizó la mente de Ezequiel y lo transportó a esa grieta de la realidad donde otros muchos han encontrado la paz y las verdades más profundas del universo.

Tuvo que hacer esfuerzos para volver en sí y dejar que un soplido escapase de sus labios, suave, como una exhalación del propio espíritu. El punto incandescente desapareció y dejó paso a una fina voluta de humo oscuro que comenzó a ascender hacia la cúpula de la parroquia.

Olor a cera quemada.

—Buenas tardes.

El sacerdote dio un respingo que quedó disimulado bajo los holgados ropajes de la santa misa. Al girarse, vio que una mujer había sobrepasado los límites sagrados del altar mayor. Vestía un traje de ejecutiva y un elegante bolso de piel negro, pero su aspecto contradecía la formalidad de su vestimenta, ya que una pátina desgastada se aferraba a la tela, como si viniese de trabajar de una obra y se hubiese sacudido el polvo justo antes de entrar en la iglesia. Las puntas afiladas de sus zapatos mostraban marcas de desgastes y arañazos, como cicatrices que revelaban que esos tacones no solo habían caminado por la delicada alfombra de la sala de juntas.

—Muy buenas —contestó el sacerdote, intentando adivinar el propósito de su visita a través de los ojos—. ¿Puedo ayudarte en algo?

—Sí, necesito hablar contigo.

La primera impresión que tuvo sobre aquella desconocida fue que debía de necesitar ayuda de algún tipo. Primero llegó a pensar en la posibilidad de que fuese una indigente que iba allí a pedir alimento y que hubiese recogido aquella ropa en un contenedor de basura. Pero la talla del traje se adaptaba con demasiada precisión a su figura como para haber pertenecido a otra persona.

Cuando reparó en su extensa cabellera recogida en una cola despeinada, cubierta también de esa fina polvareda pálida, sospechó sobre el estado de su salud mental.

Por encima de sus hombros pudo ver cómo los últimos feligreses abandonaban la parroquia por el atrio principal. Había visto al vagabundo que asistía todas las tardes a misa, de pie, al final de la nave central, pero como hacía cada vez que acababa la ceremonia, ya había desaparecido. Se prometió con el pensamiento volver a visitarlo cuando tuviese un hueco. Con lo acontecido en los últimos días, apenas había tenido tiempo para acordarse siquiera de aquel tipo.

El sacerdote subió la muñeca a media altura y desenterró la pantalla de su *smartwatch* bajo la holgada manga blanca de su túnica. Natalia le había llamado justo antes de empezar con la misa y, debajo de todas esas capas de sufrimiento amortiguadas por las pastillas, había percibido un tono de cierta esperanza en su voz. De ilusión. Tengo que contarle algo, le había dicho. La compañera del cuartel de la que estuvimos hablando se ha puesto en contacto conmigo, dice que quiere que nos veamos lo antes posible, por lo que hemos quedado dentro de un rato en mi casa. Llámeme cuando acabe y le cuento.

Ezequiel sabía que era muy importante para Natalia poder hablar con la compañera de su hijo. Durante toda la misa había estado rezando por ella, sin podérsela sacar de la cabeza.

El rostro estirado y puntiagudo del arzobispo.

—Claro que sí, mira, si te apetece, puedo recibirte mañana después de…

—No, mañana no puede ser. Tiene que ser ahora, es importante.

Ahora sí, Ezequiel se quedó paralizado durante unos instantes, desconcertado ante la brusquedad de su respuesta. Los ojos del cura hicieron un movimiento involuntario, el suficiente como para poder confirmar que todo el mundo había abandonado ya la iglesia de San Francisco. Cerrar en soledad el templo era un acto de reflexión que solía practicar con asiduidad y siempre daba permiso a los monaguillos para salir antes de tiempo. Disfrutaba de esa extraña sensación de compañía y abandono al pasear entre los bancos desiertos, impregnados aún de la memoria de los fieles, sus plegarias y sus pesares. Cada sonido, desvanecido en silencio, se convertía en una presencia inmaterial que envolvía al párroco en una extraña sensación de recogimiento y reflexión.

Pero ahora se encontraba completamente solo frente a la insistencia de esa desconocida.

—¿Importante? ¿A qué te refieres? —contestó el sacerdote, intentado mostrar autoridad en su voz.

La desconocida miró rápidamente en dirección a la pared donde colgaban algunas tablas que contaban las muertes de los santos que habían vivido miles de años antes.

Hombres normales que habían sido crucificados boca abajo, apedreados hasta la muerte o comidos por los buitres. En su centro, se encontraba la estructura aislada del confesionario.

El sacerdote bajó la guardia; podría haber dejado escapar un suspiro, pero se contuvo. Cada vez eran menos los feligreses que solicitaban el servicio de la confesión, como si hoy en día todo el mundo viviese convencido de que sus acciones quedaban libres de toda trascendencia.

—¿Quieres que te confiese? —preguntó, como para asegurarse de que había entendido bien.

—Quiero que escuches todo lo que tengo que decir, y tiene que ser ahora, mañana puede ser tarde.

Ezequiel asintió con la cabeza, asumiendo que aquella mujer necesitaba ayuda de verdad. Se encontraba profundamente agotado y las ganas de salir a fumarse un cigarro le arañaba las tripas con la misma fuerza que la incertidumbre de saber cómo había ido la reunión de Natalia con la cabo Navarro. Pero el sacramento de la confesión era sagrado; interponer sus problemas o sus intereses ante la reconciliación de aquella mujer con Dios era un acto inconcebible para cualquier pastor.

Levantó lentamente su mano y señaló los escalones por los que debía bajar del altar mayor para acceder al confesionario.

Las volutas de humo de la vela apagada se confundieron con la barba rizada del crucificado que los observaba desde las alturas. Los hilos de sangre que brotaban de su rostro rodeaban una boca entreabierta en un gesto de agonía, como queriendo avisar de algo importante que estaba a punto de ocurrir.

Lástima que solo fuese un hombre de madera.

42

Cerro del Moro, Cádiz

Sin previo aviso, se había visto envuelta en una neblina extraña.

Aleteaba con todas sus fuerzas, intentando huir de esa nube tóxica que se le adentraba en los espiráculos y le impedía respirar. No tardó demasiado en sentirse desorientada y comenzó a revolotear de un lado al otro de manera involuntaria. La falta de oxígeno la obligó a utilizar el extremo de sus patas para agarrarse a la superficie rugosa del gotelé del tabique.

Una sombra gigantesca se cernió sobre ella.

Y el ruido mudo.

De un trapo que golpea la pared.

Como la que envaina una espada, su asesina bajó la bayeta hasta su cadera y se quedó observando durante unos segundos la mancha que había dejado la polilla aplastada, como de carboncillo con escamas brillantes.

Natalia pulsó el difusor del Pronto un par de veces y siguió limpiando el aparador del salón.

Como si hubiese tenido un carácter sanador, en la vuelta en bus desde el cementerio de Chiclana, había ocupado su mente contestando a algunos de los mensajes que tenía pendientes en el teléfono móvil. La muerte de su hijo se había convertido en un caso mediático y la mayoría de sus contactos le habían dejado un mensaje en WhatsApp al verla en la rueda de prensa que se emitía por televisión una y otra vez. Empezó a leer los de las compañeras del gimnasio donde trabajaba, pero, a pesar de estar cargados de buenas intenciones, lo único que consiguieron fue sumirla en una profunda tristeza al revivir de nuevo pasajes que intentaba sepultar en su memoria. Los pésames eran todos calcados unos de otros, donde se repetían una y otra vez los mismos tópicos. «Descanse en paz», «Lo siento mucho», «Toda la fuerza del mundo». Natalia usó la misma moneda de pago para contestar a esos mensajes y copió y pegó un «muchas gracias» en cada una de las conversaciones. También encontró algunas muestras de apoyo de antiguos contactos con los que no hablaba desde hacía años. Pero entre todas esas frases manidas, había descubierto algo que le aceleró el pulso.

Un mensaje de un número desconocido que no tenía apuntado en el teléfono.

Esto es lo que decía:

Hoy

Tengo que contarle algo importante
17:29

Ya me dice
17:30

Un abrazo y lo siento mucho yo
tamb extraño mucho a David
17:31

Después de leer este mensaje, lo primero que hizo fue abrir la foto de su perfil para comprobar que, efectivamente, era la misma chica que había descubierto en las redes sociales de su hijo. Habían tenido una relación, estaba convencida; su instinto de madre aún no había asimilado la muerte de David, por lo que seguía tan poderoso como siempre. Tuvo que reprimir el impulso de llamarla por teléfono para decirle que se vieran ya mismo, o que le contase lo que le tuviese que contar, pero logró contenerse escribiéndole que estaba muy agradecida por su mensaje, que era muy importante para ella, y que podrían tomarse un café cuando quisiera.

A los pocos minutos, Brenda le había respondido que sería fantástico que pudieran verse esa misma tarde.

Natalia no se lo pensó dos veces y le escribió la dirección de su casa.

Y por eso limpiaba.

Limpiaba sin parar. Evitando mirar el reloj de la pared cada treinta segundos. Evitando pensar en cualquier otra cosa que no fuese frotar, sacudir y escurrir. De esta manera, también luchaba contra el silencio devastador que ahora reinaba en el piso. Lo que una vez fue un hogar lleno de vida, se había convertido en un conjunto de habitaciones que contenían el vacío absoluto. Un lugar sombrío y helado, de persianas apagadas, que servía de instrumento perfecto para que la muerte pudiera desplegar su sinfonía. La ausencia de su hijo tenía el sonido del zumbido de los electrodomésticos, mientras que las manecillas del reloj habían cobrado la potencia ensordecedora de los tambores de galeras. Ese silencio la hechizaba, le absorbía el pensamiento y la convertía en parte él, haciendo que se sumiese en un mutismo abstraído durante horas, esperando oír algún sonido que proviniese del cuarto de su hijo. Un libro que se cae, el crujido de un mueble. Cualquier cosa que la hiciese soñar durante un breve instante con la presencia de David. Mediaba muy poco entre esa recreación y la locura.

Ruido de agua derrapando por las tuberías.

Después de frotar el cerco reseco de vómito que permanecía adherido al suelo del salón desde hacía días, apoyó el mango de la fregona junto a la ventana y retiró las finas cortinas. En el exterior, el mundo de los vivos discurría por las calles como riachuelos de parejas sonrientes, gente paseando sus mascotas y niños agarrados de las manos de sus padres. La noche temprana coloreaba todo de un tinte violáceo, haciendo que las primeras farolas comenzasen a encenderse tímidamente como libélulas parpadeantes. Un vehículo policial pasó por la esquina con el sigilo de los coches eléctricos. A pesar de su insistencia por no querer una patrulla todo el día encima de ella, era evidente que habían aumentado las rondas de vigilancia de su domicilio después de que el caso de los dos homicidios se hubiese convertido en el centro de atención de todos los canales de televisión.

De pronto, el timbre de la casa sonó a su espalda.

Casi vomita el corazón por la ventana.

Al volver a echar la cortina y girarse, se encontró con los productos de limpieza repartidos por todo el salón. Rescató el bote del líquido limpiamuebles y el trapo del aparador, agarró la fregona y el cubo y los ocultó en la cocina lo más rápido que pudo.

Cuando fue de camino a la entrada, el timbre volvió a sonar con insistencia.

Experimentaba el mismo nerviosismo que habría sentido si su hijo le estuviese llevando la novia a casa para presentársela. En aquel momento, frente a la puerta cerrada del piso, sintió a David muy cerca de ella.

Después de mucho tiempo, Natalia dejó que una sonrisa desentrenada colgase de sus labios.

Y abrió.

Su cerebro tardó varias milésimas de segundo en comenzar a curvar la sonrisa justo en la dirección contraria. La cabeza rapada que apareció delante de ella aceleró su proceso cognitivo.

La dentellada de una bestia que le tritura el estómago desde dentro.

Como instinto desesperado de supervivencia, dejó escapar un grito de terror, pero su boca quedó sellada con una mano que apretó su mandíbula. Roberto volcó su cuerpo sobre el de Natalia y la empujó hacia el interior del salón.

El ruido de una puerta.

Que se cierra con violencia.

43

Parroquia castrense de San Francisco

—Debes persignarte.

—¿Qué?

—Que debes santiguarte, así, haciendo la señal de la cruz —le mostró Ezequiel, a la vez que acercaba su cuerpo a la diminuta rejilla del confesionario, para que la penitente pudiera ver desde fuera cómo se llevaba la mano derecha a la frente, al vientre, a los dos hombros y, por último, a la boca.

A través de los huecos minúsculos que ofrecía la celosía del confesionario, el sacerdote vio cómo la mujer, de rodillas sobre el reclinatorio acolchado que ofrecía la estructura de madera, realizaba los movimientos con su mano izquierda en el orden que le dio la gana, como si fuese una especie de juego.

—Al final, todos tenemos nuestros propios rituales.

—Estos ritos de los que hablas sirven para invocar la misericordia divina, que te concederá gratuitamente la absolución, si estás verdaderamente arrepentida de tus pecados, claro está.

A Ezequiel no le interesaba alargar aquello demasiado, así que agilizó la ceremonia y la invitó a comenzar.

—Que el Señor esté en tu corazón, para que te puedas arrepentir y confesar humildemente.

—¿Ya puedo hablar? —preguntó la mujer.

—Cuando estés preparada.

La desconocida se situaba a la altura perfecta para que sus ojos quedasen enfrentados con la rejilla de madera. Escrutaba el interior del confesionario, como intentando distinguir el rostro del sacerdote, pero a través de aquella tupida celosía solo encontró sombras y negrura.

—Por muy benevolente que sea tu dios, dudo mucho de que sea capaz de perdonar lo que vengo aquí a contarte.

—Desde luego, será difícil que lo haga si lo sigues tratando como a un dios mío, y no como tuyo propio.

El sacerdote había apoyado la nuca en el respaldo del confesionario. Permanecía con los ojos cerrados, intentando enfocar todos los sentidos en el discurso y en la voz firme de la mujer que se situaba al otro lado del mamparo.

—Yo ya voy tarde para conocer nuevos dioses. Desde muy pequeña, mi madre me mostró el linaje sagrado del que provenía, donde las madres se encargan de transmitir los conocimientos a sus hijas en cada nueva generación. —La mujer hizo una pausa, como si de pronto se hubiese emocionado al rememorar su infancia—. Somos el último bastión que lucha para que el conocimiento ancestral y la conexión con las fuerzas cósmicas nunca terminen en el olvido. Esta sabiduría corre ahora más peligro que nunca de desaparecer por culpa de la desacreditación y el desprestigio que ha creado tu Iglesia en contra de este conocimiento milenario. Una Iglesia sustentada en el discurso de un maldito profeta judío que busca la verdad en un ente inexistente, desatendiendo el poder que hay en el interior de cada uno de nosotros.

Ezequiel guardó silencio, y no lo hizo porque lo obligaba el rito de la confesión sacramental, sino porque no estaba preparado para aportar una respuesta acertada. Al referirse a Jesucristo como a un judío, había dejado escapar cierto desdén en su tono, cercano a la repugnancia.

La esvástica realizada con cortes en el abdomen de David se dibujó en el interior de aquella cabina y comenzó a danzar en la oscuridad.

—Mi madre me hizo comprender que pertenecíamos a una hermandad que busca el despertar de la humanidad hacia una nueva era de sabiduría y que, en algún momento, recaería sobre mí la responsabilidad de seguir transmitiendo la sangre original que corre por mis venas, la de la verdadera raza aria.

Ezequiel se removió incómodo en su asiento y separó la nuca de la madera del confesionario. Aquel discurso concordaba con el que había leído sobre las sociedades ocultistas en internet, mientras investigaba sobre las marcas halladas en el cuerpo de David.

—Y es justo ahora, en estos tiempos turbulentos, cuando más debemos recordar y reafirmar nuestra fe en la raza superior. No entiendo cómo el ejército, que parecía ser el último reducto donde aún podían encontrarse valores como la disciplina, la patria o el honor, esté formado cada vez por más mestizos, promoviendo la aberración de la mezcla de razas. Y lo peor de todo es que en la sociedad está ocurriendo exactamente lo mismo, más negra y débil que nunca.

Tronaron las campanas de la iglesia de San Francisco.

Las bóvedas de la parroquia vibraron con cada campanada, como rellenando el silencio que se había instalado entre confesor y confesante.

—Las mujeres de Vril siempre hemos conseguido alcanzar una posición destacada dentro de la sociedad, con acceso a los círculos de poder y a una red de contactos. Ser jurista me ha permitido camuflarme en el sistema legal, usar mi influencia para impulsar los cambios que necesita esta nación y defender a aquellos que luchan por la misma causa que nosotras. Fue así cómo conocí a Roberto en el bufete de abogados.

Los ojos del sacerdote se abrieron en la oscuridad del confesionario. Sus temores quedaban confirmados.

—Un hombre envuelto en una energía excepcional, alto y de ojos claros, con los rasgos faciales definidos y la mandíbula fuerte. Un espíritu guerrero con un carácter recio que había actuado según su naturaleza y que parecía dispuesto a luchar por la causa. No dudé en aceptar defenderlo ante las acusaciones de la primate con la que se había casado. Estando Roberto en prisión, recibí la señal con la que mi madre me había hecho soñar durante toda la vida. Mis hermanas lanzaron un mensaje a través de las cosechas de todo el mundo: según las estrellas, había llegado el momento de fecundar al futuro Führer que haría resurgir el nuevo orden mundial.

Ezequiel, que empezaba a temer por su propia seguridad, intentó entrever el rostro de aquella mujer a través de la celosía, pero esta agachaba ahora la vista, mirándose el vientre que se protegía con el bolso de piel.

—Vi en Roberto el hombre perfecto para cumplir con la profecía. Esperé pacientemente a que las estrellas marcaran el momento propicio para la fecundación y realicé todos los sacrificios que dictan los escritos para favorecer la canalización de la energía Vril. Limpié su sangre eliminando su sucia descendencia, el bastardo que engendró con esa puta, pero el hombre en quien deposité todas mis esperanzas ha desaparecido, tiene miedo y se ha fugado por la enorme presión que recae sobre él. Y en gran parte, tú eres uno de los culpables de que todo se haya ido al traste. Esa guarra de piel marrón y tú sois los que habéis tirado todo mi trabajo por la borda.

Los temores del sacerdote se convirtieron en certeza y sus manos comenzaron a temblar en la oscuridad del confesionario. Aquella mujer lo habría reconocido por la rueda de prensa que no paraba de emitirse en bucle en los noticiarios y los programas de televisión. Desde que el segundo homicidio convirtió el caso en un *boom* mediático, su rostro no paraba de verse en todos lados. Quiso ordenar las ideas que no paraban de dar vueltas en el interior de su cabeza e intentar tomar alguna decisión ante aquella situación.

—¿Por qué ayudas a esa chimpancé? ¿Qué interés tienes tú en todo esto? Supongo que te la estarás tirando a escondidas. Por más que queráis vender la castidad y la virtud detrás de esos ropajes blancos, a estas alturas ya no engañáis a nadie.

Ezequiel lamentó no haber prestado atención a su primer instinto. Aquella mujer estaba relacionada con los asesinatos acaecidos los últimos días y era bastante probable que su propia vida corriese peligro. El sacerdote comenzó a mover el brazo muy lentamente en el interior del confesionario, cuidándose de no hacer ningún ruido que pudiera delatarle. Estiró una pierna todo lo que le permitió el reducido cubículo e introdujo la punta de sus dedos en el bolsillo de la sotana. Necesitaba ganar tiempo.

—¿Quién eres y qué quieres de mí?

La mujer dejó escapar una sonrisa, siendo consciente del cambio de tono del sacerdote.

—Yo no soy nadie, solo un ser insignificante que ha heredado la gran responsabilidad de erradicar la moralidad débil y la compasión indiscriminada que impone tu maldita religión.

—Pero fuiste tú.

—¿Yo?

—Sí, fuiste tú quien mató a David y al tipo de la Punta de San Felipe.

Ezequiel tuvo que hacer esfuerzos para que el tono de su voz no evidenciase su nerviosismo. Había logrado rescatar su teléfono móvil y ahora lo sostenía entre las manos. Necesitaba encenderlo sin que la luz de su pantalla lo traicionase en la oscuridad del confesionario.

—¿Pero no teníais ya al padre maltratador y homicida? Ya creasteis a vuestro propio monstruo; la sociedad de la que formas parte funciona creando enemigos constantemente, de manera que pueda desviarse la atención de los verdaderos criminales que dominan el mundo, esos judíos sionistas disfrazados de políticos. Solo tienes que ver el desastre de las elecciones de este país, ¿y crees que eso le importa ahora alguien? Los borregos ya se han olvidado de eso, ahora están atentos a la televisión o a Twitter, hambrientos de nuevas noticias sobre el padre maltratador y asesino que anda libre por las calles.

—Y si no tenía nada que ocultar, ¿por qué ha huido de la justicia?

Ezequiel hizo la pregunta intentando mantener la calma, mientras introducía el teléfono móvil en la manga holgada de su sotana, encendía la pantalla, abría el menú de ajustes y bajaba el brillo de la pantalla al mínimo.

—Huyó porque yo se lo dije. Le hice ver que era culpable desde el día en que asesinaron a su hijo y que la policía no lo escucharía. Nunca tuvo formación legal, por lo que confiaba en todo lo que yo le dijera y, la verdad, es que no me venía del todo mal volcar todas las sospechas sobre Roberto; de esta manera, he podido seguir trabajando con libertad durante todos estos días —Ingrid hizo una pausa para negar con la cabeza, como si lamentase el desarrollo de los últimos acontecimientos—. Durante todo este tiempo, he intentado transmitirle algunos conocimientos que reforzasen su fe en la verdadera raza y encaminase sus actitudes, pero nunca logré que se olvidara de esa aberración mestiza que tenía por hijo. Ni siquiera después de muerto. Quizá, después de todo, Roberto no sea el tipo de hombre que creía. Espero que, al menos, la cerda de su exmujer esté sufriendo y que disfrutase del plato especial que prepararé para celebrar la muerte de su hijo. Toda revolución necesita ser anunciada, conocida por el pueblo, y ha sido el propio sistema corrupto en el que vives, obcecado por mantener en secreto el homicidio, el que me ha empujado a seguir mostrando señales al mundo. No voy a parar, no pienso rendirme hasta lograr darle a la humanidad el líder que merece.

El sacerdote, mientras manipulaba su teléfono móvil, perdió la concentración en la conversación. Le sobrevino el rostro de Natalia deformado por el horror después de masticar el ojo de su propio hijo fallecido.

—Creo que necesitas ayuda, y yo puedo ofrecértela —dijo Ezequiel, mientras marcaba el número de teléfono de la policía—. Si Dios te ha traído hasta aquí es para poner fin a toda esta locura.

—¿Locura? ¿No era así como trataban a tu profeta antes de crucificarlo? ¿Como a un loco?

El primer tono de la llamada retumbó en las amplias bóvedas de la iglesia de San Francisco.

Ezequiel miró con ojos inyectados en sangre la pantalla del teléfono.

Intentó cerrar de inmediato el manos libres que lo había delatado.

Pero no le dio tiempo.

El ruido estruendoso de un disparo a quemarropa hizo estallar las astillas del confesionario.

Después de perder el control de su cuerpo y caer al suelo, al sacerdote se le fue sola la mano hacia las costillas, donde encontró un calor húmedo y pringoso. Un pitido ensordecedor taladraba sus oídos.

—Me dices que vas a ayudarme a la vez que me traicionas, como hacen todos los que visten tu misma sotana.

El rostro despeinado de la mujer se acercó a los listones de madera de la celosía. Al no ver nada, agachó un poco más la cabeza y asomó un ojo por el orificio en la madera que había producido el disparo. El sacerdote estaba tendido en el estrecho espacio del confesionario.

—El crucifijo y la sotana no van a salvarte esta vez. Si he venido hasta tu parroquia es para que a la gente le quede claro que a la dictadura de tu Iglesia le ha llegado la hora. El nuevo orden está por venir y quería que lo supieras antes de morir. Dale las gracias a tu dios por esa mancha con la que te marcó al nacer, no ha sido muy difícil dar contigo después de verte en todos los canales de televisión. Disfruta del viaje.

Ezequiel oyó estas palabras en posición fetal y con los ojos cerrados, esperando una segunda detonación que acabase con su vida.

Pero esta nunca llegó.

Cuando fue capaz de asimilar la situación, descubrió que fuera del confesionario habían comenzado a oírse unos ruidos extraños. Como una especie de forcejeo. Se arrastró por el suelo sin dejar de presionarse la herida con la intención de salir de aquella prisión de madera.

En un intercambio de voces y jadeos, vio cómo un hombre vestido con ropas harapientas se había echado sobre el cuerpo de la mujer, disputando el control de una Luger que sostenía entre las manos. El tipo que le había salvado la vida intentaba arrebatarle el arma, mientras se le escapaban escupitajos de esfuerzo entre los dientes ausentes de la boca.

A la vez que el campo de visión se le fue cerrando como en una nube negra, al sacerdote le pareció reconocer, en el rostro del vagabundo, los rasgos de un ángel de la guarda que había velado por él todo este tiempo.

Un frío espectral envolvió su cuerpo.

El ruido de dos disparos.

Antes de sumirse en la más profunda oscuridad.

44

Cerro del Moro, Cádiz

Al tropezar con el mueble recibidor, perdió el equilibrio y golpeó con la cabeza en el suelo. Las paredes y el techo del salón cambiaron de forma y de lugar, como si de repente tuviese acceso a una realidad distorsionada donde las luces se multiplicaron y los objetos se deformaron hasta crear formas imposibles. El apósito blanco que aún le cubría la herida de la frente comenzó a filtrar una mancha escarlata, como si hubiesen descorchado un odre de vino tinto.

Intentó ponerse de pie, pero las piernas le fallaron y el suelo, que se movía como la cubierta de un barco en alta mar, tampoco ayudaba. Pero finalmente logró recuperarse lo suficiente como para incorporarse y trastabillar en dirección a la cocina.

En el trayecto, no se atrevió a girar la cabeza.

Oía las pisadas de Roberto correr tras ella.

Un jarrón estalló en mil pedazos contra el suelo.

Y unas botas negras aplastaron unos tulipanes.

Cuando Natalia entró en la cocina, volcó con su pie el cubo de la fregona, alargó la mano hasta tirar del primer cajón que se encontraba bajo la vitrocerámica y abrió la mano, para palpar entre los cubiertos. Ruido del metal contra el metal. Logró agarrar uno de los cuchillos por el mango.

Pero Roberto la inmovilizó por detrás.

Un antebrazo rodeó su cuello con una fuerza ya conocida. Sus peores recuerdos le asaltaron como en una emboscada y volvió a oír la voz de su hijo gritar, entre llantos, rogando a su padre que no pegase a mamá. Una lágrima le corrió por el lateral del rostro mientras la boca se le habría sola.

No podía respirar.

—Suelta el cuchillo.

Sintió el aliento a tabaco rancio muy cerca de su cara, acariciándole una de sus orejas, como si en esa orden amenazante pudiese encontrar un tono reconciliador. Sentía la entrepierna de su exmarido pegada a sus nalgas, mientras la agarraba desde atrás.

Por más que forcejease, era incapaz de escapar de aquella presa.

—¡Que sueltes el puto cuchillo, carajo!

Roberto, sujetando con fuerza la muñeca de Natalia, logró bloquear sus intentos desesperados por acertarle con la hoja afilada. Ella notó que la sangre comenzaba a acumulársele en la cabeza, como si le fuese a estallar de un momento a otro. La visión, difuminada en sus bordes por la humedad de las lágrimas, comenzó a perder nitidez a la vez que la presión que aplastaba su garganta parecía ir en aumento.

Natalia relajó el brazo, dando a entender que se rendía de esa contienda insalvable.

Su captor mantuvo la postura durante unos segundos más, que a Natalia, sin oxígeno, le parecieron interminables. Podría haber acabado con su vida allí mismo, pero, para su sorpresa, Roberto también relajó la firmeza con la que la tenía agarrada.

Cuando notó que los músculos que la aprisionaban comenzaron a destensarse, apretó el mango con fuerza y comenzó a dar cuchilladas hacia atrás, a ciegas, donde calculaba que debería situarse la cabeza de su agresor.

Acertó con un par de golpes en un blanco extremadamente compacto, como si golpease con la punta del cuchillo una piedra.

Un grito masculino retumbó en la cocina.

Y la pinza de su cuello se deshizo por completo.

Natalia se dio la vuelta y vio cómo Roberto se llevaba las manos a la cabeza rapada, de donde brotaba una hemorragia como si le naciese una cabellera roja y brillante. Entre el hueco de sus dedos empapados en sangre, Natalia vio un ojo blanco que la miraba con furia.

Con los golpes de cuchillo contra el cráneo, a Natalia le había resbalado la mano del mango y se infligió un corte profundo en la palma.

Gotas de sangre estallando contra el suelo de la cocina.

Dejó escapar un grito, contenido desde hace mucho tiempo. Natalia se abalanzó sobre Roberto, que cubría su cabeza con las manos, y comenzó a repartirle cuchillazos por todas partes del cuerpo. Su exmarido, que por un momento pareció verse sorprendido ante la respuesta violenta de la mujer a la que tantas veces había sometido, solo acertó a apoyarse en la pared de la cocina para no caer al suelo y encoger su cuerpo en algo parecido a la posición fetal, por lo que la mayoría de las puñaladas fueron a parar a su hombro y su espalda. Algunas manchas oscuras comenzaron a germinar de su camiseta negra. Sin embargo, la hoja del cuchillo no penetraba en la piel como tantas veces visualizó Natalia en sus sueños de venganza. La punta parecía quedarse clavada en la superficie, como si esa mole estuviese hecha plenamente de huesos. Cada vez que levantaba el arma en el aire para dar una nueva sacudida, la sangre de su mano y la de Roberto se esparcían como rubíes líquidos dispersados en el aire.

Los azulejos y el techo de la cocina.

Pintados con la sangre de un antiguo amor.

—¡Para, Natalia, para!

¿Cuántas veces le había pedido ella precisamente lo mismo, que parase con los golpes interminables? ¿Cuántas veces lo rogó el pequeño David entre lágrimas? Su pelo negro se había soltado, convertido en una enorme corona negra de cólera. Fueron varios intentos los que necesitó Roberto para volver a cazar la muñeca de Natalia al vuelo.

El cuchillo se quedó bloqueado en el aire.

Una gota se deslizó y quedó colgando de la cuchilla, como una estalactita.

La respiración entrecortada de una mujer, que se debate entre la ira y el llanto.

—¡Que no he *venío* hasta aquí a hacerte daño, carajo! Que solo quiero decirte que yo no he sido. —Los ojos, rodeados de la sangre que le resbalaba desde la cabeza, miraban a Natalia como sopesando si aquella mujer era capaz de escuchar sus palabras o estaba completamente cegada por la furia—. Yo no maté al pequeño, nunca le puse una mano encima, y sabes que es verdad.

Natalia no dijo nada, seguía ejerciendo fuerza hacia abajo, como intentando vencer la resistencia de ese brazo musculado. La sangre de su mano chorreaba por el mango y la hoja del cuchillo, deslizándose hasta el antebrazo tatuado de Roberto y tapando el rostro de Himmler con una cascada de sangre.

Al verse incapaz de superar aquel bloqueo, comenzó a darle puñetazos con la mano izquierda en la cara y en la cabeza, pero el tipo logró cubrirse con una sola mano como si fuese un enorme escudo. Los movimientos de su puño izquierdo eran torpes e ineficaces, por lo que a Roberto no le supuso demasiado esfuerzo agarrarle también la otra mano.

Lo que sí tuvo que hacer fue cerrar un ojo, para protegerse del escozor que le producía la sangre que le caía desde la frente.

—¡Cálmate ya, cojones! ¿No ves que los maderos no paran de darle vueltas al bloque de pisos? Me ha *costao* la misma vida llegar hasta aquí sin que me vean, pero como sigas gritando van a colarse aquí de un momento a otro, y ya puedo yo rogarles, patalear y prometerles que yo no he hecho *ná* que me mandan directo *par* trullo sin preguntar.

Natalia levantó la pierna y acertó con una patada en una de las puñaladas que le sangraban en el costado.

A Roberto se le escapó un gruñido de dolor, pero no la soltó de las manos.

—¡Me cago en Dios, que me escuches! Que sé quién ha *matao* al niño, ¿es que no lo entiendes? Cuando me denunciaste, conocí a una tía que me ha *engañao to* este tiempo.

Natalia dio un tirón más, como intentando zafar sus dos manos de la presa de Roberto.

—Te lo juro por lo que más quieras que yo no he *matao* a nuestro hijo. ¡Tienes que creerme! Eres la única que puede ayudarme a que cojan a esa asesina. Si tienen que llevarme a mí preso también, que me lleven, pero que esa hija de la gran puta no se vaya de rositas.

La duda.

En una mano que abre sus dedos con lentitud, como los pétalos de una flor al amanecer.

Y un cuchillo que cae en el vacío.

Rebotando en el suelo y salpicándolo todo de sangre.

45

Parroquia castrense de San Francisco

Dos ojos que se abren.

Llenos de pánico.

Su cuerpo se arqueó en un espasmo y estiró un brazo hacia la cúpula de la nave central, como si volviese desde un lugar muy lejano o cayese desde una gran altura. Las pupilas se le dilataron rápidamente, dispuestas a adaptarse a la realidad anaranjada que lo rodeaba. En un acto reflejo, sus pulmones se llenaron de aire y un humo negro e infecto abrasó sus entrañas, obligándole a toser de manera violenta.

Con cada sacudida, un dolor al rojo vivo atravesaba al sacerdote desde el costado hasta la zona lumbar, como si le apretasen con unos alicates los riñones. Llevó una mano a la mancha carmín que empapaba su casulla blanca y se apretó la herida de bala sin dejar de toser.

Estaba perdiendo bastante sangre.

Un intenso calor lo envolvía por completo y el olor penetrante a humo se le colaba en las fosas nasales como un gas venenoso. El altar se encontraba envuelto en llamas y las lenguas de fuego se expandían furiosamente a lo largo de la nave central, devorando los retablos y las tallas de los santos. Entendió que había estado inconsciente durante un tiempo considerable al ver las dimensiones del incendio, que ascendía trepando por las columnas que sostenían el techo abovedado. Tirado en el suelo e incapaz de hacer un solo movimiento sin que le provocase un grito de dolor, supo que se encontraba en el lugar que le correspondía.

Excomulgado entre las llamas del infierno.

La tos lejana de otro condenado le hizo girar la cabeza.

Entonces lo vio, tirado en el suelo igual que él, y fue cuando de pronto cedieron las barreras de la memoria. Antes de perder la consciencia y caer en ese silencio que envolvió su existencia durante un tiempo indeterminado, había visto cómo aquel hombre forcejeaba con la asesina de David para arrebatarle el arma con la que le había disparado. Si seguía con vida, era gracias a ese tipo que se retorcía en el pavimento, a varios metros de distancia, junto a unos candelabros de plata volcados desde el altar mayor. Un crujido lejano llamó su atención y miró hacia la puerta de la parroquia, que permanecía abierta, mientras la silueta de una mujer salía huyendo en dirección a la noche.

La enorme hoja de madera volvió a cerrarse con un portazo.

El sacerdote dejó escapar un aullido a medio camino entre el dolor y la ira.

Logró clavar un codo en el suelo e incorporar parte del tronco. Las náuseas le golpearon mientras buscaba con la mirada a su alrededor, pero, como si una de esas llamas se hubiese reflejado en las pupilas, sus ojos se iluminaron con un destello. Se arrastró un par de metros por el enlosado, que comenzaba a ganar temperatura, como si se deslizase a través de una plancha de cocina. Estiró el brazo.

Y recuperó el teléfono móvil.

El cristal estaba roto, haciendo que su fondo de pantalla pareciese un mosaico de colores. Sin embargo, fue capaz de pulsar el uno.

El uno.

Y el dos.

Mientras la llamada daba tono, volvió a poner el manos libres y empezó a reptar en dirección al hombre que le salvó la vida. De un rápido vistazo, descubrió que había dejado de retorcerse en el suelo y de emitir gemidos, por lo que llegó a pensarse lo peor. Cada movimiento era una carrera desesperada hacia la supervivencia, el humo invadía sus pulmones y nublaba su visión, a la vez que el crujido de la madera se adueñaba de todo a su alrededor.

Una de las vidrieras, repleta de colores que iluminaban la fe, se fracturó bajo la intensidad del calor.

Fragmentos de cristal que caen al suelo desde las alturas.

—¿Emergencias, en qué podemos ayudarle?

Ezequiel paró en su avance para colocarse de costado y acercarse el teléfono a la boca. Tuvo que gritar para hacerse entender ante el ruido ensordecedor que provocaba el incendio.

—Me encuentro en el interior de la iglesia parroquial de San Francisco, en San Fernando. Hay un incendio de grandes proporciones y un herido grave con herida de bala.

El capellán tuvo que hacer una pausa para retomar el aliento. El humo denso que penetraba en sus fosas nasales convertía sus pulmones en dos bolsas de basura. Miró al hombre que permanecía inmóvil a unos metros de distancia; conocía los datos que eran importantes para la unidad de emergencias, ya que lo había estudiado y practicado en varias ocasiones en los ejercicios de la academia militar.

—No sé si está consciente o no, aunque permanece inmóvil. Intento acercarme a él para ayudarle, pero las llamas no me dejan avanzar.

La operadora solo tardó un par de segundos en responder:

—Teníamos el aviso de alguien que ha llamado porque ha visto salir humo de la iglesia. Una unidad del cuerpo de bomberos está dirigiéndose ahora mismo hacia allí y acabo de activar otra unidad de primeros auxilios que se dirige hacia su posición. Si se encuentra rodeado por el humo, agáchese y gatee, mantenga la calma y utilice las vías de evacuación…

Ezequiel cortó la llamada y abandonó el teléfono móvil a su suerte.

Encaró el cuerpo inerte y siguió arrastrándose por el suelo. Aunque el dolor se convertía en una tortura que le había arrebatado el control sobre las piernas, la adrenalina de ayudar a aquel hombre hacía que siguiese progresando a través del fuego. El calor sofocante adhería la gruesa casulla a su piel sudorosa mientras recortaba centímetros por el pavimento. Su mente buscaba una solución en medio del caos, donde el incendio ganaba cada vez más terreno y la estructura del templo se desmoronaba a su alrededor, como si los cimientos mismos de su existencia se estuvieran deshaciendo entre las llamas.

Lo primero que alcanzó con la mano fue una de las zapatillas de suelas despegadas. El sacerdote se ayudó con la pierna del vagabundo para apoyarse y ganar impulso hasta la altura de su pecho. Se dejó caer a su lado, chapoteando en el extenso charco de sangre que rodeaba su cuerpo. El rostro del tipo estaba pálido y cubierto de hollín.

Sus labios entreabiertos dejaban escapar débiles gemidos de agonía.

—Tranquilo, ya vienen a sacarnos de aquí.

El hombre movió sus pupilas y se posaron brevemente en el rostro del sacerdote. Una lágrima escapó por el rabillo de su ojo, dejando una fina línea de piel limpia. Un gorgojeo sanguinolento, como de sumidero atascado, brotó de sus labios. Ezequiel fue a tapar una de las heridas de bala de su pecho, como si así pudiese taponar la vida que se le escapaba con cada exhalación, pero casi da un respingo cuando algo extremadamente gélido le agarró de la mano a medio camino. A pesar del calor que les envolvía, aquel tipo estaba helado. Había perdido demasiada sangre.

—Dime que serás capaz de perdonarme.

Después de estar casi dos años intentando entablar conversación, esa fue la primera vez que oyó la voz del indigente y el corazón se le encogió entre las costillas. Los ojos de los dos hombres quedaron unidos, inseparables, mientras el mundo se deshacía en llamas a su alrededor.

Cuando fue a contestar, se sorprendió al descubrir un nudo en su garganta.

—No tengo nada que perdonarte, ya verás que todo sale bien. Emergencias está avisada y vienen de camino, aguanta un poco. Estamos en la casa de Dios, estamos protegidos. Estate tranquilo. Descansa.

El cable de una de las lámparas forjadas reventó en un latigazo.

La estructura de metal cayó desde la cúpula hasta estallar y hacerse añicos contra el mármol del suelo. Ruido de metal y cristales rotos. El sacerdote encogió el cuerpo en un acto reflejo. El fuego rugía cada vez con más fiereza a su alrededor.

Cuando volvió a mirar al vagabundo, se encontró con un rostro diferente, como si ya no perteneciese a ese hombre. Tenía los ojos cerrados en un singular gesto de paz y Ezequiel tuvo el presentimiento de que, en esta ocasión, no se estaba haciendo el dormido.

Al separar su mano de la de aquel tipo, se llevó consigo un trozo de cartulina en el que no había reparado hasta entonces, como si se la hubiese querido entregar en sus últimos momentos de vida. Con los dedos manchados de sangre, estiró el papel arrugado. Se trataba de una fotografía con máculas de vejez.

En ella podía verse a un bebé recién nacido.

Con una mancha roja en el pómulo derecho.

46

Restaurante Ettore, San Fernando, 5 de agosto de 2023

—Si les apetece, puedo recomendarles el vino de la casa. Es un rioja bastante suave, con toques afrutados.

Lorenzo miró a Carmen para conocer su opinión, pero ella no apartaba la mirada de la cesta de pan que se encontraba en el centro de la mesa. Llevaba un elegante vestido negro que realzaba su atractivo, pero su semblante evidenciaba la seriedad de la ocasión.

—Sí, estará bien, traiga una botella, que hoy estamos de celebración —contestó, intentando atajar el silencio embarazoso.

El camarero asintió, dudando de que con esas caras largas se pudiera festejar algo. Antes de retirarse, dejó sobre el mantel un par de cartas forradas en piel, de las que ofrecen cierta distinción a los platos que uno espera encontrar en su interior. Carmen cogió una de ellas y descubrió que, una vez abierto el menú, ofrecía un biombo perfecto para esconder su rostro y evitar así mirar a su marido.

—¿Qué vamos a celebrar, papi?

Ainara y Martina se sentaban a su lado. Lorenzo había visto cómo intercambiaban miradas esperanzadas con una mezcla de emoción y cautela al ver de nuevo a su madre y su padre juntos. Fue la mayor la que le había preguntado con voz tímida, casi en un susurro, como temiendo poder meter la pata con su curiosidad.

—Celebramos que mamá y papá se quieren mucho, hija. Y además tengo una sorpresita por ahí, pero eso lo guardamos para después de la cena.

Las hermanas se miraron.

A Martina se le escapó una sonrisa cargada de ilusión, a la vez que las dos piernecitas que le colgaban desde la silla se movieron animadas.

El ambiente del restaurante era íntimo y acogedor debido a la decoración elegante, que imprimía un aire sofisticado. Adriano Celentano sonaba de fondo y las luces suaves conferían a su voz nasal un toque aún más romántico y conciliador. Un cuadro con la foto de Ettore Chiarlitti se enmarcaba en una de las paredes en memoria al fundador de aquel italiano, regentado ahora por su viuda y uno de sus hijos.

—Con permiso.

El camarero descorchó el vino delante de los comensales, provocando un ruido divertido para las niñas, que levantaron sus miradas con asombro desde las sillas forradas en terciopelo. Vieron atentas cómo el cuello de la botella se dirigió lentamente hacia el borde de una de las copas de cristal.

Un líquido, con el mismo color del estanque donde encontraron el primer cadáver, se retorció y se contorsionó en el interior del recipiente. Aún con todos los sentidos alineados para disfrutar del tiempo con su familia y olvidarse del trabajo, a Lorenzo le fue inevitable caer en la emboscada de los recuerdos vividos en los últimos días.

Como medida preventiva, se había reasignado el caso a otro juez. Según los certificados médicos, se encontraba de baja por contingencia profesional debido a la contusión sufrida en la cabeza en su mismo despacho. Aquello le había costado siete puntos de sutura en la nuca y otros cuatro en la ceja izquierda, pero la verdadera razón de que le hubiesen retirado el caso era que él mismo había iniciado los procedimientos de abstención y recusación. Aunque Lorenzo no tenía conocimiento de que la letrada de administración de justicia estaba relacionada con los asesinatos, la Audiencia Provincial, una vez examinadas las causas, aceptó recusar del caso a Lorenzo, ya que existía la posibilidad de parcialidad por su parte.

Lorenzo se sintió liberado después de que se hubiese tomado aquella medida.

Por primera vez en la vida, le abrumó la certeza de necesitar un descanso.

Aun así, la responsabilidad le llevó a conocer todo el proceso legal que se estaba llevando a cabo. Se había decretado prisión preventiva para el padre de la víctima debido al riesgo de que volviese a intentar eludir la justicia. Roberto se enfrentaba a varias penas por desobediencia y resistencia a la autoridad, por delito de quebrantamiento de medida cautelar y por posible encubrimiento de homicidio doloso; aunque lo más probable era que de esta última saliese absuelto, ante la actitud colaborativa que estaba mostrando en sus últimas declaraciones.

Gracias a su testimonio, habían hallado en una de las galerías de las cuevas María Moco restos de una pira que parecían formar parte de algún extraño ritual, donde también se encontraron muestras de sangre que correspondían con los analizados del cadáver de David. Al parecer, Roberto estuvo escondido en esas mismas catacumbas guiado por la presunta homicida y todo apuntaba a que aquel santuario subterráneo era donde se cometió el asesinato y se manipuló el cadáver, antes de ser abandonado en el centro espiritual de la Armada; un lugar de fácil acceso, visibilidad, y que otorgaría mayor transcendencia al crimen. El estanque de la sala de los símbolos se encontraba a escasos metros de la entrada del panteón, por lo que Velasco pudo arrastrar el cuerpo y depositarlo en apenas unos segundos mientras el grupo de visita se encontraba en otra de las salas del mausoleo. Una vez conocida la identidad de la presunta asesina, una sección de Seguridad Naval analizó cada una de las cámaras del acuartelamiento de San Carlos. Entre los vehículos que rondaron la población militar aquel día, encontraron la matrícula que correspondía con el registrado a nombre de la sospechosa en la franja horaria que se debió de transportar el cuerpo sin vida.

Dos días después de incendiar la iglesia de San Francisco y desaparecer, descubrieron el mismo vehículo abandonado en una de las carreteras del parque natural sierra de Grazalema, con restos de sangre en el maletero.

Un suspiro y la mirada perdida en la copa de vino.

Todo un equipo de la Sección de Localización de Fugitivos de la Policía Nacional trabajaba sin descanso para dar con el paradero de aquella asesina confesa, que parecía haberse evaporado a la vista de todos. El remordimiento de haberse dejado manipular por esa lunática era como una cuchillada constante en la boca del estómago. Se atormentaba con imágenes retrospectivas, buscando pistas en la memoria, un comportamiento, un gesto, una mirada, que pudiera haber revelado la verdad que siempre estuvo al alcance. Aquella mujer había utilizado su influencia en los juzgados para tener acceso a toda la información sobre el caso, y él no había sido más que otra pieza en su juego. El sentimiento de culpabilidad se le filtraba en cada pensamiento; con aquel flirteo, no solo se traicionaba a sí mismo y a su trayectoria profesional, sino que había expuesto a su familia a un peligro que, de solo pensarlo, le provocaba el impulso de colgarse de una viga.

Cuando el camarero dejó de servir el vino, Lorenzo pilló a su cerebro hablando solo, con la mirada perdida en la copa. Vio que su mujer lo observaba, conociendo perfectamente adónde habían viajado sus pensamientos.

Se sintió culpable por ello.

Después de que se retirase el camarero, decidió no alargar ese sufrimiento durante más tiempo, por lo que enunció las palabras que tanto había ensayado en su mente.

—A ver, hijas, escuchadme un momentito. —Lorenzo entrelazó los dedos de las manos sobre el mantel, como para hacer acopio de toda su valentía—. Mamá lo ha pasado regular últimamente por mi culpa, y sé que vosotras también, que me habéis echado mucho de menos y que no he estado en casa todo el tiempo que me hubiese gustado. Y os quiero pedir perdón por eso.

Levantó los ojos de sus manos y miró directamente a sus hijas, que lo observaban atentas, con la incertidumbre reflejada en el rostro. Dudó seriamente de poder seguir hablando; una extraña presión en la garganta le hacía imposible que pudiera decir una sola palabra sin que le vibrase la voz.

—Reconozco que he dejado que mi trabajo se interponga entre nosotros y eso es algo que nunca debería haber permitido. —Tuvo que hacer una pausa, para tragar la saliva y la culpabilidad—. Me duele mucho haberos decepcionado y que os haya hecho sentir menos importantes de lo que realmente sois para mí, porque mi mayor tesoro sois vosotras. —Los ojos comenzaron a derretírsele y la voz le tembló tanto como la mano, que se dirigió al bolsillo de su chaqueta para sacar de ahí un sobre blanco—. Lo iba a dejar para después de la cena, pero prefiero que lo veáis ahora.

Acercó el sobre hasta las manitas de Martina, que lo agarró con vacilación, sintiendo la impaciencia por descubrir qué era lo que se escondía en su interior. Miró a su hermana dos años mayor que ella y esta le devolvió la misma cara de incertidumbre, animándola a abrir el sobre de una vez. Al despegar la solapa, sus ojos examinaron los billetes de avión cuidadosamente doblados.

—¿Qué es esto, papi?

—Es una pena que al final no hayamos podido ir a Mallorca, pero eso no quiere decir que no podamos ir de vacaciones este verano —contestó Lorenzo, mientras dejaba que su mujer arrebatase los billetes de avión de las manos de Martina, víctima también de la curiosidad—. Pero mira dentro del sobre, que aún hay más.

La niña sacó varias entradas para un parque de atracciones donde Mickey y Minnie daban la bienvenida al gran castillo mágico con fuegos artificiales. Ainara y Martina miraron a su padre con asombro, sin poder creerlo.

—Antes de que empiece el cole, nos vamos a Disneyland.

Se le abalanzaron encima, envolviéndolo en un abrazo apretado y lleno de alegría, provocando que a algunos comensales del restaurante se les escapara una sonrisa ante la felicidad contagiosa de las niñas.

Carmen miró a su marido y aceptó las disculpas con un ligero asentimiento, pero su mirada seguía cargada de dolor y decepción. Lorenzo sabía que le quedaba una montaña por escalar para reconstruir la confianza y el tiempo perdido, pero dejó escapar una sonrisa tímida al ver que su mujer respondía a la copa de vino que acababa de levantar en el aire.

El choque de los dos cristales congeló el tiempo.

En esa estela del presente que flotó y se desvaneció lentamente.

47

Centro penitenciario Puerto II, 17 de septiembre de 2023

Hacía mucho tiempo que no ocurría.

Pero aquella noche pudo dormir de un tirón.

Señal de que su cuerpo, abarrotado de cicatrices después de su encuentro con Natalia, se estaba volviendo a aclimatar a la vida allí dentro, como si sus huesos hubiesen regresado al lugar donde encajaban por naturaleza. El reducido espacio que lo rodeaba estaba amueblado con una litera, un pequeño escritorio y un lavabo metálico incrustado en la pared. Un saliente de hormigón sin revestimiento cubría hasta la cintura uno de los laterales del inodoro, preservando la poca privacidad que podían permitirse los reclusos. Lo más difícil era eso, volver a sociabilizar todas las pequeñas cosas que antes podía hacer en la intimidad, como ducharse, ver la televisión, cagar o masturbarse.

Su compañero de celda, un yonqui al que pillaron las cámaras de un centro comercial en su primer robo a mano armada, estaba cortándose las uñas de los pies, por lo que el silencio de la habitación se veía interrumpido por el chasqueo de las pezuñas al saltar por los aires. Ese sonido fastidioso y repetitivo le hacía perder el hilo de la lectura en la que estaba sumido.

> Y cuando estén orando, si tienen algo contra alguien, perdónenlo, para que también su Padre que está en el cielo les perdone a ustedes sus pecados.

Y un carajo, pensó.

No pienso perdonar a esa hija de la gran puta, igual que sé que no merezco el perdón de nadie.

Fue a pasar otra de esas páginas, tan finas y delicadas como las alas de una libélula, cuando un chirrido agudo inundó la estancia. Roberto retiró la mirada del libro para ver al funcionario que había abierto la puerta de la celda. Su figura poco atlética, quedó recortada frente a la luz que se filtraba a través del pasillo.

El otro dejó de podarse las uñas de los pies, expectante.

—Lucero, levanta. Tienes visita.

Su compañero hizo un movimiento en la litera, para girarse y mirar hacia la pared, como si así pudiese ignorar que, una vez más, no eran a él a quien venían a visitar. Roberto dejó el grueso tomo de la Biblia sobre el colchón desgastado donde descansaba y se incorporó.

Nada más ingresar en prisión, al yonqui le había quedado claro que debía mudarse a la cama de arriba, por lo que Roberto solo tuvo que poner los pies en el suelo para colocarse las zapatillas deportivas. Caminó con parsimonia hasta enfrentarse al funcionario, levantó los brazos a la altura de la cadera y le ofreció los dos puños cerrados. El celador agarró unos grilletes de su cinturón policial y, en pocos segundos, colocó las esposas sin preguntarle si le apretaban o no. Luego comenzó a aplicarle una revisión superficial en busca de objetos peligrosos que pudieran poner en riesgo al visitante o a sí mismo. Roberto no quería problemas. Suficientes tenía ya. Así que, para hacer tiempo mientras lo registraban y evitar que su mirada intimidatoria se cruzase con la del funcionario, clavó la vista en uno de los desconchones de la celda. Ese cerco de humedad contrastaba con las paredes pálidas y desgastadas. Siempre había estado ahí, desde que llegó, vigilante, como un espectador silencioso incluso en la oscuridad de la noche. Un incordio constante que le hacía recordar la mancha en el rostro del cura.

El que había pedido delante de las cámaras de todo el país que lo metieran allí dentro.

El pelma que no paraba de hacerle visitas cada dos por tres.

El que le había llevado aquel libro del que no entendía una sola palabra.

Al finalizar el cacheo, el funcionario le dio una palmada en el hombro que sirvió para despertarlo de sus elucubraciones. De un leve empujón, lo invitó a salir de la celda.

Tras volver a cerrar la jaula con una de las llaves que colgaban de su cinto, el celador guio al preso por una serie de pasillos en absoluto mutismo, acompañados únicamente por los murmullos lejanos de los convictos y el eco de sus propias pisadas.

Aquel laberinto de corredores interminables lo transportó de nuevo a las cuevas subterráneas de María Moco, donde, después de estar casi tres días a oscuras e incomunicado, comenzó a sentir que estaba próximo a perder la cabeza. Decidió salir a explorar la gruta, por encontrar algo con lo que engañar la mente, y después de deambular entre las sombras durante un tiempo, se cruzó con algo que casi le hace caer al suelo y salir corriendo. Al acceder a una de las galerías, la luz vaporosa de su frontal iluminó a un coro de calaveras formando un círculo en el suelo. En el centro de la estancia, los restos de una pira apagada extendía sus brazos a lo largo del espacio, como formando un patrón de cenizas por el suelo. Fue allí donde encontró un teléfono móvil destrozado y un uniforme árido de Infantería de Marina, abandonado en una de las esquinas. En el pecho de la guerrera, un parche bordado: «Lucero A+».

Su mismo apellido.

Y su misma sangre.

Rociada por el suelo de aquella gruta.

Un preso pegó un porrazo en la puerta de su celda y se asomó al diminuto rectángulo que servía de ventana al pasillo. Se reía al otro lado. Se cachondeaba del respingo que había dado el nuevo recluso que acaba de ingresar hacía apenas unas semanas.

Roberto apuntó mentalmente el número de su jaula.

Ya se verían las caras.

Una visita inesperada representaba la oportunidad de recibir un destello de vida fuera de la prisión, pero también generaba incertidumbre y nerviosismo. No sabía quién estaría esperando en la sala de visitas, pero lo que sí tenía claro era que no iba a cometer la novatada de preguntarle al funcionario. Como sea otra vez el cura este de los cojones lo mando a tomar *porculo*.

En el primer control de seguridad, volvió a enfrentarse a uno de los sonidos más representativos del que ha perdido la libertad: el de las cancelas cerrándose a su espalda.

Las rejas metálicas que dividían los diferentes pabellones de la prisión se cerraban a su paso una y otra vez. Los primeros días era algo parecido a que lo arrojasen a un río con los pies soldados a un bloque de cemento y fuese imposible escapar. La sensación de ahogo y angustia era real. Las cancelas cortaban drásticamente los posibles lazos con el mundo exterior y uno tomaba consciencia de que todo lo que había conocido, odiado y amado quedaba prohibido e inaccesible.

Precisamente, en ese justo momento, era cuando uno se acordaba de lo que dejaba fuera.

Las imágenes de su vida pasada se le presentaban como antiguos fantasmas y, aunque hiciese esfuerzos por espantarlos, los recuerdos de cuando vivía en el piso con David y Natalia le perseguían en las noches en vela como tesoros perdidos. A fin de cuentas, las cadenas de su arrepentimiento eran más pesadas que las de la celda que lo aprisionaba.

¡Maldita Biblia de los cojones!

Sabía que era culpable de que David se hubiese convertido en el objetivo de aquella psicópata. Su hijo estaba muerto por dejarse embaucar y no haber sabido mantener una relación profesional con su abogada, en vez de pensar con la polla. La culpa, como un veneno lento, corroía los cimientos del hombre férreo y decidido que creía haber sido.

Ingrid utilizó su teléfono para hacerse pasar por él, citarse con David y recogerlo en su casa la misma mañana del asesinato. Las marcas de arrastre encontradas en el panteón, desde la entrada hasta el estanque, demostraban que no debió de serle fácil transportar el cuerpo, mucho menos reducirlo con vida en aquella catacumba. Pero Roberto, después de todo, conocía a su hijo, y sabía que el chico era mucho más cabal y racional de lo que lo había sido él con su edad. A pesar de su condición de militar, era bastante probable que David hubiese optado por acatar las instrucciones de aquella mujer al verse desarmado frente a la amenaza de la Luger. A punta de pistola, decidiría que su mejor estrategia era someterse para preservar la vida y no oponer resistencia, con la esperanza de que aquello no fuese un ataque personal, sino un intento de presionar a su padre, ya que conocía las deudas pendientes que mantenía y los círculos ilícitos por los que solía moverse.

Cada vez que Roberto recordaba lo estúpido que había sido al seguir la recomendación de Ingrid y permanecer escondido en aquel mismo lugar, le hervía la sangre. De esta manera, logró tener libertad de movimiento para preparar la fiambrera con el ojo y organizar el segundo asesinato sin mayores complicaciones.

Cuando descubrió las pertenencias de su hijo en aquel santuario, se realizó varios cortes en el antebrazo con la tapa de una de las latas de atún y dejó el mensaje escrito en las paredes de las catacumbas para que Ingrid lo viera.

Iría tras ella.

Lo había jurado por la memoria de su hijo.

Cuando saliese de la cárcel, no pararía hasta encontrarla y arrancarle la cabellera con sus propias manos.

Un pitido lo despertó de sus *vendettas* mentales.

Otro funcionario con cara de oler mierda lo miraba ahora tras una mampara de cristal. Tras unos segundos de inspección, se giró para pulsar uno de los botones que se situaba junto a los monitores en blanco y negro de las cámaras de seguridad.

Una puerta metálica se abrió delante de Roberto.

La sala de visitas era un espacio austero, funcional. De paredes pintadas con tonos neutros y una gran iluminación que provenía de las tres ventanas con barrotes que permitían la entrada de luz natural. Como único mobiliario, mesas y sillas de metal atornilladas al suelo. En cada una de las esquinas, una cámara colgaba del techo, señalando con su único ojo las diferentes zonas para que el celador que se encontraba tras esa cabina de cristal tuviese una visión completa de la estancia.

Las sillas permanecían todas vacías, a excepción de esa de allí, la del fondo, donde Natalia esperaba sentada. Roberto se quedó paralizado, inmóvil en la entrada de la sala, pero el funcionario que lo acompañaba se encargó con un empujón de que avanzase.

Fue recortando distancia lentamente y se sentó frente a la mujer de la que un día llegó a estar enamorado. El hijo que engendraron ya no existía. Ahora estaba muerto y se sentía culpable por ello. Apoyó los codos en la mesa, haciendo que la cadena de sus esposas provocase un ruido metálico.

Quiso decir muchas cosas.

Pero solo fue capaz de enterrar su rostro entre las manos y llorar como nunca antes lo había hecho.

Epílogo

Dos años después

Las notas musicales del canto de los pájaros llegaban desde lugares indeterminados, como si piaran directamente dentro de su cabeza. Algunos insectos, libélulas y mariposas de colores, revoloteaban sobre las flores como si fuesen productos de orfebrería, de una joyería, más que de la propia naturaleza.

Desde que se deshizo del maldito *smartwatch* se desplazaba por la vida con mayor lucidez, libre de aquella fusta que lo mantenía corriendo de un lugar para el otro, como si para ser dueño del tiempo hubiese que prescindir de sus unidades de medida. Alrededor de una fuente sin demasiada potencia, con la justa para que salpicase el aire con diminutos cristales de arcoíris, correteaban dos niños que se perseguían el uno al otro. Llevaban los labios contraídos como en un beso, a la vez que decoraban el entorno con múltiples pompas de jabón.

Planetas de superficie jabonosa que flotaban bajo el sol de la tarde.

Hasta que estallaban.

Plop.

Y en su lugar solo quedaba el espacio vacío, inerte, como un mensaje encriptado que invitaba a descubrir la belleza de cada momento efímero.

Sin dejar de caminar, Ezequiel observó las carcajadas y las travesuras de los niños con nostalgia, maravillado por la inocencia y la vitalidad que irradiaban a su alrededor. Su infancia había estado marcada por la soledad, donde el juego y la risa parecían un lujo inalcanzable. Pero ahora, en la cartera, guardaba con sumo cariño uno de sus mayores tesoros: la fotografía manchada de sangre que había rescatado del hombre que le salvó la vida. Sus plegarias habían sido escuchadas y el paso del tiempo terminó funcionando como una fuente de luz, una claridad que le permitió ver el rostro de su padre antes de morir.

A veces, le asaltaba el remordimiento de no haber pasado más tiempo con él en esas visitas al recinto ferial, pero era precisamente ese sentimiento de culpa universal el que lo convertía en hijo.

En un hombre que había dejado de ser huérfano.

Cuando recibió los resultados de la prueba de paternidad realizada en la autopsia, recorrió todas las oficinas de Registro Civil pero ningún funcionario fue capaz de encontrar un solo documento que relacionase a su padre con la mujer que le había regalado la vida. Seguía sin saber quién era su madre pero, como consuelo, ahora contaba con un apellido nuevo a estrenar, heredado del carné de identidad caducado que se había hallado entre las pertenencias del indigente. Gracias a ese documento expedido en 1976, pudo saber que don Manuel Peralta González había nacido en Alcalá de Guadaíra, en el cincuenta y ocho, por lo que tan solo contaba dieciocho años cuando le hicieron aquella foto en blanco y negro. En sus ojos, asustados frente a la cámara, se reflejaba la mirada antigua de un hombre desgastado, más que la de un joven con el futuro por delante, como si de alguna manera llevase consigo la sombra de un destino que aún no se había desvelado por completo. Ezequiel intentaba rellenar algunos fragmentos de la vida de su padre a través de aquella fotografía. ¿Qué elecciones y circunstancias lo habrían llevado a hundirse entre los pliegues de la sociedad? ¿Habría sido su nacimiento, solo un año después de aquella instantánea, el desencadenante de su caída? ¿Lo abandonaría en aquel orfanato como una decisión desesperada? ¿O fue quizá un intento de protegerle ante el porvenir que ya vaticinaba de su propia vida?

Ezequiel nunca tendría las respuestas a aquellas preguntas, por lo que solo le quedaba el consuelo sanador del perdón.

Su mirada voló por el cielo.

Siguiendo la estela de una cascada de golondrinas que surcó el firmamento.

Un tirón en la correa hizo que bajase la mirada de la borrachera de luz que producía el firmamento. Peter se había parado en el tronco de un árbol a orinar.

Una sonrisa.

Mientras estaba siendo atendido en la ambulancia frente a las puertas de la iglesia en llamas, había visto al perro sentado en la acera de enfrente, esperando con paciencia a un amigo que nunca volvería a ver. Aunque los veterinarios, la higiene y el buen pienso hubiesen llegado a la vida del chucho, en su mirada podía entreverse un atisbo de melancolía, de tristeza, como si le fuese inevitable extrañar a su antiguo dueño.

Una ausencia compartida que los mantenía unidos.

Dos mujeres pasaron caminando a su lado, agarradas del brazo y riendo con tal abandono que era imposible que estuviesen pensando en el futuro. Una pluma. Tumbada sobre la hierba. Ezequiel volvió a mirar a Peter y tuvo la intención de darle un suave tirón de correa para hacerle ver que debían seguir avanzando, pero justo en ese momento, algo comenzó a tirar de una de las perneras de sus pantalones.

Cuando miró hacia sus rodillas, vio a un niño pequeño que apenas se sostenía en pie y que se aferraba con sus manos a la tela de su pantalón.

—¡Mira quién es, el tito Eze!

Natalia estaba a su lado, con la espalda encorvada y los brazos estirados, por si tenía que recoger del suelo al nieto que empezaba a dar sus primeros pasos. Caminaba por el parque junto a Brenda, que observaba aquella escena mientras empujaba un carrito de bebé vacío con una sonrisa entre sus labios. La mirada de Natalia se cruzó con la del sacerdote, compartiendo una chispa de complicidad que iluminó su semblante durante un instante.

—¿Adónde vas tú por ahí tan solo, renacuajo? —preguntó Ezequiel, dejando que una carcajada se le colase entre sílaba y sílaba.

Y se agachó, practicando el arte de apretar los dientes. Un dolor perenne se le había instalado en la zona lumbar después de recibir aquel maldito disparo. Pero sin soltar la correa del perro, logró aupar al niño entre sus brazos.

Los ojos del crío quedaron enfrentados a la misma altura que los suyos.

El sacerdote se sintió extremadamente humilde frente a esa mirada limpia, sin adulterar. La lente abombada de su córnea era un espejo de la belleza del mundo. El hierro de su sangre y el calcio de sus huesos, gestados en el vientre de una estrella hacía miles de millones de años, daba forma a esa pequeña consciencia que observaba todo lo que le rodeaba con curiosidad, intentando descifrar el universo que lo había creado.

Ezequiel se vio reflejado en la oscuridad de su pupila. En la mirada de un niño, que nunca abrazaría a su padre. Pero que siempre formará parte del linaje de las estrellas.

Nota de autor

—¡Acción!

El director de la productora da una palmada, se retira del plano y me quedo solo, como un actor diminuto en un escenario demasiado grande, bajo la mirada intimidante de aquella imponente cámara negra.

Me acomodo en la banqueta donde estoy sentado y sonrío para aparentar que no estoy nervioso. Mal. Solo consigo que aquel gesto se vea ridículo. Es imposible disimular el temblor de mi barbilla bajo las potentes luces del set.

Me aferro al guion como a un salvavidas:

—El desarrollo tecnológico ha transformado nuestra forma de pensar, de comportarnos, e incluso de relacionarnos con el mundo que nos rodea. Solo hay que ver cómo los personajes de este libro son mucho más dependientes de los dispositivos móviles que los de *La melodía de la oscuridad* o *La Carcoma*, mis anteriores novelas. Como escritor, no solo mantengo el compromiso de mejorar mi narrativa con cada nuevo trabajo, sino que me siento en la obligación de plasmar la sociedad y la realidad que observo: en esta era digital, la accesibilidad inmediata a una cantidad infinita de información ha creado una cultura de impaciencia. Esperar ya no es una opción.

Hago una pausa para ordenar el discurso. El silencio aplastante del plató de grabación me hace sentir minúsculo delante de las cámaras.

Trago saliva.

—Esta gratificación instantánea, esta inmediatez que parece dominarlo todo, nos lleva a caer en el error de pensar que las ideas surgen al instante, como en esa clásica imagen de la bombilla que se enciende en la cabeza del genio. —Subo la mano y chasqueo los dedos sobre mi cabeza—. Pero esta representación simplista no hace justicia a la complejidad del proceso creativo. Las ideas, al menos en mi caso, siempre han germinado y se han desarrollado a lo largo del tiempo como resultado de una inversión constante de esfuerzo y energía. Nunca de manera inmediata o por ciencia infusa.

Hace unos días, la productora me envió por correo electrónico la escaleta del *making of* de mi última novela, y vi que, en este punto, los de posproducción añadirán varias imágenes de las máquinas gigantescas de las imprentas, fabricando miles de libros que se deslizan a través de una cinta transportadora.

—De hecho, he tardado dos años en escribir esta novela, pero esto no me asusta, ni me avergüenza. Los lectores que me siguen desde los comienzos saben que no me ajusto al ritmo desenfrenado que a veces parece exigir el mercado editorial. Toda historia merece un periodo de reposo y maceración que solo ayuda a mejorar el resultado final y, sin ese tiempo de trabajo, habría sido imposible que dos de las personas que me han inspirado a escribir esta novela hubiesen aparecido en mi vida.

Ahora se suceden algunas de las imágenes que grabaron en la Brigada de Infantería de Marina Tercio de Armada. Estoy vestido de uniforme mientras paseo por las distintas dependencias del acuartelamiento.

—Servir en el ejército conlleva estar largas temporadas fuera de casa, y ha sido precisamente en esos periodos de honda soledad donde tuve la suerte de coincidir con el páter Jairo González y el páter Francisco Vivancos. En el comedor del cuartel manteníamos largas conversaciones donde intentaba rebatir todo lo que me decían desde la perspectiva del método científico, mientras que ellos, con la paciencia de un reloj de sol, hacían añicos todos los prejuicios que tenía del sacerdocio. —Recoloco la pierna que tengo apoyada en el travesaño de la banqueta e intento tomar una postura un poco más cómoda—. Descubrí que debajo de esas sotanas se encontraban hombres de carne y hueso, con sus problemas, sus pasiones y defectos. Me sorprendía ver cómo apuraban el plato de comida o el vaso de agua con prisas, porque no llegaban a tiempo a la reunión con los encargados de Cáritas, a oficiar la misa de la tarde en la parroquia castrense o a acompañar a los enfermos del hospital. En esas charlas de sobremesa, aprendí que dedicar la existencia a la Iglesia no tenía nada que ver con esa vida sosegada y contemplativa que atribuía al sacerdocio. Entonces pensé: joder, esto da para personaje de novela.

Intento hacer de aquella historia una anécdota simpática. El director de la productora mira fijamente a la pantalla digital de la cámara mientras se cubre la boca con la mano, como si se tapase la vergüenza ajena o fuese incapaz de mirarme a la cara.

Los focos empiezan a darme calor.

—Al mismo tiempo, mientras me encontraba inmerso en la escritura de *El corazón de los ahogados*, llegó a mis manos una edición preciosa de *Así habló Zaratustra*, abriéndose ante mí todo un abanico de conceptos y razonamientos filosóficos que entraban en contradicción, precisamente, con el magisterio de la Iglesia. Quise saber más, y aquella lectura me llevó a una profunda fase de documentación, donde descubrí sociedades secretas y ocultistas que se cimentaban sobre el concepto de ese superhombre nietzscheano, como lo podían ser la Sociedad Thule, la Sociedad Vril o la base de la ideología política del Tercer Reich. Comprendí en ese momento que, además del personaje del sacerdote, tenía dos maneras totalmente enfrentadas de entender la realidad. Un conflicto.

—¡Corten!

Me quedo con la boca abierta. Veo movimiento detrás de las cámaras y un chico se acerca hasta mí amenazante, con un trozo de papel en la mano.

Comienza a secarme el sudor de la frente.

—¿Cómo está yendo?

—No está mal —me responde una chica que sostiene una tablilla en la mano, con la clara intención de animarme—, aunque es posible que haya que repetir algunas cosas.

—Vale, comienzo entonces desde el principio.

—No, no. No es necesario, luego iremos trabajando algunos detalles. Vamos directamente con el último bloque.

La gente que me rodeaba desaparece en un instante y el que sujeta la pértiga de sonido vuelve a ponerse los cascos. Miro a la cámara. Siento todos los músculos de mi cara en tensión.

—En esa primera fase de documentación, y gracias a la amabilidad y la generosidad del periodista Wayne Jamison, aprendí que la provincia de Cádiz había sido una zona geográfica de singular relevancia para espías y saboteadores del imperio alemán, por lo que terminó convirtiéndose en refugio para los exiliados alemanes después de la Segunda Guerra Mundial. Esto me ofrecía la posibilidad de situar a una descendiente de las mujeres que perte-

necieron a este tipo de sociedades astrológicas hace menos de ochenta años en el sur de Andalucía y aprovechar, además, la riqueza histórica y arquitectónica de la ciudad gaditana. Usar enclaves cargados de misterios y enigmas como las cuevas de María Moco o el Panteón de Marinos Ilustres, eran ideas que comenzaron a obsesionarme hasta el punto de robarme el sueño.

Respiro. Noto que he bajado de pulsaciones, como si comenzase a sentirme más cómodo que en los primeros minutos de grabación.

—Además de esto, San Fernando alberga uno de los observatorios astronómicos más importantes de todo el país. El director de la biblioteca y del museo naval del complejo astronómico, Manuel Rivas, me recibió con la amabilidad y la predisposición del que verdaderamente ama su trabajo. Me guio por las extensas salas de la biblioteca, haciéndome sentir como uno de los personajes de las novelas de Dan Brown. Rodeado de textos incunables de Ptolomeo, Copérnico o Galileo, Manuel me llevó hasta una de las vitrinas para mostrarme uno de los ejemplares que más valor histórico tenía de todo el edificio —pausa dramática—, un texto totalmente desconocido para mí —otra pausa dramática—. El *Atlas Coelestis*, de John Flamsteed.

La chica de la tablilla hace una señal con la mano detrás de las cámaras, para que siga hablando, para que me deje de gilipolleces teatrales.

—En el amplio mapa celeste que se abría ante mí, vi que la estrella Aldebarán destacaba sobre todas las demás. Aquel era el astro que obsesionó a Maria Orsic, la líder de una de las sociedades ocultistas y supremacistas que más influyeron en el transcurso de la Segunda Guerra Mundial. Ver aquel atlas ha sido lo más cercano que he estado en la vida a sentir que se me encendía esa bombilla de la que hablábamos antes.

Hay un dedo pulgar que se eleva detrás de las cámaras.

Supongo que debo continuar:

—Pero lo más curioso de todo es que, hace doce años, soñaba con convertirme en escritor justo enfrente del Panteón de Marinos Ilustres, en una de las literas de la Escuela de Suboficiales, donde estuve interno durante una larga temporada para lograr ascender a sargento. Como actividad cultural del propio curso, el guía del panteón, Sergio Torrecilla, nos hizo un *tour* a todos los alumnos a lo largo del mausoleo, dejando para el final la asombrosa sala del cenotafio. Cada vez que me asomaba a la ventana de mi habitación para descansar unos minutos de estudiar, me quedaba observando la fachada del panteón sin imaginar que, con algunas canas más, terminaría usando la magia de aquel lugar para situar el cadáver con el que arranca esta novela.

El encuadre de la cámara comienza a cerrarse sobre mi rostro.

—Pero por mucho que fantasease con escribir libros en aquella escuela militar, nunca imaginé la suerte que llegaría a tener con los lectores que me acompañarían a lo largo de mi trayectoria editorial. No hay nada que me haga más feliz que tener la oportunidad de charlar con vosotros en las firmas de ejemplares o en las ferias de libro, poder daros un abrazo y agradeceros en persona todo lo que hacéis por mí. Sois los que hacéis posible que apueste y arriesgue con cada nueva obra, que siga trabajando por ser el escritor que siempre he querido ser.

Una pausa.

—Gracias, de corazón, gracias por leer mis novelas y permitir que mis sueños, hoy día, sean una realidad.

La música que un pianista ha preparado para la pequeña pieza promocional de *El linaje de las estrellas* llega a su fin. El primer plano se va cerrando sobre mis ojos hasta desaparecer en la oscuridad de mi pupila.

Todo se vuelve negro.

Y se dan paso a los créditos.

Agradecimientos

Asesores sobre procedimientos policiales y judiciales:
Javier Loredo and Juan Jesús Garrido.

Ingeniero del Real Observatorio de la Armada y exitoso concursante de *Pasapalabra*:
Marco Antonio Marcos Fernández.

Asesor eclesiástico y espiritual:
David Román.

Los que creyeron en mí, desde el primer día:
Pablo Álvarez and David De Alba

La editora que hace posible que este libro esté en tus manos:
Miryam Galaz

La pastelería donde he escrito gran parte de esta novela:
Mr Carrot Cake

La que me aguanta:
Fátima Lois

A mis hermanas:
Patricia and Miriam

A la mujer que me regaló la vida:
María Jesús Román

Y a la luz que siempre está conmigo, la que me guía, más allá de las estrellas:
Juan Antonio Fopiani

The End

Una mano emerge lentamente de la oscuridad, apoyándose en la empuñadura nudosa de un cayado, retorcido y trenzado, como hecho con arterias de madera. La luna que se filtra a través de los árboles ilumina sus uñas, curvadas como garras, evidenciando la necesidad de aferrarse a las paredes rocosas de su existencia subterránea.

Esta noche, ha salido del refugio porque el viento susurra su nombre entre los valles montañosos de la sierra de Cádiz. El vasto lienzo estrellado se despliega encima de ella y conspira a su favor; los astros se han alineado como aclamación del poder que alberga en el interior de la cueva donde se esconde.

El aire de la montaña entra limpio en sus pulmones.

Y la brisa nocturna acaricia su cuerpo desnudo.

Intenta disfrutar de aquella pequeña ventana a la libertad, pero pronto siente que vuelven a reclamarla desde el interior de la gruta, donde una pira ilumina la sonrisa enigmática de *El hombre de hierro*.

Ingrid mira a las estrellas y se despide de sus hermanas en un lenguaje olvidado. Luego arrastra su larga melena por la tierra, con algunas hojas secas incrustadas.

Desaparece en las profundidades de aquella caverna.

Desde donde proviene el llanto desesperado de un crío, oculto entre las tinieblas.

Sígueme en www.danielfopiani.com y escríbeme siempre que quieras a través de las redes sociales o a la dirección de correo electrónico daniel.fopiani.roman@gmail.com. Me hará muy feliz charlar contigo y saber qué te ha parecido *El linaje de las estrellas*.